名家散文
自选集

张晓风散文自选集

隽永美文
张晓风的暖心私房书

张晓风 著

长江出版传媒 | 长江文艺出版社

图书在版编目（C I P）数据

张晓风散文自选集 / 张晓风著. -- 武汉 : 长江文艺出版社，2017.1（2019.4 重印）
（名家散文自选集）
ISBN 978-7-5354-9222-7

Ⅰ. ①张… Ⅱ. ①张… Ⅲ. ①散文集－中国－当代 Ⅳ. ①I267

中国版本图书馆 CIP 数据核字(2016)第 249714 号

责任编辑：孙　琳　　　　责任校对：毛　娟
封面设计：壹　诺　　　　责任印制：邱　莉　杨　帆

出版：长江出版传媒　长江文艺出版社
地址：武汉市雄楚大街 268 号　　　邮编：430070
发行：长江文艺出版社
http://www.cjlap.com
印刷：武汉珞珈山学苑印刷有限公司

开本：700 毫米×1000 毫米　1/16　印张：18.25　插页：1 页
版次：2017 年 1 月第 1 版　　2019 年 4 月第 3 次印刷
字数：218 千字

定价：29.80 元

目　录

第四辑　万物伙伴

第五辑　千载诗情

第六辑　种种可爱

序　现代中文经典

——晓风散文半世纪

徐　学

一

晓风是一位资深教授，更是一个对万物有情的女子。方块字的艺术世界里，她多方出击。她的小说《潘渡娜》曾被收入《1985年年度小说选》，是当代华文世界最早的现代科幻小说，至今在大陆依然拥有许多读者；她的戏剧，在台湾被列为经典，在大陆、香港的剧场上演，满座感泣；她的杂文，早在《野火》之前就对威权与陋俗作不羁挑战；她的散文，自学生时代获“幼狮文艺奖”后，屡获各种大奖。但她散文创作最大的奖来自读者，是口碑而非奖杯。多年来，她的散文集畅销更常销，并已入选两岸语文课本，与古典散文相映生辉，堪称现代中文经典。

二

散文作为文类，时常叨陪末座。它是作家进入文坛的入场券，似乎无人不能。可是在所有文类中，散文最是易写难工，尤其在中国，在白话文兴起之后，因散文而成为经典作家更是艰难。

难处之一，中国文学中，散文地位崇高，流金溢彩。它历来与诗歌一起被供奉在文学正殿上。中国文字的特性，使中国文人有着为其他民族所不及的无比丰富的语词和长达几千年可供利用的文字数据，科举制度更巩固了文人考究语言、刻意求工的习性。两千年的中国历史产生了浩瀚广大的散文品种：经诰典谟之肃穆，庄列之想象，史传之笃实，汉赋的流动，碑铭的温润厚重，序跋文体的进退合度，奏议策论的清真雅正；外加骈文的严格规律，笺疏写作的传承精神，乃至水墨纸缘题款，尺牍起承转合；更有唐宋大家左右逢源，高下皆宜；宋明小品另辟蹊径，独标神韵。品类之繁多，典范之宏丽，无不深入中国文人心中，令后来者叹为观止，知难而退。

难处之二，鲁迅说，“五四”散文小品的成功，在小说戏曲和诗歌之上（《南腔北调集·“小品文的危机”》）。果真如此？其实不然。近代以降，中国文化遭灾受劫，“载道”等同陈腐，法度视为桎梏。志在解放性灵，不意开启滥情，虽间有力作，却不抵潮流，遂使稚嫩“美文”，绵绵百年。感伤滥情稚嫩做作以及文白夹杂浅俗之文常常被奉为经典，编入教材，误导学子，并造出读书界的恶俗，赝品淘汰精品，佳作为之淹没。

难处之三，散文不比小说、诗歌有思潮有流派，时常形成一波波潮流，散文是一种较难进入市场操作的文类。在文学日益产业化的形势下，散文比起其他文类更加寂寞。它要引起出版界、新闻界乃至评论界的关注，难度较大。不比戏剧、小说可吸纳异域新潮，令人耳目一新。

三

散文家若无过人之处，则无法于当今中文经典中觅得一席。晓风文字的卓越超拔之处何在？

一曰奇。

晓风出身旧时中文系，受“国故派”教育，本该与写作无缘，充其量也是闺秀派。可她却能破茧而出，以现代生命的律动让苍白典籍再度泛红，以美丽的蓝墨水冲洗故纸堆的陈腐。在她的散文中许多是出入古典，流连掇拾的结晶，戏文、诗词、人物、器皿，甚至一个汉字，几抹色彩，在她的解读中都焕发出神奇的色彩。如果说，传统文化如黄河之水奔泻入怀，那也因晓风搅入魂灵，如酒曲入瓮，才使这水甘洌芳醇，成了文化传统。

她的散文意蕴丰厚，世事洞明人情练达，市井琐事中自有骨气奇高，不使感性沦为软性；她的散文叙述自然，冲淡宁静，文辞如水，一笔如舟，引领我们一步步走入一条条美丽水域。"散文美"相对于"诗美"，就在于前者是文章之美，文章之美更加讲究语句的组织方式和词汇的提炼选择，讲究"情致"和"趣味"，它们是比西方所谓"抒情性"远为细腻微妙的美感，属于中国美学的特有范畴。她的散文，句法上有弹性，语汇中有声色。晓风的散文句式充分发挥中国文字波折流动的特性。文言句法的简洁浑成，西式句法的严整新颖，话本戏文的活泼口吻，被她熔于一炉。古典诗文的典雅文辞，引车卖浆者流的俗言俚语，现代社会的流行词汇，在她的笔杖下，交响成一个大乐队。在她的散文中，白话从黑白进入彩色，从平面而立体，由清水变为结晶，既保持明白如话的听觉效果，又充盈着曲折成趣的书面美感。晓风散文之奇还在于她犹如千手千眼观音，风格多变。20世纪60年代初期，她就至少具有两副笔墨，如余光中先生所说的，"亦秀亦健"。经过多年的耕耘，她更上层楼，她可以现代，可以古典，可以庄重，可以幽默，有时飞扬，有时蕴藉，有时奔放，有时内敛，有流云的闲情，也有沸血的淡然和霍然而怒的盛气。作为散文作者，她也可以进入各种角色：不服气的小学生，有些傻气的情人，循循善诱的教师；一个爱鸟人，一个赏花者，或者多情多智的旅人，喜欢好茶好咖啡的饮者……

二曰大。

奇是不拘一格的活力，是开创新篇的现代，而大则是大家境界。晓风虽然不曾留学异域，职业也单一，从学生到教师。但由于她的好学与敏感，也得益于她家学渊源，得益于台湾社会的忧患与动荡、开放与多元，她有了超出前辈女作家的胸襟与视野。她集学者的渊博，诗家的灵慧，哲人的睿智，宗教的悲悯于一身。她敢于涉笔丑陋，不再唯美是骛，而是美丑并举。小说、电影、音乐、绘画、摄影等艺术都纳入了她的视野，促成了她观察事物的新感性。她的散文有诗的节奏、戏剧的对话和冲突、绘画的色彩，还有虚构的小说技法，形成了多元的集大成的美感。

当然，晓风散文之大更多地来自她散文中的博大胸怀，它结合了儒家的担当和基督的悲悯，还有艺术的纯真。她说："怀不世之绝迹，目高于顶，不肯在凡夫俗子身上浪费一丝一毫美，当然也没有什么不对。但肯起身为风雪中行来的人奉一杯热茶，看着对方由僵冷而舒活起来，岂不更为感人。"所以，晓风散文中有那么多凡常中国人，他们或是忧患动荡中既善其身又济天下的读书人：《半局》里的杜公，《再给我们讲个笑话吧》里的世棠，《不识》中的父亲，《未绝》里的马国光……或是在凡常生活中持守道义和尊严的平头百姓：灶下捧读《古文观止》的胖厨师，陪盲父游览山顶风光的女子，为自己成为画中人而欣喜的农夫……这是一些与作者偶然交会的小人物，或许连姓名也不曾留下，然而，在他送上的一碗辣酱里可以尝出敬业和尊客，在她的一次拥抱中有感恩和激情，几个未尝的包子，一句真情的好话，都会让我们或会心而笑，或心如捣臼，热泪迸涌。

晓风的散文中，人物林林总总，职业、地位、年龄都迥然不同，既有可以相与出尘的名士大儒，也有只是居家过日子的柴米夫妻。他们之所以让晓风含情凝睇，援笔勾勒，是因为晓风认为，世界上，最灿烂的光辉，最能够燃起情感和生命的光辉，只能是源自人心。无论身居朱户或者柴门，唯有人，才是最值得珍爱的。人是我们的邻居和朋友，是我们的兄弟姐妹，是我们垂垂老迈的父母和嗷嗷待哺的儿女。他们不论有多少缺陷，有多少伤痕，依然是我们这颗星球上无价的尊严和慰藉。同时，晓风也认定，有尊严有追求的中国人就是我们民族的脊梁，共同构成了我们民族文化的大磁场。所以，晓风在他们的身上捕捉的是我们民族文化撒播的灵光与风采，传递的是民族文化再生的信念。

从纯净的少女情怀起步，步下红毯，穿越丑恶，见证伪善，最终成就了悲悯大爱。由一尘不染而历经炎凉沧桑直逼人世内核，仿佛自风平浪静卷入狂风巨浪，晓风依然有一双宁静清澈的眼睛。那里因隐藏着百年忧患的海棠血痕而有一丝忧郁，几分愤懑，但更多的是自信，是担当，是困顿中不失安详，凡常里自有庄严。浩大的场景，纷繁的群像，重大的事件，在晓风散文中并不多见，但与那些浓墨重彩的长篇巨幅相比，晓风的散文毫不逊色地具有令人震撼的情感经验和审美情趣。这就是中国的写意传统，以小见大，言有尽而意无穷。李白的乐府，苏东坡的小品短赋，不也是尺幅寸心，无穷境界吗？这就是晓风散文之大。

三曰老。

中国书法推崇人书俱老，中国文学有“庾信文章老更成”“暮年诗赋动江关”的美谈。比起其他文类，散文更讲究炉火纯青。中国古人早就认识到散文的叙述策略是“行云流水，圆活流转”。诗化，剧烈的动作和戏剧冲突等强化手段只是散文创作中的变奏而非常态。中国散文追求的境界以意蕴深远骨气奇高为里，冲淡宁静自然真率为表。需要特别指出的是，它推崇的“自然”是绚烂归于平淡，是摒弃“为文造情”的矫揉造作与“舍我其谁”的剑拔弩张，而非“我手写我口”。

对于散文家，内在功力的修炼，尤甚于自然随意。苏轼提出文理自然姿态横生，说自己下笔如山泉一日千里，但也立刻补充道，“与山石曲折，随物赋形”，随物赋形，也就是有规范有约束，不是一泻无遗；而他的“常行于所当行，常止于不可不止”，更是长期用功读书写作而后修炼得来的境界——从心所欲而不逾矩。因此，散文家依凭的不仅是才气，更多的是多年修炼的内功——人格和历练。《人间词话》中说，“客观之诗人不可不多阅世，阅世愈深，则材料愈丰富愈变化。主观之诗人不必多阅世。阅世愈浅，则性情愈真”。而我们说的“老”应该是“阅世而不溺世”，“阅世深却性情真”，这就是长期修炼后的一种境界。晓风近年来的散文已经达到了这样的境界，宁静致远，淡泊明净。她的散文里的敬畏与宁静，尊严与气度，正是来自长期的酿造，默默的积蓄。它并非纯然空灵，也不是冷漠无情，更不是畏葸忍辱，而是人世风浪中大彻大悟后留存的精神结晶。这与其说是宗教，不如说是一种历久常新的中国智慧。

四

在大陆高校讲学，说起台湾岛上多高山，学生深为惊讶，小小一岛，三千米以上的高峰，竟有百座之多，而华山不超过两千米。同样，说起两千三百万人中，可以传世的经典作家不会少于十来位，也让他们困惑。可是，事实如此，高山总是汇聚在同一山脉，经典也常汇聚在同一时空。这一时空也许很大，如汉唐中国，也许不大，如古希腊、爱尔兰。靠的是适宜的土壤和气候。

在现居台湾的中国经典作家中，晓风只能算是中生代，以她的潜能，我们相信还会有新的杰作新的境界，两岸的中国人在期待，全球的华人在期待，历史在期待！

第一辑　深恩难忘

不 识

两个人坐着谈话，其中一个是高僧，另一个是皇帝，皇帝说："你识得我是谁吗？我——就是这个坐在你对面的人。"

"不，不识。"

他其实是认识并了解那皇帝的，但是他却回答说"不识"。也许在他看来，人与人之间其实都是不识的。谁又曾经真正认识过另一个人呢？传记作家也许可以把翔实的资料一一列举，但那人却并不在资料里——没有人是可以用资料来加以还原的。

而就连我们自己，也未必识得自己吧？杜甫，终其一生，都希望做个有所建树出民水火的好官。对于自己身后可能以文章名世，他反而是不无遗憾的。他似乎从来不知道自己是有唐一代最优秀的诗人，如果命运之神允许他以诗才来换官位，他是会换的。

家人至亲，我们自以为极亲爱极了解的，其实我们所知道的也只是肤表的事件而不是刻骨的感觉。刻骨的感觉不能重现，它随风而逝，连事件的主人也不能再拾。

而我们面对面却瞠目不相识的，恐怕是生命本身吧？我们活着，却不知道何谓生命。更不知道何谓死亡。

父亲的追思会上，我问弟弟：

"追述平生，就由你来吧？你是儿子。"

弟弟沉吟了一下，说：

"我可以，不过我觉得你知道的事情更多些，有些事情，我们小的没赶上。"

然而，我真的知道父亲吗？

五指山上，朔风野大，阳光辉丽，草坪四尺下，便是父亲埋骨的所在。我站在那里一面看山下红尘深处密如蚁垤的楼宇，一面问自己：

"这墓穴中的身体是谁呢？"虽然隔着棺木隔着水泥，我看不见，但我也知道那是一副溃烂的肉躯。怎么可以这样呢？一个至亲至爱的父亲怎么可以一霎时化为一堆陌生的腐肉呢？

也许从宗教意义言，肉体只是暂时居住的房子，屋主终有搬迁之日。然而，与原屋之间总该有个徘徊顾却之意吧。造物怎可以如此绝情，让肉体接受那化作粪壤的宿命？

我该承认这一抔黄土中的腐肉为父亲呢？或是那优游于蒙鸿中的才是呢？我曾认识过死亡吗？我曾认识过父亲吗？我愕然不知怎么回答。

"小的时候，家里穷，除了过年，平时都没有肉吃，如果有客人来，就去熟肉铺子切一点肉，偶然有个挑担卖花生米小鱼的人经过，我们小孩子就跟着那人走。没得吃，看看也是好的，我们就这样跟着跟着，一直走，都走到隔壁庄子去了，就是舍不得回头。"

那是我所知道的，他最早的童年故事。我有时忍不住，想掏把钱塞给那九十年前的馋嘴小男孩。想买一把花生米小鱼填填他的嘴，并且叫他不要再跟着小贩走，应该赶快回家去了……

我问我自己，你真的了解那小男孩吗，还是你只不过在听故事？如果你不曾穷过饿过，那小男孩巴巴的眼神你又怎么读得懂呢？

我想，我并不明白那贫穷的小孩，那傻乎乎地跟着小贩走的小男孩。

读完徐州城里的第七师范的附小，他打算读第七师范，家人带他去见一位堂叔，目的是借钱。

堂叔站起身来，从一把旧铜壶里掏出二十一块银元，那只壶从梁柱上直吊下来，算是家中的保险柜吧？

读师范不用钱，但制服棉被杂物却都要钱，堂叔的那二十一块钱改变了父亲的一生。

我很想追上前去看一看那目光炯炯的少年，渴于知识渴于上进的少年。我很想看一看那堂叔看着他的爱怜的眼神。他必是族人中最聪明俊发的孩子，堂叔才慨然答应借钱的吧！听说小学时代，他每天上学都不从市内走路，嫌人车杂沓。他宁可绕着古城周围的城墙走，城墙上人少，他一面走，一面大声背书。那意气飞扬的男孩，天下好像没有可以难倒他的事。他走着、跑着，自觉古人的智慧因背诵而尽入胸中，一个志得意满的优秀小学生。

然而，我真认识那孩子吗？那个捧着二十一块银元来向这个世界打天下的孩子。我平生读书不过只求随缘尽兴而已，我大概不能懂得那一心苦读求上进的人，那孩子，我不能算是深识他。

“台湾出的东西，有些我们老家有，像桃子。有些我们老家没有，像木瓜芭乐。”父亲说，“没有的，就不去讲它，凡是有的，我们老家的就一定比台湾好。”

我有点反感，他为什么一定要坚持老家的东西比这里好呢？他离开老家都已经这么多年了，为什么还坚持老家的最好？

“譬如说这香椿吧，”他指着院子里的香椿树，台湾的，“长这么细细小小一株。在我们老家，那可是和榕树一样的大树咧！而且台湾是热带，一年到头都能长新芽，那芽也就不嫩了。在我们老家，只有春天才冒得出新芽来，所以那个冒法，你就不知道了。忽然一下，所有的嫩芽全冒出来了，又厚又多汁，大人小孩全来采呀，采下来用盐一揉，放在格架上晾，一面晾，那架子上腌出来的卤汁就呼噜——呼噜——的一直流，下面就用盆接着，那卤汁下起面来，那个香呀——”

我吃过韩国进口的盐腌香椿芽，从它的形貌看来，揣想它未腌之前一定也极肥厚，故乡的香椿芽想来也是如此。但父亲形容香椿在腌制的过程中竟会“呼噜——呼噜——”流汁，我被他言语中的状声词所惊动，那香椿树竟在我心里成为一座地标，我每次都循着那株香椿树去寻找父亲的故乡。

但我真的明白那棵树吗？我真的明白他在半个世纪之后，坐在阳光璀璨的屏东城里，向我娓娓谈起的那棵树吗？

父亲晚年，我推轮椅带他上南京中山陵，只因他曾跟我说过：

“总理下葬的时候，我是军校学生，上面在我们中间选了些人去抬棺材。我被选上了，事先还得预习呢！预习的时候棺材里都装些石头……”

他对总理一心崇敬——这一点，恐怕我也无法十分了然。我当然也同意孙中山是可敬佩的，但恐怕未必那么百分之百的心悦诚服。

“我们那时候的学生总觉得共产党比较时髦，我原来也想做共产党，后来读了总理的书，觉得他讲的才是真有道理……”

能有一人令你死心塌地，生死追随，不作他想，父亲应该是幸福的——而这种幸福，我并不能体会。

父亲说，他真正的兴趣在生物，我听了十分错愕。我还一直以为是军事学呢！抗战前后，他加入了一个国际植物学会，不时向会里提供全国各地植物的资讯，我对他惊人的耐心感到不解。由于职业的关系，他跑遍大江南北，他将各地的萝卜、茄子、芹菜、白菜长得不一样的情况一一汇集报告给学会。在那个时代，我想那学会接到这位中国会员热心的讯息，也多少要吃一惊吧？

啊，他究竟是怎样的一个人呢？我对他万分好奇，如果他晚生五十年，如果他生而为我的弟弟，我是多么愿望好好培植他成为一个植物学家啊！在那一身草绿色的军服下面，他其实有着一颗生物学者的心。我小时候，他教导我的，几乎全是生物知识，我至今看到螳螂的卵仍十分惊动，那是我幼年行经田野时父亲教我辨认的。

每次他和我谈生物的时候，我都惊讶，仿佛我本来另有一个父亲，却未得成长践形。父亲也为此抱憾吗？或者他已认了？

而我不知道。

年轻时的父亲，有一次去打猎。一枪射出，一只小鸟应声而落，他捡起小鸟一看，小鸟已肚破肠流，他手里提着那温暖的肉体，看着那腹腔之内一一俱全的五脏，忽然决定终其一生不再射猎。

父亲在同事间并不是一个好相处的人，听母亲说有人给他起个外号叫“杠子手”，意思是耿直不转转，他听了也不气，只笑笑说“山难改，性难移”，他是很以自己的方正棱然自豪的，从来不屑于改正。然而这个清晨，在树林里，对一只小鸟，他却生慈柔之心，誓言从此不射猎。

父亲的性格如铁如砧，却也如风如水——我何尝真正了解过他？

《红楼梦》第一百二十回，贾政眼看着光头赤脚身披红斗篷的宝玉向他拜了四拜，转身而去，消失在茫茫雪原里，说：

“竟哄了老太太十九年，如今叫我才明白——”

贾府上下数百人，谁又曾明白宝玉呢？家人之间，亦未必真能互相解读吧？

我于父亲，想来也是如此无知无识。他的悲喜、他的起落、他的得意与哀伤、他的憾恨与自足，我哪里都能一一探知、一一感同身受呢？

蒲公英的散蓬能叙述花托吗？不，它只知道自己在一阵风后身不由己地和花托相失相散了，它只记得叶嫩花初之际，被轻轻托住的安全的感觉。它只知道，后来，就一切都散了，胜利的也许是生命本身，草原上的某处，会有新的蒲公英冒出来。

我终于明白，我还是不能明白父亲。至亲如父女，也只能如此。世间没有谁识得谁，正如那位高僧说的。

我觉得痛，却亦转觉释然，为我本来就无能认识的生命，为我本来就无能认识的死亡，以及不曾真正认识的父亲。原来没有谁可以彻骨认识谁，原来，我也只是如此无知无识。

——原载 1997 年 1 月 12 日《中国时报》人间副刊

有些人

有些人，他们的姓氏我已遗忘，他们的脸却恒常浮着——像晴空，在整个雨季中我们不见它，却清晰地记得它。

那一年，我读小学二年级，有一个女老师——我连她的脸都记不起来了，但好像觉得她是很美的（有哪一个小学生心目中的老师不美呢?）也恍惚记得她身上那片不太鲜丽的蓝。她教过我们些什么，我完全没有印象，但永远记得某个下午的作文课，一位同学举手问她“挖”字该怎么写，她想了一下，说：

“这个字我不会写，你们谁会?”

我兴奋地站起来，跑到黑板前写下了那个字。

那天，放学的时候，当同学们齐声向她说“再见”的时候，她向全班同学说：

“我真高兴，我今天多学会了一个字，我要谢谢这位同学。”

我立刻快乐得有如肋下生翅一般——我生平似乎再没有出现那么自豪的时刻。

那以后，我遇见无数学者，他们尊严而高贵，似乎无所不知。但他们教给我的，远不及那个女老师为多。她的谦逊，她对人不吝惜的称赞，使我忽然间长大了。

如果她不会写“挖”字，那又何妨，她已挖掘出一个小女孩心中宝贵的自信。

有一次，我到一家米店去。

“你明天能把米送到我们的营地吗?”

“能。”那个胖女人说。

“我已经把钱给你了，可是如果你们不送，”我不放心地说，“我们又有什么证据呢?”

“啊!”她惊叫了一声，眼睛睁得圆突突，仿佛听见一件耸人听闻的罪案，“做这种事，我们是不敢的。”

她说“不敢”两字的时候，那种敬畏的神情使我肃然，她所敬畏的是什么呢?是尊贵古老的卖米行业?还是“举头三尺即有神明”?

她的脸，十年后的今天，如果再遇到，我未必能辨认，但我每遇见那无所不为的人，就会想起她——为什么其他的人竟无所畏惧呢!

有一个夏天，中午，我从街上回来，红砖人行道烫得人鞋底都要烧起来似的。

忽然，我看到一个衣衫褴褛的中年人疲软地靠在一堵墙上，他的眼睛闭着，黧黑的脸曲扭如一截枯根，不知在忍受什么。

他也许是中暑了，需要一杯甘洌的冰水。他也许很忧伤，需要一两句鼓励的话，但满街的人潮流动，美丽的皮鞋行过美丽的人行道，没有人驻足望他一眼。

我站了一会儿，想去扶他，但我闺秀式的教育使我不能不有所顾忌，如果他是疯子，如果他的行动冒犯我——于是我扼杀了我的同情，让自己和别人一样地漠然离去。

那个人是谁?我不知道，那天中午他在眩晕中想必也没有看到我，我们只不过是路人。但他的痛苦却盘踞了我的心，他的无助的影子使我陷在长久的自责里。

上苍曾让我们相遇于同一条街，为什么我不能献出一点手足之情，为什么我有权漠视他的痛苦?我何以怀着那么可耻的自尊?如果可能，我真愿再遇见他一次，但谁又知道他在哪里呢?

我们并非永远都有行善的机会——如果我们一度错过。

那陌生人的脸于我是永远不可弥补的遗憾。

对于代数中的行列式，我是一点也记不清了。倒是记得那细瘦矮小貌不惊人的代数老师。

那年七月，当我们赶到联考考场的时候，只觉整个人生都摇晃起来，无忧的岁月至此便渺茫了，谁能预测自己在考场后的人生？

想不到的是代数老师也在那里，他那苍白而没有表情的脸竟会奔波过两个城市而在考场上出现，是颇令人感到意外的。

接着，他蹲在泥地上，拣了一块碎石子，为特别愚鲁的我讲起行列式来。我焦急地听着，似乎从来未曾那么心领神会过。泥土的大地可以成为那么美好的纸张，尖锐的利石可以成为那么流丽的彩笔——我第一次懂得，他使我在书本上的朱注之外了解了所谓“君子谋道”的精神。

那天，很不幸的，行列式没有考，而那以后，我再没有碰过代数书，我的最后一节代数课竟是蹲在泥地上上的。我整个的中学教育也是在那无墙无顶的课室里结束的，事隔十多年，才忽然咀嚼出那意义有多美。

代数老师姓什么，我竟不记得了，我能记得国文老师所填的许多小词，却记不住代数老师的名字，心里总有点内疚。如果我去母校查一下，应该不甚困难，但总觉得那是不必要的，他比许多我记得住姓名的人不是更有价值吗？

她曾教过我

——为纪念中国戏剧导师李曼瑰教授而作

秋深了。

后山的蛩吟在雨中渲染开来，台北在一片灯雾里，她已经不在这个城市里了。

记忆似乎也是从雨夜开始的，那时她办了一个编剧班，我去听课。那时候是冬天，冰冷的雨整天落着，同学们渐渐都不来了，喧哗着雨声和车声的罗斯福路经常显得异样的凄凉，我忽然发现我不能逃课了，我不能把她一个人丢给空空的教室。我必须按时去上课。

我常记得她提着百宝杂陈的皮包，吃力地爬上三楼，坐下来常是一阵咳嗽，冷天对她的气管非常不好，她咳嗽得很吃力，常常憋得透不过气来，可是在下一阵咳嗽出现之前，她还是争取时间多讲几句书。

不知道为什么，想起她的时候总是想起她提着皮包，佝着背踽踽行来的样子——仿佛已走了几千年，从老式的师道里走出来，从湮远的古剧场里走出来，又仿佛已走几万里地，并且涉过最荒凉的大漠，去教一个最懵懂的学生。

也许是巧合，有一次我问文化学院戏剧系的学生对她有什么印象，他们也说常记得站在楼上教室里，看她缓缓地提着皮包走上山径的样子。她生平不喜欢照相，但她在我们心中的形象是鲜活的。

那一年她为了纪念父母，设了一个“李圣质先生夫人剧本奖”，她把首奖颁给了我的第一个剧本《画》，她又勉励我们务必演出。在认识她以前，我从来不相信自己会投入舞台剧的工作——我不相信我会那么傻，可是，毕竟我也傻了，一个人只有在被另一个傻瓜的精神震撼之后，才有可能成为新起的傻瓜。

常有人问我为什么写舞台剧，我也许有很多理由，但最初的理由是“我遇见了一个老师”。我不是一个有计划的人，我唯一做事的理由是：“如果我喜欢那个人，我就跟他一起做”。在教书之余，在家务和孩子之余，在许多繁杂的事务之余，每年要完成一部戏是一件压得死人的工作，可是我仍然做了，我不能让她失望。

在《画》之后，我们推出了《无比的爱》《第五墙》《武陵人》《自烹》（仅在香港演出）、《和氏璧》和今年即将上演的《第三害》，合作的人如导演黄以功，舞台设计聂光炎，也都是她的学生。

我还记得，去年八月，我写完《和氏璧》，半夜里叫了一部车到新店去叩她的门，当时我来不及誊录，就把原稿呈给她看。第二天一清早她的电话就来了，她鼓励我，称赞我，又嘱咐我好好筹演，听到她的电话，我感动不已，她一定是漏夜不眠赶着看的。现在回想起来不免内疚，是她太温厚的爱把我宠坏了吧，为什么我兴冲冲地去半夜叩门的时候就不会想想她的年龄和她的身体呢？她那时候已经在病着吧？还是她活得太乐观太积极，使我们都忘了她的年龄和身体呢？

我曾应《幼狮文艺》之邀为她写一篇生平介绍和年表，有很长一段时间，我仔细观察她的生活，她吃得很少（家里倒是常有点心），穿得也马虎，住宅和家具也只取简单实用，连出租车都不大坐。我记得我把写好的稿子给她看时，她只说：“写得太好了——我哪里有这么好？”接着她又说，“看了你的文章别人会误会我很孤单，其实我最爱热闹的，亲戚朋友大家都来了我才喜欢呢！”

那是真的，她的独身生活过得平静、热闹而又温暖，她喜欢一切愉悦的东西，她像孩子。很少看见独身的女人那样爱小孩的，当然小孩也爱她，她只陪小孩玩，送他们巧克力，她跟小孩在一起的时候只是小孩，不是学者，不是教授，不是“立法委员”。

有一夜，我在病房外碰见她所教过的两个女学生，说是女学生，其实已是孩子读大学的华发妈妈了，那还是她在大学毕业和进入研究所之间的一年，在广东培道中学所教的学生，算来已接近半世纪了（李老师早年尝试用英文写过一个剧本《半世纪》，内容系写一传教士终生奉献的故事，其实现在看看，她自己也是一个奉献了半世纪的传教士）。我们一起坐在廊上聊天的时候，那太太掏出她儿子从台中写来的信，信上记挂着李老师，那大男孩说："除了爸妈，我最想念的就是她了。"——她就是这样一个被别人怀念，被别人爱的人。

作为她的学生，有时不免想知道她的爱情，对于一个爱美、爱生命的人而言，很难想象她从来没有恋爱过，当然，谁也不好意思直截地问她，我因写年表之便稍微探索了一下，我问她："你平生有没有什么人影响你最多的？"

"有，我的父亲，他那样为真理不退不让的态度给了我极大的影响，我的笔名雨初（李老先生的名字是李兆霖，字雨初，圣质则是家谱上的排名）就是为了纪念他。""除了长辈，我也指平辈，平辈之中有没有朋友是你所佩服而给了你终生的影响的？"她思索了一下说："真的，我有一个男同学，功课很好，不认识他以前我只喜欢玩，不太看得起用功的人，写作也只觉得单凭才气就可以了，可是他劝导我，使我明白好好用功的重要，光凭才气是不行的——我至今还在用功，可以说是受他的影响。"

作为一个女孩子，我很难相信一个女孩既折服于一个男孩而不爱他的，但我不知道那个书念得极好的男孩现今在哪里，他们有没有相爱过。我甚至不敢问他叫什么名字。他们之间也许什么都没开始，什么都没有发生——当然，我倒是宁可相信有一段美丽的故事被岁月遗落了。

据她在培道教过的两个女学生说："倒也不是特别抱什么独身主义，只是没有碰到一个跟她一样好的人。"我觉得那说法是可信的，要找一个跟她一样有学养、有气度、有原则、有热度的人，质之今世，是太困难了。多半的人总是有学问的人不肯办事，肯办事的没有学问，李老师的孤单何止在婚姻一端，她在提倡剧运的事上也是孤单的啊！

有一次，一位在香港导演舞台剧的江伟先生到台湾来拜见她，我带他去看她，她很高兴，送了他一套签名著作。江先生第二次来台的时候，她还请他吃了一顿饭。也许因为自己是台山人，跟华侨社会比较熟，所以只要听说海外演戏，她就非常快乐、非常兴奋，她有一件超凡的本领，就是在最无可图为的时候，仍然兴致勃勃的，仍然相信明天。

我还记得那一次吃饭，她问我要上哪一家，我因为知道她一向俭省(她因为俭省惯了，倒从来不觉得自己是在俭省了，所以你从来不会觉得她是一个在吃苦的人)，所以建议她去云南人和园吃“过桥面”，她难得胃口极好，一再鼓励我们再叫些东西，她说了一句很慈爱的话：“放心叫吧，你们再吃，也不会把我吃穷，不吃，也不会让我富起来。”而今，时方一年，话犹在耳，老师却永远不再吃一口人间的烟火了，宴席一散，就一直散了。

今秋我从国外回来，赶完了剧本，想去看她，会问黄以功她能吃些什么，“她什么也不吃了，这三个月，我就送过一次木瓜，反正送她什么也不能吃了……”

我想起她最后的一个戏《瑶池仙梦》，汉武帝会那样描写死亡：

“你到如今还可以活在世上，行着、动着、走着、谈着、说着、笑着；能吃、能喝、能睡、能醒、又歌、又唱，享受五味，鉴赏五色，聆听五音，而她，却蛰伏在那冰冷黑暗的泥土里，她那花容月貌，那慧心灵性……都……都……”

心中黯然久之。

李老师和我都是基督徒，都相信永生，她在极端的痛苦中，我们会手握着手一起祷告，按理说是应该不在乎“死”的——可是我仍然悲痛，我深信一个相信永生的人从基本上来说是爱生命的，爱生命的人就不免为死别而凄怆。

如果我们能爱什么人，如果我们要对谁说一句感恩的话，如果我们要送礼物给谁，就趁早吧！因为谁也不知道明天还能不能表达了。

其实，我在八月初回台湾的时候，如果立刻去看她，她还是精神健旺的，但我却拼着命去赶一个新剧本《第三害》，赶完以后又漏夜誊抄，可是我还是跑输了，等我在回台湾二十天后把抄好的剧本带到病房去的时候，她已进入病危期了，她的两眼睁不开，她的声音必须伏在胸前才能听到，她再也不能张开眼睛看我的剧本了。子期一死，七弦去弹给谁听呢？但是我不会摔破我的琴，我的老师虽走了，众生中总有一位足以为我之师为我之友的，我虽不知那人在何处，但何妨抱着琴站在通衢大道上等待呢，舞台剧的艺术总有一天会被人接受的。

年初，大家筹演老师的《瑶池仙梦》的时候，心中已有几分忧愁，聂光炎曾说："好好干吧，老人家就七十岁了，以后的精力如何就难说了，我们也许是最后一次替她效力了。"不料一语成谶，她果真在《瑶池仙梦》三个月以后开刀，在七个月后不治。《瑶池仙梦》后来得到最佳演出的金鼎奖，其导演黄以功则得到最佳导演奖，我不知对一位终生不渝其志的戏剧家来说这种荣誉能给她增加什么，但多少也表现社会对她的一点尊重。

有一次，她开玩笑地对我说：

"我们广东有句话：'你要受气，就演戏。'"

我不知她一生为了戏剧受了多少气，但我知道，即使在晚年，即使受了一辈子气，她仍是和乐的，安详的。甚至开刀以后，眼看是不治了，她却在计划什么时候出院，什么时候出国去为她的两个学生黄以功和牛川海安排可读的学校，寻找一笔深造的奖学金，她的遗志没有达成便撒手去了，以功和川海以后或者有机会深造，或者因恩师的谢世而不再有肯栽培他们的人，但无论如何，他们已自她得到最美的遗产，那是她的诚恳和关注。

她在病床上躺了四个月，几上总有一本《圣经》，床前总有一个忠心不渝的管家阿美，她本名叫李美丹，也有六十了，是李老师邻村的族人，从抗战后一直跟从李老师至今，她是一个瘦小的，大眼睛的，面容光洁的，整日身着玄色唐装而面带笑容的老式妇女，老师病重的时候曾因她照料辛苦而要加她的钱，她黯然地说："谈什么钱呢？我已经服侍她一辈子了，我要钱做什么用呢？她已经到最后几天了，就是不给钱，我也会伺候的。"我对她有一种真诚的敬意。

亚历山大大帝会自谓："我两手空空而来，两手空空而去。"但作为一个基督徒的她却可以把这句话改为："我两手空空而来，但却带着两握盈盈的爱和希望回去，我在人间会播下一些不朽，是给了别人而依然存在的。"

最后我愿将我的新剧《第三害》和它的演出，作为一束素菊，献于我所爱的老师灵前，会有人赞美过我，会有人诋毁过我，唯有她，曾用智慧和爱心教导了我。她会在前台和后台看我们的演出，而今，我深信她仍殷殷地从穹苍俯身看我们这一代的舞台。

老师，这样，可以吗？

醒过来的时候只见月色正不可思议地亮着。

这是中爪哇的一个古城，名叫日惹，四境多是蠢蠢欲爆的火山，那一天，因为是月圆，所以城郊有一场舞剧表演，远远近近用黑色火岩垒成的古神殿都在月下成了舞台布景，舞姿在夭矫游走之际，别有一种刚猛和深情。歌声则曼永而凄婉欲绝（不知和那不安的时时欲爆的山石，以及不安的刻刻欲震的大地是否有关）。看完表演回旅舍，疲累之余，倒在床上便睡着了。

梦里，我遇见李老师。

她还是十年前的老样子，奇怪的是，我在梦中立刻想到她已谢世多年。当时，便在心中暗笑起来："老师啊，你真是老顽皮一个哩！人都明明死了，却偷偷溜回来人世玩。好吧，我且不说破你，你好好玩玩吧！"

梦中的老师依然是七十岁，依然兴致冲冲，依然有女子的柔和与男子的刚烈炽旺，也依然是台山人那份一往不知回顾的执拗。

我在梦中望着她，既没有乍逢亲故的悲恸，也没有梦见死者的惧怖，只以近乎宠爱的心情看着她。觉得她像一个小女孩，因为眷恋人世，便一径跑了回来，生死之间，她竟能因爱而持有度牒。

然后，老师消失了，我在异乡泪枕上醒来。搬了张椅子，独坐在院子里，流量惊人的月光令人在沉浮之际不知如何自持。我怔怔然坐着，心中千丝万绪轻轻互牵，不是痛，只是怅惘，只觉温温的泪与冷冷的月有意无意地互映。

是因为方才月下那场舞剧吗？是那上百的人在舞台上串演其悲欢离合而引起的悸动吗？是因为《拉玛耶那》戏中原始神话的惊怖悲怆吗？为什么今夜我梦见她呢？

想起初识李老师时，她极力鼓励我写一出戏。记得多次在冬天的夜晚，我到她办公的小楼上把我最初的构想告诉她，而她又如何为我一一解惑。

而今晚她来，是要和我说什么呢？是兴奋地要与我讨论来自古印度的拉玛耶那舞剧呢，还是要责问我十年来有何可以呈之于人的成就呢？赤道地带的月色不意如此清清如水，我有一点点悲伤了，不是为老师，而是为自己。所谓一生是多么长而又多么短啊，所谓人世，可做的是如许之多而又如许之少啊！而我，这个被爱过，被期待过，被呵宠过，且被诋毁过的我，如今魂梦中能否无愧于一个我会称她为老师的人呢？

月在天，风在树，山在远方沸腾其溶浆，老师的音容犹在梦沿趑趄。此际但觉悲喜横胸，生死无隔。我能说的只是，老师啊，我仍在活着、走着、看着、想着、惑着、求着、爱着，以及给着——老师啊！这样，可以吗？

——一九八八，夏，印尼旅次

一九八九·冬订

后记：《画》是我的第一个剧本，因为觉得练习成分太多，便没有正式收入剧集里，近日蒙友人江伟改写为粤语演出，特记此梦付之。李曼瑰老师是当年鼓励（说确实一点是勉强）我写剧的人，今已作古十年，此文怀师之余，兼以自勉，希望自己是个“有以与人”的人。

你欠我一个故事

一

那个人，我不知道他的名字，却和他打过两次照面——也许是两次半吧！

大约是一九九一年，我因事去北京开会。临行有个好心又好事的朋友，给了我一个地址，要我去看一位奇医，我一时也想不出自己有什么大病，就随手塞在行囊里。

在北京开会之余，发现某个清晨可以挤出两个小时空当，我就真的按着地址去张望一下。那地方是个小陋巷，奇怪的是一大早八点钟离医生开诊还有一小时，门口已排了十几个病人，而那些病人又毫无例外地全是台胞。

他们各自拎个热水瓶，问他们干吗，他们说医生会给他们药。又问他们诊疗费怎么算，他们说随便包，不过他们都会给上千元台币。

其中有个清癯寡欢的老兵站在一旁。我为什么说他是老兵？大概因为他脸上有某种烽烟战尘之后的沧桑。

“你是从台湾过来的吗？”

“是的。”

“台湾哪里？”

“屏东。”

“呀！”我差点跳起来，“我娘家也住屏东，你住屏东哪里？”

“靠机场。”

“哎呀！”我又忍不住叫了一声，“我娘家就在胜利路呢——那，你府上哪里？”

“江苏徐州。”

其实最后那个问题问得有点多余，我几乎早已知道答案了，因为他的口音和我父亲几乎是一模一样的。

“生什么病呢？”

“肺里长东西。”

“吃这医生的药有效吗？”

“好像是好些了，谁知道呢？”

由于是初次见面，不好深谈人家的病，但又因为是同乡兼邻居，也有份不忍遽去之情。于是没话说，只淡淡地对站着。不料他忽然说：

“我生病，我谁都没说，我小孩在美国读书，我也不让他们知道，知道了又有什么用？还不是白操心。他们念书，各人忙各人的，我谁也不说，我就自己来治病了。”

“哎呀！这样也不太好吧？你什么都自己担着，也该让小孩知道一下啊！”

“小孩有小孩的事，就别去让他们操心了——你害什么病？”

“我？哎，我没什么病，只听人说这里有位名医，也来望望。啊哟，果真门庭若市，我还有事，这就要走了。”

我走了，他的脸在忙碌的日程里渐渐给淡忘了。

二

一九九三年，我带着父亲回乡探亲。由于父亲年迈，旅途除了我和母亲之外，还请了一位护士J小姐同行。

等把这奇异的返乡仪式完成，我们四人坐在南京机场等飞机返台。在大陆，无论吃饭赶车，都像在抢什么似的心慌。此刻，因为机场报到必须提早两小时，手续办完倒可神闲气定地坐一下。

我于是和J小姐起身把候机室逛了一圈。候机室不大，商场也不太有吸引力，我们走着走着，不知不觉在一位旅客面前停了下来。

J小姐忽然大叫了一声说：

"咦？怎么你也在这里？"

我定睛一看，不禁同时叫了起来：

"咦？又碰到了，我们不是在北京见过面吗？你吃那位医生的药后来效果如何？病都好了一点吗？"

"唉，别提了，别提了，愈吃愈坏了，病也耽误了，全是骗钱的！"

J小姐说，他们是邻居，在屏东。

聊了一阵，等上飞机我跟J小姐说：

"他这人也真了不起呢！病了，还事事自己打点，都不告诉他小孩！"

"啊呀！你乱说些什么呀？"J小姐瞪了我一眼，"他哪有什么小孩？他住我家隔壁，一个老兵，一个孤老头子，连老婆都没有，哪来小孩？"

我吓了一跳，立刻噤声，因为再多说一句，就立刻会把这老兵在邻里中变成一个可鄙的笑话。

三

白云勤拭着飞机的窗口。

唉，事隔两年，我经由这偶然的机缘知道了真相，原来那一天，他跟我说的全是谎言。

但他为什么要骗我呢？他骗我，也并没有任何好处可得啊！

想着想着我的泪夺眶而出，因为我忽然明白了：在北京那个清晨，那人跟我说的情节其实不是"谎言"，而是"梦"。

在一个遥远的城市，跟一个陌生人对话，不经意地，他说出了他的梦，他的不可能实现的梦：他梦想他结了婚，他梦想他拥有妻子，他梦想他有了孩子，他梦想儿子女儿到美国去留学。

然而，在现实的世界里，他没有钱，没有地位，没有学问，没有婚姻，没有子女，最后，连生命的本身也无权掌握。

他的梦，并不是夸张，本来也并不太难于兑现。但对他而言，却是雾锁云埋，永世不能触及的神话。

不，他不是一个说谎的人，他是一个说梦的人。他的虚构的故事如此真切实在，令我痛彻肝肠。

四

回到台湾之后，我又忙着，但照例过一阵子就去屏东看看垂老的父亲，看到父亲当然也就看到了照顾父亲的J小姐。

“那个老兵，你的邻居，就是我们在南京机场碰到的那一个，现在怎么样了?”

“哎呀，”J小姐一向大嗓门，“死啦！死啦！死了好几天也没人知道，他一个人，都臭了，邻居才发现!”

啊！那个我不知道名字的朋友，我和他打过两次半照面，一次在北京，一次在南京。另外半次，是听到他的死讯。

五

十多年过去了，我忽然发现，我其实才是老兵做梦也想做的那个人。

我儿是建中人，我女是北一女人，他们读完台大后，一个去了加州理工学院，一个去了N. Y. U。然后，他们回来，一个进了“中研院”，一个进了政大外文系，为人如果能由自己挑选命运，恐怕也不能挑个更好的了。

如果，我是那个陌生老兵在说其“梦中妄语”时所形容的幸运之人，其实我也有我的惶惑不安，我也有我的负疚和深愧。我们现在的安全和富裕，自在和飞扬，其实不都奠基在老兵当年的牺牲和奉献上吗？然而，我们何以报之？

去岁六月，N. Y. U 在草坪上举行毕业典礼，我和丈夫和儿子飞去美国参加，高耸的大树下阳光细碎，飞鸟和松鼠在枝柯间跑来跑去，我们是快乐的毕业生家人。此时此刻，志得意满，唯一令人烦心的事居然是：不知典礼会不会拖得太久，耽误了我们在牛排馆的订位。

然而，虽在极端的幸福中，虽在异国五光十色的街头，我仍能听见风中有冷冷的声音传来：

“你，欠我。”

“我欠你什么？”

“你欠我一个故事！我不会说我的故事，你会说，你该替我说我的故事。”

“我也不会说——那故事没有人会说……”

“可是我已经说给你听了，而且，你明明也听懂了。”

“如果事情被我说得颠三倒四，被我说得词不达意……”

“你说吧！你说吧！你欠我一个故事！”

我含泪点头，我的确欠他一个故事，我的确欠众生一段叙述。

六

然后，我明白，我欠负的还不止那人，我欠山川，我欠岁月。春花的清艳，夏云的奇崛，我从来都没有讲清楚过。山峦的复奥，众水的幻设，我也语焉不详。花东海岸腾跃的鲸豚，崇山峻岭中黥面的织布老妇，世上等待被叙述的情境是多么多啊！

天神啊！世人啊！如果你们宽容我，给我一点时间，一点忍耐，一点期许，一点从容，我想，我会把我欠下的为众生该作的叙述，在有生之年慢慢地一一道来。

二〇〇三年四月五日夜

细雨纷纷的清明，拖着打石膏的右腿坐在轮椅上写的

一句好话

小时候过年，大人总要我们说吉祥话，但碌碌半生，竟有一天我也要教自己的孩子说吉祥话了，才蓦然警觉这世间好话是真有的，令人思之不尽，但却不是“升官”“发财”“添丁”这一类的，好话是什么呢?冬夜的晚上，从爆白果的馨香里，我有一句没一句地想起来了……

一

“你们爱吃肥肉？还是瘦肉?”

讲故事的是个年轻的女佣人名叫阿密，那一年我八岁，听善忘的她一遍遍重复讲这个她自己觉得非常好听的故事，不免烦腻，故事是这样的：

有个人啦，欠人家钱，一直欠，欠到过年都没有还哩，因为没有钱还嘛。后来那个债主不高兴了，他不甘心，所以到了吃年夜饭的时候，就偷偷跑到欠钱的家里，躲在门口偷听，想知道他是真没有钱还是假没有钱，听到开饭了，那欠钱的说：

“今年过年，我们来大吃一顿，你们小孩子爱吃肥肉？还是瘦肉?”

(顺便插一句嘴，这是个老故事，那年头的肥肉瘦肉都是无上美味。)

那债主站在门外，听得清清楚楚，气得要死，心里想，你欠我钱，害我过年不方便，你们自己原来还有肥肉瘦肉拣着吃哩！他一气，就冲进屋里，要当面给他好看，等到跑到桌子前一看，哪里有肉，只有一碗萝卜一碗番薯，欠钱的人站起来说："没有办法，过年嘛，萝卜就算是肥肉，番薯就算是瘦肉，小孩子嘛！"

原来他们的肥肉就是白白的萝卜，瘦肉就是红红的番薯。他们是真穷啊，债主心软了，钱也不要了，跑回家去过年了。

许多年过去了，这个故事每到吃年夜饭时总会自动回到我的耳畔，分明已是一个不合时宜的老故事，但那个穷父亲的话多么好啊，难关要过，礼仪要守，钱却没有，但只要相恤相存，菜根也自有肥腴厚味吧！

在生命宴席极寒俭的时候，在关隘极窄极难过的时候，我仍要打起精神对自己说：

"喂，你爱吃肥肉？还是瘦肉？"

二

"我喜欢跟你用同一个时间。"

他去欧洲开会，然后转美国，前后两个月才回家，我去机场接他，提醒他说："把你的表拨回来吧，现在要用台湾的时间了。"

他愣了一下，说：

"我的表一直是台湾的时间啊！我根本没有拨过去！"

"那多不方便！"

"也没什么，留着台湾的时间我才知道你和小孩在干什么，我才能想象，现在你在吃饭，现在你在睡觉，现在你起来了……我喜欢跟你用同一个时间。”

他说那句话，算来也有十年了，却像一幅挂在门额的绣锦，鲜色的底子历经岁月，却仍然认得出是强旺的火红。我和他，只不过是凡世中，平凡又平凡的男子和女子，注定是没有情节可述的人，但久别乍逢的淡淡一句话里，却也有我一生惊动不已、感念不尽的恩情。

三

“好咖啡总是放在热杯子里的！”

经过罗马的时候，一位新识不久的朋友执意要带我们去喝咖啡。

“很好喝的，喝了一辈子难忘！”

我们跟着他东抹西拐大街小巷地走，石块拼成的街道美丽繁复，走久了，让人会忘记目的地，竟以为自己是出来踏石块的。

忽然，一阵咖啡浓香侵袭过来，不用主人指引，自然知道咖啡店到了。

咖啡放在小白瓷杯里，白瓷很厚，和中国人爱用的薄瓷相比另有一番稳重笃实的感觉。店里的人都专心品咖啡，心无旁骛。

侍者从一个特殊的保暖器里为我们拿出杯子，我捧在手里，忍不住讶道：

“咦，这杯子本身就是热的哩！”

侍者转身，微微一躬，说：

“女士，好咖啡总是放在热杯子里的！”

他的表情既不兴奋，也不骄矜，甚至连广告意味的夸大也没有，只是淡淡地在说一句天经地义的事而已。

是的，好咖啡总是应该斟在热杯子里的，凉杯子会把咖啡带凉了，香气想来就会蚀掉一些，其实好茶好酒不也都如此吗？

原来连“物”也是如此自矜自重的，《庄子》中的好鸟择枝而栖，西洋故事里的宝剑深契石中，等待大英雄来抽拔，都是一番万物的清贵，不肯轻易亵慢了自己。古代的禅师每从喝茶啜粥去感悟众生，不知道罗马街头那端咖啡的侍者也有什么要告诉我的，我多愿自己也是一份千研万磨后的香醇，并且慎重地斟在一只洁白温暖的厚瓷杯里，带动一个美丽的清晨。

四

“将来我们一起老。”

其实，那天的会议倒是很正经的，仿佛是有关学校的研究和发展之类的。

有位老师，站了起来，说：

“我们是个新学校，老师进来的时候都一样年轻，将来要老，我们就一起老了……”

我听了，简直是急痛攻心，赶紧别过头去，免得让别人看见我的眼泪——从来没想到原来同事之间的萍水因缘也可以是这样的一生一世啊！学院里平日大家都忙，有的分析草药，有的解剖小狗，有的带学生做手术，有的正埋首典籍……研究范围相差既远，大家都不暇顾及别人，然而在一度一度的后山蝉鸣里，在一阵阵的上课钟声间，在满山台湾相思芬芳的韵律中，我们终将垂垂老去，一起交出我们的青春而老去。

能为一个学校而老，能跟其他的一时俊彦一起老，能看着一批批的孩子长大而心安理得地去老，也算是一种幸福吧？

五

“你长大了，要做人了！”

汪老师的家是我读大学的时候就常去的，他们没有子女，我在那里从他读《花间词》，跟着他的笛子唱昆曲，并且还留下来吃温暖的羊肉涮锅……

大学毕业，我做了助教，依旧常去。有一次，为了买不起一本昂价的书便去找老师给我写张名片，想得到一点折扣优待。等名片写好了，我拿来一看，忍不住叫了起来：

“老师，你写错了，你怎么写‘兹介绍同事张晓风’，应该写‘学生张晓风’的呀！”

老师把名片接过去，看着我，缓缓地说：

“我没有写错，你不懂，就是要这样写的，你以前是我的学生，以后私底下也是，但现在我们在一所学校里，你是助教，我是教授，阶级虽不同却都是教员，我们不是同事是什么！你不要小孩子脾气不改，你现在长大了，要做人了，我把你写成同事是给你做脸，不然老是‘同学’‘同学’的，你哪一天才成人？要记得，你长大了，要做人了！”

那天，我拿着老师的名片去买书，得到了满意的折扣，至于省掉了多少钱我早已忘记，但不能忘记的却是名片背后的那番话。直到那一刻，我才在老师的爱纵推重里知道自己是与学者同其尊与长者同其荣的，我也许看来不“像”老师的同事，却已的确“是”老师的同事了。

竟有一句话使我一夕成长。

一碟辣酱

有一年，在香港教书。

港人非常尊师，开学第一周校长在自己家里请了一桌席，有十位教授赴宴，我也在内。这种席，每周一次，务必使校长在学期中能和每位教员谈谈。我因为是客，所以列在首批客人名单里。

这种好事因为在台湾从未发生过，我十分兴头地去赴宴。原来菜都是校长家的厨子自己做的，清爽利落，很有家常菜风格。也许由于厨子是汕头人，他在诸色调味料中加了一碟辣酱，校长夫人特别声明是厨师亲手调制的。那辣酱对我而言稍微嫌甜，但我还是取用了一些。因为一般而言广东人怕辣，这碟辣酱我若不捧场，全桌粤籍人士没有谁会理它。广东人很奇怪，他们一方面非常知味，一方面却又完全不懂“辣”是什么。我有次看到一则比萨饼的广告，说“热辣辣的”，便想拉朋友一试，朋友笑说：“你错了，热辣辣跟辣没有关系，意思是指很热很烫。”我有点生气，广东话怎么可以把辣当作热的副词？仿佛辣本身不存在似的。

我想这厨子既然特意调制了这独家辣酱，没有人下箸总是很伤感的事。汕头人是很以他们的辣酱自豪的。

那天晚上吃得很愉快也聊得很尽兴，临别的时候主人送客到门口，校长夫人忽然塞给我一个小包，她说：“这是一瓶辣酱，厨子说特别送给你的。我们吃饭的时候他在旁边巡巡看看，发现只有你一个人欣赏他的辣酱，他说他反正做了很多，这瓶让你拿回去吃。”

我其实并不十分喜欢那偏甜的辣酱，吃它原是基于一点善意，不料竟回收了更大的善意。我千恩万谢受了那瓶辣酱——这一次，我倒真的爱上这瓶辣酱了，为了厨子的那份情。

大约世间之人多是寂寞的吧？未被击节赞美的文章，未蒙赏识的赤忱，未受注视的美貌，无人为之垂泪的剧情，徒然地弹了又弹却不曾被一语道破的高山流水之音。或者，无人肯试的一碟食物……

而我只是好意一举箸，竟蒙对方厚赠，想来，生命之宴也是如此吧？我对生命中的涓滴每有一分赏悦，上帝总立即赐下万道流泉。我每为一个音符凝神，他总倾下整匹的音乐如素锦。

生命的厚礼，原来只赏赐给那些肯于一尝的人。

路

一

喜欢“路”那个字。

“路”的一半是“足”，意思是指“脚所踩的地方”，另一半是“各”，代表“各人有各人的去向”。

有所往，有所返，有所离，有所聚，有所予，有所求——在路上。

二

有一段时间的西洋戏剧，也不知为什么，故事总发生在街上，跟现在的“客厅戏”“卧房戏”相比，仿佛那时候的人浑身上下有用不完的精力和兴头，成天野在外面。连莎士比亚的好几个戏剧都如此，有名的《错中错》，主角便是从小离散的两对双胞胎主仆，一旦机缘巧合，居然同时到了一个城里，这一来，街坊邻居乃至妻子都被他们搞糊涂了，而这两个人彼此居然还不知道。

看来，古人的街路真好，一个人大清早出门，就仿佛总有许多故事，许多跃跃然欲发生的传奇情节在大路上等你——运气好的时候竟然不妨在街上碰到自己的双胞兄弟。

三

中国旧戏里的伶人也叫“路歧”，有学者猜测原因，说是大约应为伶人常演“走入歧途”的情节，所以干脆把演员叫成“路歧”。依我看，应该是演员自感于仆仆风尘的江湖生涯而采用的名字。一向爱死了一出旧戏里的句子：

> 路歧歧路两悠悠，不到天涯未肯休。

附带的，也爱东坡某首诗里的薄凉意味：

> 俯仰东西阁数州，老于歧路岂伶优？

想来，属于我的这半年，做教授是不得已，真正羡慕的还是：

> 有人学得轻巧艺，敢走南州共北州。

真正想去的还是那：

> 冲州撞府的红尘路。

能走南撞北，能把舞台当说法的坛，演千遍悲欢离合，是非得失，是多令人心动的一件事！

四

“大道之行也，天下为公”，说这句话的哲学家，想必常常在街上溜达吧！事实上整个中国哲学里所讨论的问题是“道”，而道，既是“真道”，也是“言道”和“道路”。

坐在车子里上街的孔子显然相当愉快，他跟街上的人也熟，看见对面有人过来，他就凭着车前的杠子弯腰致意，那根杠子叫轼，就是后来苏东坡的名字。

有一次孔子照例又在路上走着走着，因为是异乡，所以迷了路，叫弟子去问路，却问出一肚子气回来，那人的回答翻成鲜活的白话应该是这样的：

“哎哟，他这人到处跑码头，什么门路没被他钻遍啊，倒来向我问路，我才不跟他这种熟门惯路的人指路呢！”

看来孔子是真的常常身在街路上了，也幸亏如此，若是他身在庙堂，中国就少了一位“至圣先师”了。其实细算起来似乎古今中外的先知圣贤都习惯站在大路上说话。耶稣如此，苏格拉底如此。释迦牟尼如果不在路边看到出殡镜头，哪里会懂得生老病死，深宫里怎能有可以令人悟道的事件？

五

古人有时劝人行善，而行善的项目居然是“造桥铺路”。身为现代人当然不能再随便铺路了，但作为一个都市的市民，至少应该爱那些如棋盘如蛛网的纵横路吧？

六

在台北，如果要散步，入夜以后的爱国西路最好，没有一条街有那么漂亮的茄苳，关于这一点，知道的市民很少，倒是小鸟全都知道。爱国西路虽短却有逸气，相较之下中山南路嫌板，仁爱路嫌硬，敦化南路嫌洋。

七

迪化街那一带最好骑脚踏车慢慢逛，一家一家的布店，里面一张大木案子，因为爱那种斑驳黯淡的木色，有一次我傻乎乎地问道：

“你们可不可以换一张新桌子，把这张卖给我？”

布店老板淡淡地摇头：

“这怎么可以——这桌子我做囝仔的时候就有了，大概八十年了，怎么可以卖！卖了生意会败！”

没买到木桌子，心里却是高兴的，只要那张木桌子在就好，至于在我家或在迪化街，岂不一样？老板既真心尊重它且让他去生意兴隆。后来每想起迪化街就想起那些实实扎扎的布店，一板一板的布匹，一张挂着老花眼镜方方正正老板的脸。

八

迪化街也卖种子和杂货，种子对我而言最大的作用是“自欺”，没有土地的人怎么可能种花种菜？但有一包雏菊种子在手，至少可以想象一大片春花。

看杂货批发也很过瘾，大篓的爱玉子堆得像小山，想起来真像原矿一样动人。这些小东西能洗出多少晶莹剔透的爱玉来啊！一篓爱玉子足够供应好几条街的滑玉作坊呢！

木耳冬菇，干枯黝黑，却又隐隐把山林的身世带到闹市来。大虾米也叫金钩，有些霸里霸气的样子，它带来的是海洋的身世，已经没壳没头，还一径金金红红地惹眼。想来东北人叫它海米真好玩，到底是庄稼人，明明是虾，却偏说它是海里的米。我每次总站到老板娘再三问我要什么才离开。要什么，一时怎么说得清楚，要的只是一个懵懂书生对生活的感知。每见货运车南北奔驰，心中总生大感激，一粥一饭，一鱼一蔬，都是他人好意，都该合十敬领。

平常不容易看到的黑糯米在这里也能买到，黑黑红红，像减肥以后的红豆，颜色如此厚意殷殷，如果此刻有人告诉我此物补血，我想必立刻深信不疑。

九

如果往长安西路转，可以顺便找到染料店，那些染料小包弄得我如痴如醉，自己染布，这样调调，那样搅搅，可以弄出千百种颜色，比画画好玩多了。平生不会画画的遗憾，至此也就稍平了。

十

迪化街往另一边转过去是民生西路，我晃着晃着总会去买一两只光饼来吃，光饼圆而小，撒芝麻，微咸，中间一个小洞，相传是戚继光部队的军粮，中间那个小洞是供穿绳成串挂在脖子上用的。我吃光饼倒跟历史意识无关，只因童年家住双连一带，常到民生西路市场上买这种小饼。光饼很耐嚼，像三十年来的台北。

十一

去过纽约的第五街，去过旧金山渔人码头，去过好莱坞的日落大道、巴黎的香榭大道，甚至到莎士比亚故居使特拉福村的爱文河畔徘徊，只是一旦入梦，梦里的街衢绕来绕去却仍是孩提时期的双连火车站一幕。鼓锣喧天处是歌仔戏在作场啊！海浪布幕搅成一片海雨天风，蚌壳精就从那里上场了，管弦呕哑，吸取月华的蚌壳精一上场有好多掌声啊！三十年前的七月半，路边的一场野台戏，蚌壳精在海涛里破浪而出……

十二

如果你爱一个国家，从那个城市开始吧！

如果你爱一个城市，从那些街路开始吧！

而在你爱那些街路的时候，先牢牢地记下这些熙攘鲜活的街景吧！

第二辑　人间牵绊

母亲·姓氏·里贯·作家

儿子小时，大约三四岁，一个人到家门口的公园去玩。有人来问他籍贯，他说："我是湖南人，我妹妹也刚好是湖南人，我的爸爸和爷爷、奶奶都是湖南人，只有我妈妈是江苏人。"

他那时大概把籍贯看成某种血型，他们全属于一个整体，而妈妈很奇怪，她是另类。

这个笑话在我们家笑了很多次，但每次笑的时候，我都悄悄生疼，从每一寸肌肤，每一节骨骸。

我有个同学，她说她母亲当年结婚时最强烈的感觉便是"单刀赴会"。形容得真是孤凄悲壮，让人想起"风萧萧兮易水寒，淑女一去兮不复还。"父系中心的社会，结构完整严密，容不得女子有什么属于她自己的面目，我的儿子并不知道他除了姓林，也该姓二分之一的张，籍贯则除了是湖南长沙，也包含江苏徐州。

母亲生养了孩子，但是她容许孩子去从父姓。其实姓什么并不重要，生命的传递才是重点，正如莎士比亚说的：

"我们所谓的玫瑰，如果换个名字，不也一样芳香吗？"

可贵的是生命，是内在的气息，而不是顶在头上的姓氏或里贯。

晚明清初，有本书写得极好，叫《陶庵梦忆》。顾名思义，作者当然应该姓陶。其实不然，作者的名字叫张岱。为什么姓张的人却号陶庵呢？简单地说，就是作者在从事怀旧的、委婉的书写之际，不自觉地了解到自己也有属于母亲的、属于女性的一面。而他的母亲姓陶，他就自号“陶庵”。

也许只有那颗纤细的敏感的作者之心，才会使他向母亲的姓氏投靠。

张岱的情况更特别一些，他是遗民，身经亡国之痛。他勉强活下来，是因为想用余年去追述一个华美的、消失了的王朝。他渴望为逝去的朝代作见证并尽孝道，大明朝是他的父亲，也是他的母亲。

英国出生于二十世纪初的剧作家弗雷（写过 *The Lady's not for Burning*）把自己的姓和宗教，都改成了外婆的，他本姓哈里斯，十八岁才改的。

近代作者中直截了当用笔名来表达皈依母亲之忱的便是鲁迅了。鲁迅原姓周，叫周树人，与周作人是兄弟，并享盛名。鲁迅算是第一个写现代小说的作者，有趣的是他的小说背景永远绕着鲁镇打转，“鲁”是周树人母亲的姓，他选择这个姓来作自己的笔名，似乎有意向父系社会的姓氏制度挑战。一生下来便已被命名为周树人是他无法抗议的，但当他有机会给自己安排一个新名字，他便选择姓母亲的鲁。

附带一提的是，鲁迅的笔一向辛辣犀利，挖苦阿 Q 或孔乙己丝毫不留余地，但他笔下的女性却在坚苦卓绝中自有其高贵而永恒的刻痕，如华大妈，如夏四奶奶……

改姓改得更晚的是台大外文系的黄毓秀，在她改姓母亲的姓氏“刘”之前，其实常建议同学叫她“毓秀”老师。

还有一位在桃园监狱中服刑的年轻人，忽然从“天人菊写作班”学会了写作，生命也因而重新翻了一翻，他为自己取了个笔名叫苏柟，他的理由如下：

> 因为我最最伟大、最亲爱的妈妈姓苏，她常常向我们抱怨，家里三个小孩没人和她同姓，无人和她同心。每回闹别扭，都嚷着说，你们这些姓郑的如何怎样、怎样如何的。所以，我的笔名一定要和妈妈同姓。

作家大概是最容易为母亲打抱不平的人，最容易向弱势母亲认同的人。

当代作家中的余光中，其身份证上法定籍贯虽是福建永春，但他少年时期一向认同的却是母亲的故里，江南烟水之地。

下一次，当有人问及我们姓氏里贯之际，让我们——至少在心里——也承认母亲的这一边的姓氏里贯吧！

音乐教室

诗诗：

雨或者仍在下，或者已不下，厚丝绒的帷幕升起，大厅里簇拥着盛装的人群。这是你的第一次演奏会，我和晴晴坐在迢远的角落上遥望你。

音乐是风，在观众席的千峰万壑间回荡。音乐是雨，在我们心的檐沿繁密地垂下。音乐是奇异的阳光，蜿蜒向天涯每一条曲径。

我们从来没有期望你成为一个音乐家，只希望给你一个快乐的童年。因此三年前，我们带你去学音乐。教室里贴着美丽的壁纸，地毯是绿茵茵的。我们愉快地发现每一个小孩都是可爱的。你们唱歌，你们辨认拍子，你们兴奋地做着韵律游戏，你们学着识谱，试着作曲，尝试跟别人合奏，你们享受着彼此的快乐。

后来，我们又买了一架古老的、雕镂着花纹的钢琴，客厅成了另一间音乐教室，我们常常可以倾听你的充满生命的弹奏。

诗诗，我常在这一切的美好之上，感到一些更巨大的、更神圣的美丽。你还小，我因而从来没有告诉你。但今天，你和你的朋友们站在台上，你是多么大啊！你就是那个我每夜醒来为你哺乳的小婴孩吗？我在泪光中遥望你们，犹如一排青青翠翠的小树，我忍不住要将一些话告诉你。

许多年前，妈妈还是一个小女孩，有时她经过琴行，驻足看那些庄严得几乎不可触及的乐器，感到一种绝望。但少年时期总是美好的，有时，把双手放在桌子下面，也尽可在一排想象的琴键上来回抚弄。不需要才学和胸襟，少年时期人人都自然能了解陶渊明“无弦琴”的意境。

终于，有一天，有一个音乐老师答应教她弹琴。那是在南台湾的一个小城，学校又大又空旷，音乐教室因为面对着一带遮天蔽口的大树，整个绿郁郁地古典了起来。那女孩踩着密匝匝的树影朝圣似的走向音乐教室。夏日的骤雨过后，树上的黄花凄凄然地悬着饱胀的令人不知所措的美感，那女孩小心翼翼地捧着琴谱走着。

我常常忍不住要感谢许多人，例如我的音乐老师。他多么好，回忆中已想不起他的坏脾气，想不起他的不修边幅，只记得他站在琴前教我弹那简单的练习曲。诗诗，记得那天，你在钢琴上重弹那些曲子的时候，我忍不住地从书房跑出来。诗诗，你不能了解我在那一刹间的激动，我已经十几年不弹琴了，乍听你弹那些熟悉的曲子，只觉恍如隔世，几乎怀疑曲子是自我的腕下流出的——诗诗，我的音乐老师已经谢世了！伟大的音乐家里永远不会有他的名字，可是我仍然感谢他，尊敬他，他曾教导我更多地拥抱我所爱的音乐。他也不是成功的声乐家，但是，当他告诉我们他怎样去从戎当青年军，怎样在青春的激情里为祖国而唱的时候，那是怎样一种声音——诗诗，我再也不能看见我的老师了。我回来的时候他已化为一钵劫灰，我唯一能安慰自己的是，我曾让他了解，虽然已经十几年了，我仍在敬爱他。

诗诗，我不弹琴，竟已经十几年了，但恒在的是心中的琴韵。我的老师不曾把我教成一个钢琴家，但他使我了解怎样聆听这充满爱充满温情的世界。今天，当你的小手在琴键上往返欢呼，你可知道我所移植给你的音乐之苗是承自何处吗？诗诗，我每一思及人间的爱之链锁，那些牵牵绊绊彼此相萦的真情，总忍不住心如激湍。

有时候，诗诗，我们需要的是一点良知，一点感恩，以及一份严肃的对他人的歉疚之心，一种自觉欠负了什么的谦虚。

我仍然记得，那些年，音乐事实上是一个奢侈的名词。而今天，你我能安然地坐在美丽祥和的音乐教室里，你会感到那些琴，那些鼓仿佛理所当然地从开天辟地就存在着了。不是的，诗诗，这些美，这些权利，是许多不知名的手所共同建筑起来的。诗诗，我们或迟或早，总应该学会合理的感恩。

行年渐长，我越来越觉得生活在“人”之中的喜悦，生活在属于自己的土地上的喜悦，拥有一种历史的喜悦，以及一切小小的“与人共有”的喜悦。诗诗，这是一个有情的世界，我们每一个人都是在许多别人的善意里活着的——而那每一份善意都值得我们虔诚地谢天。

有一天，我偶然仔细地看了一下薪水袋！在安静的凝思里竟也能体会出一份美感。许多年来，我一直不认为钱是高尚的东西，但那天，我在谦卑中却体会出某种诗意来。我知道政府能给公教人员的薪酬有限，但我仿佛能感到这份薪水里包括某个荒山野岭的纳税人的玉米，某个渔人所捞的鱼，某个农人的稻子，某个女孩的甘蔗，以及某些工厂中许许多多人的劳力，或者是一个煤矿工人的汗，或者是一个手工业工人的巧心。诗诗，你能走入音乐教室，学你所喜欢的音乐课程，和那些人每一个都有或多或少的关系。社会的富足建立在广大人群的共同效命上。诗诗，我今天能安然地坐在灯下写，站在讲坛上说，我能欢悦地向年轻的孩子们叙述那个极大的古中国故事中的一部分，我能侃侃而谈《说文解字序》，或者王绩、王梵志，我能从容地讲唐人的传奇，宋人的平话，诗诗，我没有一丝可以傲人的，我从心底感到我对上天以及对整个社会的铭而难忘的谢意。

我有时真想对政府和军人说一声“谢谢”，我们在他们的忧劳中享受安谧，在他们的瘁殚中享受丰富。世界上的人能活在一个自由的、宁静的、确知自己的头颅有权利长在自己的头颈上的人并不多。诗诗，有时早晨起来，面对宇宙间新生的一天，面对李白和莎士比亚也无权经历的这一天，我忍不住对上苍说：“我感谢你，我感谢这个世界，我多么想去告诉每一个人我感谢他们。我多么想让别人知道我在他们的贡献里一直怀着一份歉疚的情感，一颗希望有所图报的心。”

诗诗，音乐在四壁之间，音乐在四壁之外，有如无所不在的花香。音乐渐渐地将空气过滤得坚实而甜美。你站在台上，置身于一座大电子琴后，每个孩子都认真地奏着自己的乐器，多么美好的下午！但是，诗诗，我愿意你知道，这世界并不全是这样美好的。我们所生活的制度，我们所生活的环境不是全世界处处都有的。加州的越南难民营里不会有音乐教室。诗诗，我们能有你，能相守在一间有爱有食物有音乐的屋子里，而如果仍然不知感恩的话，我们就是可耻的。

有一天，偶然和我们学校的教务主任谈起，他说："你知道吗？就为我们学校这一百二十个学生，政府已经花掉一亿多了！平均是一个学生一百万，这还是只指他们一入学，要是把七年医学教育的费用全算上，一个人大概是二百万！"

我当时深为震撼，一个人才是多少苦心的期待栽成的！转而一想，诗诗，我和你不也或多或少地接受过公费的培育吗？少年时期常向往的是冲风冒雨独来独往的豪情，成长以后才憬悟到人与人之间手足相依的那份亲切。少年时期是无挂无碍志得意满的自矜，成长以后才了解面对天地之化育、人类万物的深情，心头应该常存几分感恩、几分歉疚——没有什么是理所当然的，我们的每一分获得都该是足以令人惊喜的意外。

音乐扬起，再扬起，诗诗，也许将来你会有更多的演奏会——也许这是你唯一的一次，但无论如何，愿你记得音乐教室中美好的时光，记得那些穿花色长裙的小女孩，记得美丽的长发的音乐老师，记得那些琴、那些鼓、那些欢乐的歌。诗诗，不管世路是否艰难，记得我们曾在欢乐中走完美丽的初程。愿中国新生的一代常走在琴韵之中，真正有大担当的人是体会过幸福，而且确信人世间人人有权利幸福的人。真正敢投入风浪的大英雄是那些享受过内心深处真正宁静的人。诗诗，我愿你在音乐教室之内，我也愿你在音乐教室之外。

诗诗，雨或者在下，或者已不下，而我们已饱饫今日下午的音乐。音乐中有许多动人的冥思，有许多温热的联想。诗诗，愿天地是一间大音乐教室，愿萧萧的万木是琴柱，愿温柔的千涧是长弦，诗诗，让我们能说，我们已歌过，我们曾是我们这一代的声音。

遇　见

一个久晦后的五月清晨，四岁的小女儿忽然尖叫起来。

“妈妈！妈妈！快点来呀！”

我从床上跳起，直奔她的卧室，她已坐起身来，一语不发地望着我，脸上浮起一层神秘诡异的笑容。

“什么事?”

她不说话。

“到底是什么事?”

她用一只肥匀的有着小肉窝的小手，指着窗外。而窗外什么也没有，除了另一座公寓的灰壁。

“到底什么事?”

她仍然秘而不宣地微笑，然后悄悄地透露一个字。

“天!”

我顺着她的手望过去，果真看到那片蓝过千古而仍然年轻的蓝天，一尘不染令人惊呼的蓝天，一个小女孩在生字本上早已认识却在此刻仍然不觉吓了一跳的蓝天，我也一时愣住了。

于是，我安静地坐在她的旁边，两个人一起看那神迹似的晴空，她平常是一个聒噪的小女孩，那天竟也像被震慑住了似的，流露出虔诚的沉默。透过惊讶和几乎不能置信的喜悦，她遇见了天空。她的眸光自小窗口出发，响亮的天蓝从那一端出发，在那美丽的五月清晨，它们彼此相遇了。那一刻真是神圣，我握着她的小手，感觉到她不再只是从笔画结构上认识“天”，她正在惊讶赞叹中体认了那份宽阔、那份坦荡、那份深邃——她面对面地遇见了蓝天，她长大了。

那是一个夏天的长得不能再长的下午，在印第安纳州的一个湖边，我起先是不经意地坐着看书，忽然发现湖边有几棵树正在飘散一些白色的纤维，大团大团的，像棉花似的，有些飘到草地上，有些飘入湖水里，我仍然没有十分注意，只当偶然风起所带来的。

可是，渐渐地，我发现情况简直令人暗惊，好几个小时过去了那些树仍旧浑然不觉地，在飘送那些小型的云朵，倒好像是一座无限的云库似的。整个下午，整个晚上，漫天漫地都是那种东西，第二天情形完全一样，我感到诧异和震撼。

其实，小学的时候就知道有一类种子是靠风力靠纤维播送的，但也只是知道一条测验题的答案而已。那几天真的看到了，满心所感到是一种折服，一种无以名之的敬畏，我几乎是第一次遇见生命——虽然是植物的。

我感到那云状的种子在我心底强烈地碰撞上什么东西，我不能不被生命豪华的、奢侈的、不计成本的投资所感动。也许在不分昼夜的飘散之余，只有一颗种子足以成树，但造物者乐于做这样惊心动魄的壮举。

我至今仍然常在沉思之际想起那一片柔媚的湖水，不知湖畔那群种子中有哪一颗种子成了小树。至少，我知道有一颗已经成长，那颗种子曾遇见了一片土地，在一个过客的心之峡谷里，蔚然成荫，教会她，怎样敬畏生命。

母亲的羽衣

讲完了牛郎织女的故事，细看儿子已经垂睫睡去，女儿却犹自瞪着坏坏的眼睛。

忽然，她一把抱紧我的脖子把我赘得发疼：

“妈妈，你说，你是不是仙女变的？”

我一时愣住，只胡乱应道：

“你说呢？”

“你说，你说，你一定要说。”她固执地扳住我不放，“你到底是不是仙女变的？”

我是不是仙女变的？——哪一个母亲不是仙女变的？

像故事中的小织女，每一个女孩都曾住在星河之畔，她们织虹纺霓，藏云捉月，她们几曾烦心挂虑？她们是天神最偏怜的小女儿，她们终日临水自照，惊讶于自己美丽的羽衣和美丽的肌肤，她们久久凝注着自己的青春，被那份光华弄得痴然如醉。

而有一天，她的羽衣不见了，她换上了人间的粗布——她已经决定做一个母亲。有人说她的羽衣被锁在箱子里，她再也不能飞翔了，人们还说，是她丈夫锁上的，钥匙藏在极秘密的地方。

可是，所有的母亲都明白那仙女根本就知道箱子在哪里，她也知道藏钥匙的所在，在某个无人的时候，她甚至会惆怅地开启箱子，用忧伤的目光抚摸那些柔软的羽毛，她知道，只要羽衣一着身，她就会重新回到云端，可是她把柔软白亮的羽毛拍了又拍，仍然无声无息地关上箱子，藏好钥匙。

是她自己锁住那身昔日的羽衣的。

她不能飞了，因为她已不忍飞去。

而狡黠的小女儿总是偷窥到那藏在母亲眼中的秘密。

许多年前，那时我自己还是一个小女孩，我总是惊奇地窥伺着母亲。

她在口琴背上刻了小小的两个字——“静鸥”，那里面有什么故事吗？那不是母亲的名字，却是母亲名字的谐音，她也曾梦想过自己是一只静栖的海鸥吗？她不怎么会吹口琴，我甚至想不起她吹过什么好听的歌，但那名字对我而言是母亲神秘的羽衣，她轻轻写那两个字的时候，她可以立刻变了一个人，她在那名字里是另外一个我所不认识的有翅的什么。

母亲晒箱子的时候是她另外一种异常的时刻，母亲似乎有好些东西，完全不是拿来用的，只为放在箱底，按时年年在三伏天取出来曝晒。

记忆中母亲晒箱子的时候就是我兴奋欲狂的时候。

母亲晒些什么？我已不记得，记得的是樟木箱又深又沉，像一个混沌黝黑初生的宇宙，另外还记得的是阳光下竹竿上富丽夺人的颜色，以及怪异却又严肃的樟脑味，以及我在母亲喝禁声中东摸摸西探探的快乐。

我唯一真正记得的一件东西是幅漂亮的湘绣被面，雪白的缎子上，绣着兔子和翠绿的小白菜，和红艳欲滴的小杨花萝卜，全幅上还绣了许多别的令人惊讶赞叹的东西。母亲一面整理，一面会忽然回过头来说：“别碰，别碰，等你结婚就送给你。”

我小的时候好想结婚，当然也有点害怕，不知为什么，仿佛所有的好东西都是等结了婚就自然是我的了，我觉得一下子有那么多好东西也是怪可怕的事。

那幅湘绣后来好像不知怎么就消失了，我也没有细问。对我而言，那么美丽得不近真实的东西，一旦消失，是一件合理得不能再合理的事。譬如初春的桃花，深秋的枫红，在我看来都是美丽得违了规的东西，是茫茫大化一时的错误，才胡乱把那么多的美堆到一种东西上去，桃花理该一夜消失的，不然岂不教世人都疯了？

湘绣的消失对我而言简直就是复归大化了。

但不能忘记的是母亲打开箱子时那份欣悦自足的表情，她慢慢地看着那幅湘绣，那时我觉得她忽然不属于周遭的世界，那时候她会忘记晚饭，忘记我扎辫子的红绒绳。她的姿势细想起来，实在是仙女依恋地轻抚着羽衣的姿势，那里有一个前世的记忆，她又快乐又悲哀地将之一一拾起，但是她也知道，她再也不会去拾起往昔了——唯其不会重拾，所以回顾的一刹那更特别的深情凝重。

除了晒箱子，母亲最爱回顾的是早逝的外公对她的宠爱。有时她胃痛，卧在床上，要我把头枕在她的胃上，她慢慢地说起外公。外公似乎很舍得花钱（当然也因为有钱），总是带她上街去吃点心，她总是告诉我当年的肴肉和汤包怎么好吃，甚至煎得两面黄的炒面和女生宿舍里早晨订的冰糖豆浆（母亲总是强调“冰糖”豆浆，因为那是比“砂糖”豆浆更为高贵的），都是超乎我想象力之外的美味。我每听她说那些事的时候，都惊讶万分——我无论如何不能把那些事和母亲联想在一起。我从有记忆起，母亲就是一个吃剩菜的角色，红烧肉和新炒的蔬菜简直就是理所当然地放在父亲面前的，她自己的面前永远是一盘杂拼的剩菜和一碗“擦锅饭”（擦锅饭就是把剩饭在炒完菜的剩锅中一炒，把锅中的菜汁都擦干净了的那种饭），我简直想不出她不吃剩菜的时候是什么样子。

而母亲口里的外公、上海、南京、汤包、肴肉全是仙境里的东西，母亲每讲起那些事，总有无限的温柔，她既不感伤，也不怨叹，只是那样平静地说着。她并不要把那个世界拉回来，我一直都知道这一点，我很安心，我知道下顿饭她仍然会坐在老地方，吃那盘我们大家都不爱吃的剩菜。而到夜晚，她会照例一个门一个窗地去检点去上闩。她一直都负责把自己牢锁在这个家里。

哪一个母亲不曾是穿着羽衣的仙女呢？只是她藏好了那件衣服，然后用最黯淡的一件粗布把自己掩藏了，我们有时以为她一直就是那样的。

而此刻，那刚听完故事的小女儿鬼鬼地在窥伺着什么？

她那么小，她何以得知？她是看多了卡通，听多了故事吧？她也发现了什么吗？

是在我的集邮本偶然被儿子翻出来的那一刹那吗？是在我拣出石涛画册或汉碑并一页页细味的那一刻吗？是在我猛然回首听他们弹一阕熟悉的钢琴练习曲的时候吗？抑是在我带他们走过年年的春光，不自主地驻足在杜鹃花旁或流苏树下的一瞬间吗？

或是在我动容地托住父亲的勋章或童年珍藏的北平画片的时候，或是在我翻拣夹在大字典里的干叶之际，或是在我轻声地教他们背一首唐诗的时候……

是有什么语言自我眼中流出呢？是有什么音乐自我腕底泻过吗？为什么那小女孩会问道：

“妈妈，你是不是仙女变的呀？”

我不是一个和千万母亲一样安分的母亲吗？我不是把属于女孩的羽衣收折得极为秘密吗？我在什么时候泄露了自己呢？

在我的书桌底下放着一个被人弃置的木质砧板，我一直想把它挂起来当一幅画，那真该是一幅庄严的画，那样承受过万万千千生活的刀痕和凿印的，但不知为什么，我一直也没有把它挂出来……

天下的母亲不都是那样平凡不起眼的一块砧板吗？不都是那样柔顺地接纳了无数尖锐的割伤却默无一语的砧板吗？

而那小女孩，是凭什么神秘的直觉，竟然会问我：

“妈妈？你到底是不是仙女变的？”

我掰开她的小手，救出我被吊得酸麻的脖子，我想对她说：“是的，妈妈曾经是一个仙女，在她做小女孩的时候，但现在，她不是了，你才是，你才是一个小小的仙女！”

但我凝注着她晶亮的眼睛，只简单地说了一句：

“不是，妈妈不是仙女，你快睡觉。”

“真的?”

“真的!”

她听话地闭上了眼睛，旋又不放心地睁开：

“如果你是仙女，也要教我仙法哦!”

我笑而不答，替她把被子掖好，她兴奋地转动着眼珠，不知在想什么。

然后，她睡着了。

故事中的仙女既然找回了羽衣，大约也回到云间去睡了。

风睡了，鸟睡了，连夜也睡了。

我守在两张小床之间，久久凝视着他们的睡容。

我交给你们一个孩子

我交给你们一个孩子

小男孩走出大门，返身向四楼阳台上的我招手，说：

“再见！”

那是好多年前的事了，那个早晨是他开始上小学的第二天。

我其实仍然可以像昨天一样，再陪他一次，但我却狠下心来，看他自己单独去了。他有属于他的一生，是我不能相陪的，母子一场，只能看作一把借来的琴弦，能弹多久，便弹多久，但借来的岁月毕竟是有其归还期限的。

他欢然地走出长巷，很听话的既不跑也不跳，一副循规蹈矩的模样。我一人怔怔地望着尤加利下细细的朝阳而落泪。

想大声地告诉全城市，今天早晨，我交给你们一个小男孩，他还不知恐惧为何物，我却是知道的，我开始恐惧自己有没有交错。

我把他交给马路，我要他遵守规矩沿着人行道而行，但是，匆匆的路人啊，你们能够小心一点吗？不要撞到我的孩子，我把我至爱的交给了纵横的道路，容许我看见他平平安安地回来！

我不曾搬迁户口，我们不要越区就读，我们让孩子读本区内的公立小学而不是某些私立明星小学，我努力去信任我们的教育当局，而且，是以自己的儿女为赌注来信任的——但是，学校啊，当我把我的孩子交给你，你保证给他怎样的教育？今天清晨，我交给你一个欢欣诚实又颖悟的小男孩，多年以后，你将还我一个怎样的青年？

他开始识字，开始读书，当然，他也要读报纸、听音乐或看电视、电影，古往今来的撰述者啊！各种方式的知识传递者啊！我的孩子会因你们得到什么呢？你们将饮之以琼浆，灌之以醍醐，还是哺之以糟粕？他会因而变得正直忠信，还是学会奸猾诡诈？当我把我的孩子交出来，当他向这世界求知若渴，世界啊，你给他的会是什么呢？

世界啊，今天早晨，我，一个母亲，向你交出她可爱的小男孩，而你们将还我一个怎样的呢！

小蜥蜴如何藏身在草丛里的奇观

我给小男孩请了一位家庭教师，在他七岁那年。

听到的人不免吓一跳：

“什么？那么小就开始补习了？”

不是的，我为他请一位老师是因为小男孩被蝴蝶的三部曲弄得神魂颠倒，又一心想知道蚂蚁怎么回家；看到世上有那么多种蛇，也使他欢喜得着了慌，我自己对自然的万物只有感性的欢欣赞叹，没有条析缕陈的解释能力，所以，我为他请了老师。

有一张征求老师的文字是我想用而不曾用过的，多年来，它像一坛忘了喝的酒，一直堆叠在某个不显眼的角落。春天里，偶然男孩又不自觉地转头去听鸟声的时候，我就会想起自己心底的那篇文字：

> 我们要为我们的小男孩寻找一位生物老师。
>
> 他七岁，对万物的神奇兴奋到发昏的程度，他一直想知道，这一切“为什么是这样的”？
>
> 我们想为他找的不单是一位授课的老师，也是一位启示他生命的奇奥和繁富的人。

他不是天才，他只是一个好奇而且喜欢早点知道答案的孩子。我们尊重他的好奇，珍惜他兴奋易感的心，我们不是富有的家庭，但我们愿意好好为他请一位老师，告诉他花如何开，果如何结，蜜蜂如何住在六角形的屋子里，蚯蚓如何在泥土中走路吃饭……他只有一度童年，我们，急于让他早点享受到"知道"的权利。

有的时候，也请带他到山上到树下去上课，他喜欢知道蕨类怎样成长，杜鹃怎样红遍山头，以及小蜥蜴如何藏身在草丛里的奇观……

有谁愿意做我们小男孩的生物老师？

小男孩后来读了两年生物，获益无穷，而这篇在心底重复无数遍的"征求老师"的腹稿却只供我自己回忆。

寻人启事

我坐在餐桌上修改自己的一篇儿童诗稿，夜渐渐深了。

男孩房里的灯仍亮着，他在准备那些考不完的试。

我说：

"喂，你来，我有一篇诗要给你看！"

他走过来，把诗拿起来，慢慢看完，那首诗是这样写的：

寻人启事

妈妈在客厅贴起一张大红纸
上面写着黑黑的几行字：
兹有小男孩一名不知何时走失
谁把他拾去了啊，仁人君子
他身穿小小的蓝色水手服
他睡觉以前一定要念故事
他重得像铅球又快活得像天使

满街去指认金龟车是他的专职
当电扇修理匠是他的大志
他把刚出生的妹妹看了又看露出诡笑：
“妈妈呀，如果你要亲她就只准亲她的牙齿。”
那个小男孩到哪里去了，谁肯给我明示？
听说有位名叫时间的老人把他带了去
却换给我一个国中的少年比妈妈还高
正坐在那里愁眉苦脸地背历史
那昔日的小男孩啊不知何时走失
谁把他带还给我啊，仁人君子。

看完了，他放下，一言不发地回房去了。第二天，我问他：

“你读那首诗怎么不发表一点高见？”

“我读了很难过，所以不想说话……”

我茫然走出他的房间，心中怅怅，小男孩已成大男孩，他必须有所忍受，有所承载，我所熟知的一度握在我手里的那一双小手有如飞鸟，在翩飞中消失了。

仅仅只在不久以前，他不是还牵着妹妹的手，两人诡秘地站在我的书房门口吗？他们同声用排练好的做作的广告腔说：

好立克大王
张晓风女士
请你出来
为你的儿子女儿冲一杯好立克

这样的把戏玩了又玩，一杯杯香浓的饮料喝了又喝，童年，繁华喧天的岁月，就如此跫音渐远。

别人的同学会

出门的时候，她蔫蔫的，一副意兴阑珊的样子。

多年夫妻了，装高兴的那种把戏看来也大可不必了。装假，实在是很累人的事，更何况，装得不好是会给人拆穿的，反而没趣。

他应该也看出来了，但大概由于理亏，也就不好意思说什么。两人叫了计程车，便往豪华饭店驰去。她本来就讨厌吃“泼费”（“尽量吃饱”的意思），何况又是去跟丈夫的同学吃。

世上无聊的事很多，陪配偶的老同学吃饭大概也算是一桩吧？今天的晚宴，她想象起来，也不觉得会有什么乐趣。所谓“老友”，本来天经地义，就该有点排外。老友聊天如果不能令别人目瞪口呆，片言只语也插不进，那也不叫“老友”了。

这种场合，她知道，做妻子的去了，实在了无生趣。但不去，又显得做丈夫的没面子，连个老婆也搬不动，只好勉勉强强无精打采地去走一遭。等一下，等到达饭店，她会把笑容拿出来挂上脸去，她会把自己装作“鸽派人士”。但现在，她想要休息一下，她把自己缩成一条还没有吹胀的气球，萎皱且扭曲，窝在座椅上。

坐上桌以后，果不出所料，几个男人开始大谈想当年，女人则静静地听，静静地吃，完全插不上嘴。同学会这种地方是不该带配偶的，太不人道了，她想，各人跑各人自己的同学会才对。好在几个太太都是质朴的人，大家低头吃东西，倒也相安。曾经碰到某些太太没话找话说，那才叫累人。

忽然，话锋一转，他们谈到了作弊。而且，他们一致把眼睛望向她的丈夫。

“哎呀，真的，我们班上唯一考试不作弊的人，就是你呀!”

“对呀，就是你，只有你一个!”

她吃了一惊，原来他是唯一的一个！她自己考试不作弊，总以为天下人都该不作弊，没料到丈夫当年竟是唯一的一个。

“那你呢？你也作弊啦!”有个太太多此一举地瞪眼问自己的丈夫。

“我不作我就毕不了业了!”那丈夫理直气壮地回答。

她默默地吃着，什么话也没讲。心里却对自己说，啊，想来那男孩当年也满可爱的，虽然现在的他已是“忠厚”人士，虽然他坐在自己身边竭力不为那份诚实而自得自豪。他的确是个诚实的君子，相处三十多年后，她倒也能为这句话盖上印章，打上包票。

“有时去参加别人的同学会倒也不完全是无聊的事。”

回家的路上，挽着丈夫的手，她想。

许士林的独白

——献给那些暌违母颜比十八年更长久的天涯之人

驻马自听

我的马将十里杏花跑成一掠眼的红烟，娘！我回来了！

那尖塔戳得我的眼疼，娘，从小，每天，它嵌在我的窗里，我的梦里，我寂寞童年唯一的风景，娘。

而今，新科的状元，我，许士林，一骑白马一身红袍来拜我的娘亲。

马踢起大路上的清尘，我的来处是一片雾，勒马蔓草间，一垂鞭，前尘往事，都到眼前。我不需有人讲给我听，只要溯着自己一身的血脉往前走，我总能遇见你，娘。

而今，我一身状元的红袍，有如十八年前，我是一个全身通红的赤子，娘，有谁能撕去这袭红袍，重还我为赤子？有谁能抟我为无知的泥，重回你的无垠无限？

都说你是蛇，我不知道，而我总坚持我记得十月的相依，我是小渚，在你初暖的春水里被环护，我抵死也要告诉他们，我记得你乳汁的微温。他们总说我只是梦见，他们总说我只是猜想，可是，娘，我知道我是知道的，我知道你的血是温的，泪是烫的，我知道你的名字是“母亲”。

而万古乾坤，百年身世，我们母子就那样缘薄吗？才甫一月，他们就把你带走了。有母亲的孩子可聆母亲的音容，没母亲的孩子可依向母亲的坟头，而我呢，娘，我向何处破解恶狠的符咒？

有人将中国分成江南江北，有人把领域划成关内关外，但对我而言，娘，这世界被截成塔底和塔上。塔底是千年万世的黝黑混沌，塔外是荒凉的日光，无奈的春花和忍情的秋月……

塔在前，往事在后，我将前去祭拜，但，娘，此刻我徘徊伫立，十八年，我重溯断了的脐带，一路向你泅去，春阳暖暖，有一种令人没顶的怯惧，一种令人没顶的幸福。塔牢牢地楔死在地里，像以往一样牢，我不敢相信你驮着它有十八年之久，我不能相信，它会永永远远镇住你。

十八年不见，娘，你的脸会因长期的等待而萎缩干枯吗？有人说，你是美丽的，他们不说我也知道。

认　取

你的身世似乎大家约好了不让我知道，而我是知道的，当我在井旁看一个女子汲水，当我在河畔看一个女子洗衣，当我在偶然的一瞥间看见当窗绣花的女孩，或在灯下衲鞋的老妇，我的眼眶便乍然湿了。娘，我知道你正化身千亿，向我絮絮地说起你的形象。娘，我每日不见你，却又每日见你，在凡间女子的颦眉瞬目间，将你一一认取。

而你，娘，你在何处认取我呢？在塔的沉重上吗？在雷峰夕照的一线酡红间吗？在寒来暑往的大地腹腔的脉动里吗？

是不是，娘，你一直就认识我，你在我无形体时早已知道我，你从茫茫大化中拼我成形，你从冥漠空无处抟我成体。

而在峨眉山，在竞绿赛青的千岩万壑间，娘，是否我已在你的胸臆中。当你吐纳朝霞夕露之际，是否我已被你所预见？我在你曾仰视的霓虹中舒昂，我在你曾倚以沉思的树干内缓缓引升，我在花，我在叶，当春天第一棵小草冒地而生并欢呼时，你听见我。在秋后零落断雁的哀鸣里，你分辨我，娘，我们必然从一开头就是彼此认识的。娘，真的，在你第一次对人世有所感有所激的刹那，我潜在你无限的喜悦里，而在你有所怨有所叹的时分，我藏在你的无限凄凉里，娘，我们必然是从一开头就彼此认识的，你能记忆吗？娘，我在你的眼，你的胸臆，你的血，你的柔和如春浆的四肢。

湖

娘，你来到西湖，从叠烟架翠的峨眉到软红十丈的人间，人间对你而言是非走一趟不可的吗？但里湖、外湖、苏堤、白堤，娘，竟没有一处可堪容你，千年修持，抵不了人间一字相传的血脉姓氏，为什么人类只许自己修仙修道，却不许万物修得人身跟自己平起平坐呢？娘，我一页一页地翻圣贤书，一个一个地去阅人的脸，所谓圣贤书无非要我们做人，但为什么真的人都不想做人呢？娘啊！阅遍了人和书，我只想长哭，娘啊，世间原来并没有人跟你一样痴心地想做人啊！岁岁年年，大雁在头顶的青天上反复指示“人”字是怎么写的，但是，娘，没有一个人在看，更没有一个人看懂了啊！

南屏晚钟，三潭印月，曲院风荷，文人笔下西湖是可以有无限题咏的。冷泉一径冷着，飞来峰似乎想飞到哪里去，西湖的游人万千，来了又去了，谁是坐对大好风物想到人间种种就感激欲泣的人呢，娘，除了你，又有谁呢？

雨

西湖上的雨就这样来了，在春天。

是不是从一开头你就知道和父亲注定不能天长日久做夫妻呢？茫茫天地，你只死心塌地眷着伞下的那一刹那温情。湖色千顷，水波是冷的，光阴百代，时间是冷的。然而一把伞，一把紫竹为柄的八十四骨的油纸伞下，有人跟人的聚首，伞下有人世的芳馨，千年修持是一张没有记忆的空白，而伞下的片刻却足以传诵千年。娘，从峨眉到西湖，万里的风雨雷雹何尝在你意中，你所以眷眷于那把伞，只是爱与那把伞下的人同行，而你心悦那人，只是因为你爱人世，爱这个温柔绵缠的人世。

而人间聚散无常，娘，伞是聚，伞也是散，八十四支骨架，每一支都可能骨肉撕离。娘啊！也许一开头你就是都知道的，知道又怎样，上天下地，你都敢去较量，你不知道什么叫生死，你强扯一根天上的仙草而硬把人间的死亡扭成生命，金山寺一斗，胜利的究竟是谁呢，法海做了一场灵验的法事，而你，娘，你传下了一则喧腾人间的故事。人世的荒原里谁需要法事？我们要的是可以流传百世的故事，可以乳养生民的故事，可以辉耀童年的梦寐和老年的记忆的故事。

而终于，娘，绕着那一湖无情的寒碧，你来到断桥，斩断情缘的断桥。故事从一湖水开始，也向一湖水结束，娘，峨眉是再也回不去了。在断桥，一场惊天动地的婴啼，我们在彼此的眼泪中相逢，然后，分离。

合　钵

一只钵，将你罩住，小小的一片黑暗竟是你而今而后头上的苍穹。娘，我在噩梦中惊醒千回，在那份窒息中挣扎。都说雷峰塔会在夕照里，千年万世，只专为镇一个女子的情痴，娘，镇得住吗？我是不信的。

世间男子总以为女子一片痴情，是在他们身上，其实女子所爱的哪里是他们，女子所爱的岂不也是春天的湖山，山间的晴岚，岚中的万紫千红，女子所爱的是一切好气象、好情怀，是她自己一寸心头万顷清澈的爱意，是她自己也说不清道不尽的满腔柔情。像一朵菊花的“抱香枝头死”，一个女子紧紧怀抱的是她自己亮烈美丽的情操，而一只法海的钵能罩得住什么？娘，被收去的是那桩婚姻，收不去的是属于那婚姻中的恩怨牵挂，被镇住的是你的身体，不是你的着意飘散如暮春飞絮的深情。

——而即使身体，娘，他们也只能镇住少部分的你，而大部分的你却在我身上活着。是你的傲气塑成我的骨，是你的柔情流成我的血。当我呼吸，娘，我能感到属于你的肺纳，当我走路，我想到你在这世上的行迹。娘，法海始终没有料到，你仍在西湖，在千山万水间自在地观风望月并且读着圣贤书，想天下事，与万千世人摩肩接踵——藉一个你的骨血揉成的男孩，藉你的儿子。

不管我曾怎样凄伤，但一想起这件事，我就要好好活着，不仅为争一口气，而是为赌一口气！娘，你会赢的，世世代代，你会在我和我的孩子身上活下去。

祭　塔

而娘，塔在前，往事在后，十八年乖隔，我来此只求一拜——人间的新科状元，头簪宫花，身着红袍，要把千种委屈，万种凄凉，都并作纳头一拜。

娘！

那豁然撕裂的是土地吗？

那倏然崩响的是暮云吗？

那颓然而倾斜的是雷峰塔吗？

那哽咽垂泣的是——娘，你吗？

是你吗？娘，受孩儿这一拜吧！

你认识这一身通红吗？十八年前是红涌涌的赤子，而今是宫花红袍的新科状元许士林。我多想扯碎这一身红袍，如果我能重还为你当年怀中的赤子，可是，娘，能吗？

当我读人间的圣贤书，娘，当我援笔为文论人间事，我只想到，我是你的儿，满腔是温柔激荡的爱人世的痴情。而此刻，当我纳头而拜，我是我父之子，来将十八年的亏疚无奈并作惊天动地的一叩首。

且将我的额血留在塔前，作一朵长红的桃花，笑傲朝霞夕照；且将那崩然有声的头颅击打大地的声音化作永恒的暮鼓，留给法海听，留给一骇而倾的塔听。

人间永远有秦火焚不尽的诗书，法钵罩不住的柔情，娘，惟将今夕的一凝目，抵十八年数不尽的骨中的酸楚，血中的辣辛，娘！

终有一天雷峰会倒，终有一天尖耸的塔会化成飞散的泥尘，长存的是你对人间那一点执拗的痴！

当我驰马而去，当我在天涯地角，当我歌，当我哭，娘，我忽然明白，你无所不在地临视我，熟知我，我的每一举措于你仍是当年的胎动，扯你，牵你，令你惊喜错愕，令你隔着大地的腹部摸我，并且说："他正在动，他正在动，他要干什么呀?"

让塔骤然而动，娘，且受孩儿这一拜！

后记：许士林是故事中白素贞和许仙的儿子，大部分的叙述者都只把情节说到"合钵"为止，平剧（即京剧——编注）中《祭塔》一段也并不经常演出，但我自己极喜欢这一段，我喜欢那种利剑斩不断，法钵罩不住的人间牵绊，本文试着细细表出许士林叩拜囚在塔中的母亲的心情。

娇女篇

——记小女儿

人世间的匹夫匹妇，一家一计的过日子人家，岂能有大张狂，大得意处？所有的也无非是一粥一饭的温馨，半丝半缕的知足，以及一家骨肉相依的感恩。

女儿的名字叫晴晴，是三十岁那年生的。强说愁的年龄过去了，渐渐喜欢平凡的晴空了。烟雨村路只宜在水墨画里，雨润烟浓只能嵌在宋词的韵律里，居家过日子，还是以响蓝的好天气为宜，女儿就叫了晴晴。

晴晴长到九岁，我们一家去恒春玩。恒春在屏东，屏东犹有我年老的爹娘守着，有桂花、有玉兰花以及海棠花的院落。过一阵子，我就回去一趟。回去无事，无非听爸爸对外孙说："哎哟，长得这么大了，这小孩，要是在街上碰见，我可不敢认哩！"

那一年，晴晴九岁，我们在佳洛水玩。我到票口去买票，两个孩子在一旁等着，做父亲的一向只顾搬弄他自以为得意的照相机。就在这时候，忽然飞来一只蝴蝶，轻轻巧巧就闯了关，直接飞到闸门里面去了。

"妈妈！妈妈！你快看，那只蝴蝶不买票，它就这样飞进去了！"

我一惊。不得了，这小女孩出口成诗哩！

"快点，快点，你现在讲的话就是诗，快点记下来，我们去投稿。"

她惊奇地看着我，不太肯相信：

“真的？”

“真的。”

诗是一种情缘，该碰上的时候就会碰上，一花一叶，一蝶一浪，都可以轻启某一扇神秘的门。

她当时就抓起笔，写下这样的句子：

我们到佳洛水去玩，
进公园要买票，
大人十块钱，
小孩五块钱，
但是在收票口，
我们却看到一只蝴蝶，
什么票都没有买，
就大模大样地飞进去了。
哼！真不公平！

“这真的是诗哇？”她写好了，仍不太相信。直到九月底，那首诗登在《中华儿童》的“小诗人王国”上，她终于相信那是一首诗了。

及至寒假，她快十岁了，有天早上，她接到一通电话，接到电话以后她又急着要去邻居家。这件事并不奇怪，怪的是她从邻家回来以后，宣布说邻家玩伴的大姐姐，现在做了某某电视公司儿童节目的助理。那位姐姐要她去找些小朋友来上节目，最好是能歌善舞的。我和她父亲一时目瞪口呆，这小孩什么时候竟被人聘去做“小小制作人”了？更怪的是她居然一副身膺重命的样子，立刻开始筹划。她的程序如下：

一、先拟好一份同学名单，一一打电话。

二、电话里先找同学的爸爸妈妈，问曰：“我要带你的女儿（儿子）去上电视节目，你同不同意？”

三、父母如果同意，再征求同学本人同意。

四、同学同意了，再问他有没有弟弟妹妹可以一起带来。

五、人员齐备了，要他们先到某面包店门口集合，因为那地方目标大，好找。

六、她自己比别人早十五分钟到达集合地。

七、等齐了人，再把他们列队带到我们家来排演，当然啦，导演是由她自己荣任的。

八、约定第二、第三次排练时间。

九、带她们到电视台录像，圆满结束，各领一个弹弹球为奖品回家。

那几天，我们亦惊亦喜。她什么时候长得如此大了，办起事来俨然有大将之风，想起《屋顶上的提琴手》里婚礼上的歌词：

这就是我带大的小女孩吗？
这就是那戏耍的小男孩？
什么时候他们竟长大了？
什么时候呀？他们

想着，想着，万感交集，一时也说不清悲喜。

又有一次，是夜晚，我正在给她到香港小留的父亲写信，她拿着一本地理书来问我：

“妈妈，世界上有没有一条三寸长的溪流？”

小孩的思想真令人惊奇。大概出于不服气吧，为什么书上老是要人背最长的河流，最深的海沟，最高的主峰以及最大的沙漠？为什么没有人理会最短的河流呢？那件事后来也变成了一首诗：

我问妈妈：
“天下有没有三寸长的溪流？”
妈妈正在给爸爸写信，
她抬起头来说：
“有——

就是眼泪在脸上流”
我说：“不对，不对——
溪流的水应该是淡水。”

初冬的晚上，两个孩子都睡了。我收拾他们做完功课的桌子，竟发现一张小小的宣传单，一看之下，不禁大笑起来。后生毕竟是如此可畏，忙叫她父亲来看。这份宣传单内容如下：

你想学打毛钱吗？教你钩帽子，围巾，小背心。一个钟头才二元喔！（毛线自备或交钱买随意）。
时间：一至六早上，日下午。
寒假开始。
需者向林质心登记。

这种传单她写了许多份，看样子是广作宣传用的。我们一方面惊讶她的企业精神，一方面也为她的大胆吃惊。她哪里会钩背心，只不过背后有个奶奶，到时候现炒现卖，想来也要令人捏冷汗。这个补习班后来没有办成，现代小女生不爱钩毛线，她也只有自叹无人来续绝学。据她自己说，她这个班是“服务”性质，一小时二元是象征性的学费，因为她是打算“个别教授”的。这点约略可信，因为她如果真想赚钱，背一首绝句我付她四元，一首律诗是八元，余价类推。这样稳当的“背诗薪水”她不拿，却偏要去“创业”，唉！

女儿用钱极省，不像哥哥，几百块的邮票一套套地买。她唯一的嗜好是捐款，压岁钱全被她成千成百地捐掉了。每想劝她几句，但劝孩子少作爱国捐款，总说不出口，只好由她。

女儿长得高大红润，在班上是体形方面的头号人物，自命为全班女生的保护人。有哪位男生敢欺负女生，她只要走上前去瞪一眼，那位男生便有泰山压顶之惧。她倒不出手打人，并且一本正经地说：“我们空手道老师说的，我们不能出手打人，会打得人家受不了的。”

俨然一副名门大派的高手之风，其实，也不过是个“白带级”的小侠女而已。

她一度官拜“文化部长”，负责一个“图书柜”，成天累得不成人形。因为要为一柜子的书编号，并且负责敦促大家好好读书，又要记得催人还书，以及要求大家按号码放书……

后来她又受命做“卫生排长”，才发现指挥人扫地擦桌原来也是那么复杂难缠，人人都嫌自己的工作重，她气得要命。有一天我看到饭桌上一包牛奶糖，很觉惊奇，她向来不喜甜食的。她看我挪动她的糖，急得大叫：

“妈妈，别动我的糖呀！那是我自己的钱买的呀！”

“你买糖干什么？”

“买给他们吃的呀，你以为带人好带啊？这是我想了好久才想出来的办法呀！哪一个好好打扫，我就请他吃糖。”

快月考了，桌上又是一包糖。

“这是买给我学生的奖品。”

“你的学生？”

“是呀，老师叫我做××的小老师。”

××的家庭很复杂，那小女孩从小便有种种花招，女儿却对她有百般的耐心，每到考期女儿自己不读书，却累得上气不接下气地教她。

“我跟她说，如果数学考四十五分以上就有一块糖，五十分二块，六十分三块，七十分四块，……”

“什么？四十五分也有奖品？”

“啊哟，你不知道，她什么都不会，能考四十分，我就高兴死啦！”

那次月考，她的高足考了二十多分，她仍然赏了糖。她说：

“也算很难得啰！”

我正在聚精会神地看一本书，她走到我面前来：

“我最讨厌人家说我是好学生了！”

我本来不想多理她，只喔了一声，转而想想，不对。我放下书，在灯下看她水蜜桃似的有着细小茸毛的粉脸：

“让我想想，你为什么不喜欢人家叫你‘好学生’。哦！我知道了，其实你愿意做好学生的，但是你不喜欢别人强调你是‘好学生’。因为有‘好学生’，就表示另外有‘坏学生’，对不对？可是那些‘坏学生’其实并不坏，他们只是功课不好罢了。你不喜欢人家把学生分成二种，你不喜欢在同一个班上有这样的歧视，对不对？”

“答对了！”她脸上掠过被了解的惊喜，以及好心意被窥知的羞赧，语音未落，人已跑跑跳跳到数丈以外去了。毕竟，她仍是个孩子啊！

那天，我正在打长途电话，她匆匆递给我一首诗：

“我在作文课上随便写的啦！”

我停下话题，对女伴说：

“我女儿刚送来一首诗，我念给你听，题目是《妈妈的手》”——

婴孩时——
妈妈的手是冲牛奶的健将，
我总喊：“奶，奶。”
少年时——
妈妈的手是制便当的巧手，
我总喊：“妈，中午的饭盒带什么？”
青年时——
妈妈的手是找东西的魔术师，
我总喊：“妈，我东西不见啦！”
新娘时——
妈妈的手是奇妙的化妆师，
我总喊：“妈，帮我搭口红。”
中年时——
妈妈的手是轻松的手，
我总喊：“妈，您不要太累了！”
老年时——
妈妈的手是我思想的对象，

我总喊："谢谢妈妈那双大而平凡的手。"

然后，我的手也将成为另一个孩子思想的对象。

念着念着，只觉哽咽。母女一场，因缘也只在五十年内吧！其间并无可以书之于史，勒之于铭的大事，只是细细琐琐的俗事俗务。但是，俗事也是可以入诗的，俗务也是可以萦人心胸，久而芬芳的。

世路险膨，人生实难，安家置产，也无非等于衔草于老树之巅，结巢于风雨之际。如果真有可得意的，大概止于看见小儿女的成长如小雏鸟张目振翅，渐渐地能跟我们一起盘桓上下，并且渐渐地既能出人青云，亦能纵身人世。所谓得意事，大约如此吧！

第三辑　君子相知

半 局

汉武帝读司马相如的《子虚赋》，忽然怅恨地说：

“朕独不得与此人同时哉！”

他错了，司马相如并没有死，好文章并非一定都是古人作的，原来他和司马相如活在同一度的时间里。好文章、好意境加上好的赏识，使得时间也有情起来。

我不是汉武帝，我读到的也不是《子虚赋》，但蒙天之幸，让我读到许多比汉赋更美好的“人”。

我何幸曾与我敬重的师友同时，何幸能与天下人同时，我要试着把这些人记下来。千年万世之后，让别人来羡慕我，并且说：“我要是能生在那个时代多么好啊！”

大家都叫他杜公——虽然那时候他才三十几岁。

他没有教过我的课——不算我的老师。

他和我有十几年之久在一个学校里，很多时候甚至是在同一间办公室里——但是我不喜欢说他是“同事”。

说他是朋友吗？也不然，和他在一起虽可以聊得逸兴遄飞，但我对他的敬意，使我始终不敢将他列入朋友类。

说“敬意”几乎又不对，他这人毛病甚多，带棱带刺，在办公室里对他敬而远之的人不少，他自己成天活得也是相当无奈，高高兴兴的日子虽有，唉声叹气的日子更多。就连我自己，跟他也不是没有斗过嘴，使过气，但我惊奇我真的一直尊敬他，喜欢他。

原来我们不一定喜欢那些老好人，我们喜欢的是一些赤裸的、直接的人——有瑕的玉总比无瑕的玻璃好。

杜公是黑龙江人，对我这样年龄的人而言，模糊的意念里，黑龙江简直比什么都美，比爱琴海美，比维也纳森林美，比庞贝古城美，是榛莽渊深，不可仰视的，是千年的黑森林，千峰的白积雪加上浩浩万里、裂地而奔窜的江水合成的。

那时候我刚毕业，在中文系里做助教，他是讲师。当时学校规模小，三系合用一个办公室，成天人来人往的。他每次从单身宿舍跑来，进了门就嚷：

“我来‘言不及义’啦!”

他的喉咙似乎曾因开刀受伤，非常沙哑，猛听起来简直有点凶恶(何况他又长着一副北方人魁梧的身架)，细听之下才发觉句句珠玑，令人绝倒。后来我读到唐太宗论魏徵（那个凶凶的、逼人的魏徵），却说其人“妩媚”，几乎跳起来，这字形容杜公太好了——虽然杜公粗眉毛，瞪凸眼，嘎嗓子，而且还不时骂人。

有一天，他和另一个助教谈西洋史，那助教忽然问他那段历史中兄弟争位后来究竟是谁死了，他一时也答不上来，两个人在那里久久不决，我听得不耐烦：

“我告诉你，既不是哥哥死了，也不是弟弟死了，反正是到现在，两个人都死了。”

说完了，我自己也觉一阵悲伤，仿佛《红楼梦》里张道士所说的一个吃它一百年的疗妒羹——当然是效验的，百年后人都死了。

杜公却拊掌大笑：

“对了，对了，当然是两个都死了。”

他至此对我另眼看待，有话多说给我听，大概觉得我特别能欣赏——当然，他对我特别巴结则是在他看上跟我同住的女孩之后，那女孩后来成了杜夫人。这是后话，暂且不提。

杜公在学生餐厅吃饭，别的教职员拿到水淋淋的餐盘都要小心地用卫生纸擦干（那是十几年前，现在已改善了），杜公不然，只把水一甩，便去盛两大碗饭，他吃得又急又多又快，不像文人。

“擦什么?”他说，“把湿细菌擦成干细菌罢了!”

吃完饭，极难喝的汤他也喝。

“生理食盐水，”他说，“好哎!”

他大概吃过不少苦，遇事常有惊人的洒脱。他回忆在政大政治研究所时说：

“蛇真多——有一晚我洗澡关门时夹死了一条。”

然后他又补充说：

“当时天黑，我第二天才看到的。”

他住的屋子极小，大约是四个半榻榻米，宿舍人又杂，他种了许多盆盆罐罐的昙花，不时邀我们清赏，夏天招待桂花绿豆汤、郁李（他自己取的名字，做法是把黄肉李子熬烂，去皮核，加蜜冰镇），冬天是腊八粥或猪腿肉红煨干鱿鱼加粉丝。我一直以为他对莳花深感兴趣，后来才弄清楚，原来他只是想用那些多刺的盆盆罐罐围满走廊，好让闲杂人等不能在他窗外聊天——穷教员要为自己创造读书环境真难。

“这房子倒可以叫‘不畏斋’了!”他自嘲道，“‘四十五十而无闻焉，其亦不足畏也’——孔夫子说的。”

他那一年已过了四十岁了。

当然，也许这一代的中国人都不幸，但我却特别同情二十年代出生的人。更老的一辈赶上了风云际会，多半腾达过一阵；更年轻的在台湾长大，按部就班地成了青年才俊；独有五十几岁的那一代，简直是为受苦而出世的，其中大部分失了学，甚至失了家人，失了健康，勉力苦读的，也拿不出漂亮的学历，日子过得抑郁寡欢。

这让我想起汉武帝时代的那个三朝不被重用的白发老人的命运悲剧——别人用“老成谋国”者的时候，他还年轻；别人用“青年才俊”的时候，他又老了。

杜公能写字，也能作诗，他随写随掷，不自珍惜，却喜欢以米芾自居：

"米南宫哪，简直是米南宫哪！"

大伙也不理他。他把那幅"米南宫真迹"一握，也就丢了。

有一次，他见我因为一件事而情绪不好，便仿韩愈《送李愿归盘谷序》中"大丈夫之不得意于时也"的意思作了一篇《大小姐之不得意于时也》的赋，自己写了，奉上，令人忍俊不禁。

又有一次，一位朋友画了一幅石竹，他抢了去，为我题上"渊渊其声，娟娟其影"，墨润笔酣，句子也庄雅可喜，裱起来很有精神。其实，我一直没有告诉他，我喜欢他，远在米芾之上。米芾只是一个遥远的八百年前的名字，他才是一个人，一个真实的人。

杜公爱憎分明，看到不顺眼的人或事他非爆出来不可。有一次他极讨厌的一个人调到别处去了，后来得意洋洋地穿了新机关的制服回来，他不露声色地说：

"这是制服吗？"

"是啊！"那人愈加得意。

"这是制帽？"

"是啊！"

"这是制鞋？"

"是啊！"

那个不学无术的家伙始终没有悟过来制鞋、制帽是指丧服的意思。

他另外讨厌的一个人，一天也穿了一身新西装来炫耀。

"西装倒是好，可惜里面的不好！"

"哦，衬衫也是新买的呀！"

"我是指衬衫里面的。"

"汗衫？"

"比汗衫更里面的！"

很多人觉得他的嘴刻薄，不厚道，积不了福，我倒很喜欢他这一点，大概因为他做的事我也想做——却不好意思做。天下再没有比乡愿更讨厌的人，因此我连杜公的缺点都喜欢。

——而且，正因为他对人对物的挑剔，使人觉得受他赏识真是一件好得不得了的事。

其实，除了骂骂人，看穿了他还是个“剪刀嘴巴豆腐心”。记得我们班上有个男孩，是橄榄球队队长，不知怎么阴错阳差地分到中文系来了。有一天，他把书包搁在山径旁的一块石头上，就去打球了，书包里的一本《中国文学发达史》滑出来，落在水沟里，泡得透湿。杜公捡起来，给他晾着，晾了好几天，这位仁兄才猛然想到书包和书，杜公把小心晾好的书还他，也没骂人，事后提起那位成天一身泥水一身汗的男孩，他总是笑孜孜地，很温和地说：

“那孩子！”

杜公绝顶聪明，才思敏捷，涉猎甚广，而且几乎可以过目不忘，所以会意独深。他说自己少年时喜欢诗词，好发诗论。忽有一天读到王国维的《人间词话》，大吃一惊，原来他的论调竟跟王国维一样，他从此不写诗论了。

杜公的论文是《中国历代政治符号》，很为识者推崇，指导教授是当时政治研究所主任浦薛凤先生。浦先生非常欣赏他的国学，把他推荐来教书，没想到一直开的竟是国文课。

学生国文程度不好——而且也不打算学好，他常常气得瞪眼。

有一次我在叹气：

“我将来教国文，第一，扮相就不好。”

“算了，”他安慰我，“我扮相比你还糟。”

真的，教国文似乎要有其扮相，长袍，白髯，咳嗽，摇头晃脑，诗云子曰，阴阳八卦，抬眼看天，无视于满教室的传纸条、瞌睡、K 英文。不想这样教国文课的，简直就是一种怪异。

碰到某些老先生，他便故作神秘地说：

“我叫杜奎英，奎者，大卦也。”

他说得一本正经，别人走了，他便纵声大笑。

日子过得不快活，但无妨于他言谈中说笑话的密度，不过，笑话虽多，总不失其正正经经读书人的矩度。他创立了《思与言》杂志，在十五年前以私人力量办杂志，并且是纯学术性的杂志，真是要有“知其不可而为之”的勇气。杜公比大多数《思与言》的同仁都年长些，但是居然慨然答应做发行人。台大政治系的胡佛教授追忆这段往事，有很生动的记载：

> 那时的一些朋友皆值二十与三十之年，又受过一些高等教育，很想借新知的介绍，做一点知识报国的工作。所以在兴致来时，往往商量着创办杂志，但多数在兴致过后，又废然而止。不过有一次数位朋友偶然相聚，又旧话重提，决心一试。为了躲避台北夏季的热浪，大家另约到碧潭泛舟，再作续谈。奎英兄虽然受约，但他的年龄略长，我们原很怕他涉世较深，热情可能稍减。正好在买舟时，他尚未到，以为放弃。到了船放中流，大家皆谈起奎英兄老成持重，且没有公教人员的身份，最符合政府所规定的杂志发行人的资格，惜他不来。说到兴处，忽见昏黑中，一叶小舟破水追踪而来，并靠上我们的船舷。打桨的人奋身攀沿而上，细看之下竟是奎英兄。大家皆高声叫道：发行人出现了。奎英兄的豪情，的确不较任何人为减，他不但同意一肩挑起发行人的重责，且对刊物的编印早有全盘的构想。

其实，何止是发行人？他何尝不是社长、编辑、校对，乃至于写姓名发通知的人？（将来的历史要记载台湾的文人，他们共有的可爱之处便是人人都灰头土脸地编过杂志。）他本来就穷，至此更是只好“假私济公”，愈发穷了，连结婚都要举债。杜公的恋爱事件和我关系密切，我一直是电灯泡，直到不再被需要为止。那实在也是一场痛苦缠绵的恋爱，因为女方全家几乎是抵死反对。

杜公谈起恋爱，差不多变了一个人，风趣、狡黠、热情洋溢。

有一次他要带我带一张英文小纸条回去给那女孩，上面这样写：

> 请你来看一张全世界最美丽的图画，
> 会让你心跳加速

呼吸急促

……

小宝（我们都这样叫她）和我想不通他从哪里弄来一张这种图画，及至跑去一看，原来是他为小宝加洗的照片。

他又去买些粗铁丝，用锤子把它捶成烤炻，带我们去内双溪烤肉。

也不知他从哪里学来那么多稀奇古怪的本领，问他，他也只神秘地学着孔子的口吻说："吾多能鄙事。"

小宝来请教我的意见，这倒难了，两个人都是我的朋友，我曾是忠心不二的电灯泡，但朋友既然问起意见，我也只好实说：

"要说朋友，他这人是最好的朋友；要说丈夫，他倒未必是好丈夫，他这种人一向厚人薄己，要做他太太不容易，何况你们年龄相悬十七岁，你又一直要出国，你全家又都如此反对……"

真的，要家长不反对也难，四十多岁了，一文不名，人又不漂亮，同事传话，也只说他脾气偏执，何况那时候女孩子身价极高。

从一切的理由看，跟杜公结婚是不合理性的——好在爱情不讲究理性，所以后来他们还是结婚了。奇怪的是小宝的母亲至终也投降了，并且还在小宝出国进修期间给他们带了两年孩子。

杜公不是那种怜香惜玉低声下气的男人，不过他做丈夫看来比想象中要好得多，他居然会烧菜、会拖地、会插个不知什么流的花，知道自己要有孩子，忍不住兴奋地叨念着："唉，姓杜真讨厌，真不好取名字，什么好名字一加上杜字就弄反了。"

那么粗犷的人一旦柔情起来，令人看着不免心酸。

他的女儿后来取名"杜可名"，出于《老子》，真是取得好。

他后来转职政大，我们就不常见面了，但小宝回台时，倒在我家吃了一顿饭，那天许多同事聚在一起，加上他家的孩子，我家的孩子——着实热闹了一场。事后想来，凡事都是一时机缘，事境一过，一切的热闹繁华便终究成空了。

不久就听说他病了，一打听已经很不轻，肺中膈长癌，医生已放弃开刀，杜公是何等聪明的人，他立刻什么都明白了，倒是小宝，他一直不让她知道。

我和另外两个女同事去看他，他已黄瘦下来，还是热乎乎地弄两张椅子要给我们坐，三个人推来让去都不坐，他一径坚持要我们坐。

“哎呀，”我说，“你真是要二椅杀三女呀！”

他笑了起来——他知道我用的是“二桃杀三士”的典故，但能笑几次了呢？我也不过强颜欢笑罢了。

他仍在抽烟，我说别抽了吧！

“现在还戒什么？”他笑笑，“反正也来不及了。”

那时节是六月，病院外夏阳艳得不可逼视，暑假里我即将有旅美之行——我知道那是我最后一次看他了。

后来我寄了一张探病卡，勉作豪语：

“等你病好了，咱们再煮酒论战。”

写完，我伤心起来，我在撒谎，我知道旅美回来，迎我的将是一纸过期的讣闻。

旅美期间，有时竟会在异国的枕榻上惊醒，我梦见他了，我感到不祥。

对于那些英年早逝弃我而去的朋友，我的情绪与其说是悲哀，不如说是愤怒！

正好像一群孩子，在广场上做游戏，大家才刚弄清楚游戏规则，才刚明白游戏的好玩之处，并且刚找好自己的那一伙，其中一人却不声不响地半局而退了，你一时怎能不愕然得手足无措，甚至觉得被什么人骗了一场似的愤怒！

满场的孩子仍在游戏，属于你的游伴却不见了！

九月返台，果真他已于八月十四日去世了，享年五十二岁，孤女九岁。他在病榻上自拟一副挽联，但写得尤好的则是代女儿挽父的白话联：

爸爸说要陪我直到结婚生了娃娃，而今怎教我立刻无处追寻，你怎舍得这个女儿；

女儿只有把对您那份孝敬都给妈妈，以后希望你梦中常来看顾，我好多喊几声爸爸。

读来五内翻涌，他真是有担当、有抱负、有才华的至情至性之人。

也许因为没有参加他的葬礼，感觉上我几乎一直欺骗自己他还活着，尤其每有一篇自己比较满意的作品，我总想起他来。他那人读文章严苛万分，轻易不下一字褒语，能被他击节赞美一句，是令人快乐得要晕倒的事。

每有一句好笑话，也无端想起他来，原来这世上能跟你共同领略一个笑话的人竟如此难得。

每想一次，就怅然久之，有时我自己也惊讶，他活着的时候，我们一年也不见几面，何以他死了我会如此嗒然若失呢？我想起有一次看到一副对联，现在也记不真切，似乎是江兆申先生写的：

相见亦无事
不来常思君

真的，人和人之间有时候竟可以淡得十年不见，十年既见却又可以淡得相对无一语。即使相对应答，又可以淡得没有一件可以称之为事情的事情，奇怪的是淡到如此无干无涉，却又可以是相知相重、生死不舍的朋友。

一篇四十年前的文章

2015 年 11 月，台北市，细雨霏霏，我去赴宴。是一场既喜悦又悲伤的午宴。

邀宴的主人是黄教授，她退休前曾是东吴大学经济系的主任，邀宴的理由是想让我跟她远从天津来台的侄孙见面。说得更正确一点，是她去世四十年的亡夫的侄孙。

说是“侄孙”辈，其实年纪也只差五岁。至于“黄教授”，也是“官方说法”，我们其实是 1958 年一同进入大学的同学，后来，一起做了助教，并且住在同一间寝室里，所以一直叫她“小宝”。如今，见了面，也照样喊她“小宝”。这一喊已经喊了五十七年，以后，只要活着，想必也会照这个喊法喊下去。

宴席设在红豆食府，是一家好餐厅，菜做得素雅家常而又美味，远方的客人叫杜竞武，他是我老友杜奎英的大哥杜荀若的孙子，老友逝世已四十年，他前来拜望杜奎英的妻子黄教授。他叫黄教授为叔祖母，我好像也顺便升了格。至于他要求见我一面，是因为——照他说——读了我写他三老爷（杜公）那篇《半局》，深为其中活灵活现的描述感动。

“活灵活现？哈！”我笑起来，“你见过你三老爷吗？你哪一年生的呀？就算见过，你能记得吗？”

他也笑起来。

“理论上见过，”他说，“我 1946 年出生，那时候三老爷住我们家，他一定见过我，我却不记得他……他的行事风格嘛，其实我都是听家里人说的……”

也许DNA是有道理的，他说话的声口和神采也和当年杜公有那么一分神似。但也许是少年时候因有台湾背景，受过许多痛苦折磨，也许是因为他比当年的杜公年纪大，他看来比较约敛自制，没有杜公那种飞扬跋扈。但已足以令我在席间悄然一思故人一神伤了。

印尼有个岛，岛民有个奇怪的风俗，那就是在人死后几年，又把死人从地底下一再刨出来，打扮一番，盛装游街。他们不觉如此做唐突了死者，只觉得应该让大家能有机会，具体地再一次看见朝思暮想的那人。

我在报上看见图片，心里虽然不以为然，天哪！那要花多少钱啊？世界如此贫薄，资源如此不够用，厚葬怎么说都该算一项罪恶。我怎么知道那是厚葬呢？因为推算起来尸身要保持得那么完整，而且又要维护得如此栩栩如生，一定是钱堆出来的。但是，看见图片上那死者整齐的衣服、宛然的面目，以及陪行寡妇的哀戚和眉目间的不舍，仍不禁大为动容——虽然我与那人素昧平生。啊！人类是多么想、多么想挽回那些远行的故人啊！我们是多么想再见一眼那些精彩的朋友啊！

我此刻坐在雅致的餐厅里，跟五十多年前的老友的侄孙见面，彼此为的不就是想靠着反复的陈述来重睹逝者的音容吗？

曾经，身处两岸的我们隔着那么黛蓝那么忧愁的海峡、那么绵延的山和那么起伏的丘陵，以及那么复杂的情感——然而，他辗转看到了我的文字书写，他觉得这其间有一份起死者于地下，生亡魂于眼前的魅力。我的一篇悼念，居然能令“生不能亲其謦欬，死不及睹其遗容”的那位隔海侄孙，要从远方前来向我致一声谢。我一生所得到的稿费加版税加奖章和奖金，都不及那老侄孙的俯首垂眉的一声深谢啊！

两天后，他回去了，山长水远，也不知哪一天才会再见面。人跟人，大概随时都在告别，而事跟事，也随时都在变化——政局会变，恩仇会变，财富的走向会变，人心的向背会变。而这其间，我们跟岁月告别，跟伴侣告别，甚至跟自己曾经拥有过的体力和智力告别……

然而，我不知道“书写”这件事竟可以如此恒久，虽然“坏壁无由见旧题”，如果兵燹之余，所有图书馆都烧成灰烬，则一切的书写只好还原为灰尘（啊！原来人类肉身的“尘归尘，土归土”的悲哀法则，也可能出现在文学或艺术品上），但在此之前，这篇文章，它至少已活了三十九年半，让远方复远方的族人，可以在青壮之年及时了解一段精彩的家人史，呼吸到故旧庭院中兰桂的芬芳。

后记：1975 年，8 月，四十年前，我的朋友杜奎英谢世，我当时人在美国，不及送他最后一程。隔年我写了一篇《半局》悼念他。不意近四十年之后，有一位朋友跨海而来，向我殷殷致谢。

湖 洄

一 掌灯时分

一九三一年，江南的承平岁月依依暖暖如一春花事之无限。

四月，陌上桃花渐歇，栀子花满山漫开如垂天之云。春江涨绿，水面拉宽略如淡水河。江有个名字，叫汨罗江，水上浮着倏忽来往的小船，他的家离江约需走一小时，正式的地名是湖南湘阴县白水乡宴家冲。家里有棵老樟树，树上还套生了一株梅花。黄昏时分年轻的母亲生下这家人家的长孙。五十二年后，她仍能清楚地述起这件事：

“是酉时哩，那时天刚黑，生了他，就掌上灯了。”

渐渐开始有了记忆，小小的身子站在绣花绷子前看母亲绣花。母亲绣月季、绣蝴蝶，以及燕子、梅花。母亲绣大一点的被面、屏幛就先画稿子，至于绣新娘用的鞋面枕套竟可以随手即兴地直接绣下去。绣到一半，不免要停下来料理一下家务。小男孩一俟母亲走开，立刻抓起针往白色缎面上扎下去。才绣几针，母亲回来了，看看，发觉不对，而重拆是很麻烦的。绣花当时是家庭副业，哪容小男孩捣蛋玩这种“奢侈的游戏”，所以按理必须打一顿。只是打完了，小男孩下次仍受不了诱惑又从事这种“探险”，怎样的葱绿配怎样的桃红？怎样以线组成面？为何半瓣梅花、半片桃叶，皆能于光暗曲折之间自有其大起伏大跌宕？——

这样绣了挨打，打完又绣。奇怪的是忽有一天母亲不打人了，因为七八岁的小男孩已经可以绣到和母亲差不多的程度了。

家里还织布染布，煮染的时候小男孩总在一旁兴奋地守着。如果是染衣服，就更讲究些。母亲懂得如何在袖口领口口袋等处绑上特殊的图案，染好以后松开绑线，留在蓝布或紫布上的白花常令小男孩惊喜错愕。

比较简单的方法是在夏末把整疋布铺在莲花池畔，小男孩跳下池子去挖藕泥，挖好泥浆以后涂在布上曝晒。干了就洗掉，再敷再晒。五六遍以后粗棉布便成了夹褐的灰紫色。家里的男人几乎都穿这种布衣。

还放牛，还自己酿米酒、捡毛栗、捡菌子、捡栀子花结成的栀实。日子过得忙碌而优游——似乎知道日后那一场别离，所以预先贮好整个一生需用的回忆。

十五岁读初中，学校叫汨罗中学，设在屈子祠里。祠就在江边上，学生饮用的便是汨罗江水。做父亲的挑着一肩行李把儿子送到祠中，注了册，直走到最后一进神殿，跪下，对着阳雕金字“楚三闾大夫屈子之神位”叩了三个头，男孩也拜了三下。做父亲的大概没想到磕了三个头后，这中国的诗神便收了男孩为门徒，使男孩的一生都属于诗魂。

起先，在十岁那年，男孩曾跟宋容生教授读过《左传》和《诗经》。宋教授从北大回乡养病，男孩在他家看到故宫的出版品和文物图片，遂悠然有远志。他不知道二十七年以后他自己也进入故宫，并且在器物研究之余也是《故宫文物月刊》的编辑委员。他回想起来，觉得遇见宋先生是生平最早出现的大事。另一件大事则是在理化老师家读到了长沙出版的《新文学》杂志，知道世上有小说、散文和诗歌。

1948年，从军。长沙城的火车站里男孩看着车窗外的舅舅跑来跑去在满月台找他，想抓他回家，他狠心不顾而去。在兵籍簿上他写下自己的名字，因而分到一枚框着红边的学兵符号佩在胸上，上面写着“袁德星”。

二 “到西安城外，娶一汉家平民女子……”

而同一年，远方另有一男孩才一岁，住在西安城的小雁塔下。和他生命相系的最早的这条河叫渭水。

外曾祖父那一代在西安做知府，慈禧逃庚难那一年还是他接的驾。大概由于拥有这么一种家世，他被取了一个大有期许意味的名字：蒋勋。

辛亥革命之后，身为旗人的外曾祖父那一代败落了。外曾祖父临死传下遗命，要儿子必须娶个西安城外的汉家女子，平民出身，刻苦坚忍的那一种，家道才有可能中兴起来。外婆就这样嫁过来。外祖父显然不太爱这位妻子，一径逃到燕京大学去念书了。但这位外婆倒真是过日子的一把好手，丈夫不在，她便养一窝猫。日本人侵华的那些年，西安城里别家没吃的，她却能趁早晨城门乍开之际，擦身偷挤出去。一出城，她便如纵山之虎，城外到处都是她的乡亲朋友，弄点粮食是不成问题的。后来她又把大屋子划成一百多个单位，分租给人，租钱以面粉计，大仓房里面粉堆得满满的。

看到小外孙出生，她极高兴，因为小男孩已有哥哥，她满心相信可以把这孩子祧给母系，所以格外疼爱。西安城里冬天苦冷，她把小婴儿绑在厚棉裤的裤裆里，像一串不容别人染指的钥匙。

母亲当年念了西安女子师范，毕业典礼上的那首歌她一直都在唱：“我们今天是桃李芬芳，明天是社会的栋梁。”她还有一把上海来的蝴蝶牌口琴，后来因为穷，换了面粉，事后大约不免有秦琼卖马之悲，也因此每和父亲吵架，都会把“口琴事件”搬出来再骂一遍。

中国民间女子的豪阔亮烈，蒋勋是在母亲身上看到的。

她到台北的故宫博物院去参观，看到那些菲薄透明的瓷碗，冷冷笑道：

“这玩意儿，我们家多的是，从前，你外婆心情不好的时候，就摔它一个。”

看到贵妇人手上的翡翠，她也笑："这算什么，从前旗人女子后脑勺都要簪一根扁簪，一尺长咧，纯祖母绿，放在水里，一盆尽绿——这种东西，逃难的时候，还不是得丢吗？丢了就丢了就是了。"

母亲有着对美的强烈直觉和本能，却能不依恋，物我之间，清净无事。

往南方逃亡的时候，已经是一九五一年了，逃到福建，从长乐上船。小男孩哭，母亲把他藏在船舱下面，吓唬他不准再哭了——早期的恐惧经验在后来少年的心里还不断成为梦魇，他时时梦见古井，梦到惊惶的窒闷和追捕。

暂时住在西沙群岛一个叫白犬的地方，好心的打鱼人有时丢给他们几尾鱼，日子就这样过下来。奇怪的是，许多年后，做姐姐的仍然恋恋不舍想起那些渔人分给他们的鱼：

"好大的鱿鱼啦，拿来放在灰里煨熟——哎，那种好吃……"

逃难的岁月，毁家荡产的悲痛都退去了，只剩下一尾好吃的鱼的回忆。

终于，全家到了台湾，住在大龙峒，渭水换成了淡水河，孔庙是小男孩每天要去玩的地方。至于那轻易忘掉翠尺的母亲宁可找些胭脂来为过年的馒头点红，这才是真正的人间喜气。那一年，是一九五二年。

三　失踪的湖

一九五二年，小女孩九岁，住在一个叫湾仔的地方。逃学的坡路上有杂色的马缨丹，刚刚够一个小女孩可以爬得上去。热闹的街角有卖凉茶的，她和妹妹总是去喝——为的是赚取喝完之后那粒好吃的陈皮梅。当然，还有别的：例如迷途的下午被警察牵着回家时留在手心的温暖、例如高斜如天梯的老街、例如必须卷起舌头来学说的广东话、例如假日里被年轻父亲带去浅水湾玩水的喜悦、例如英记茶行那份安详稳泰的老店感觉……然而，这一家人住在那栋楼上是奇怪的——他们是蒙古人，整个湾仔和整个港岛对他们而言，还不及故乡的一片草原辽阔，草原直漫到天涯，草香亦然，一条西喇木伦河将之剖为两半，父亲和母亲各属于左岸和右岸，而伯父和祖父沿湖而居，那湖叫汗诺日美丽之湖（汗诺日湖系蒙语“皇帝之湖”的意思）。二次大战前日本某学术团体曾有一篇《蒙古高原调查记》，文中描述的湖是这样的：

“沿途无限草原，由远而近，出现名曰汗诺日的美丽之湖，周围占地约四华里，湖水清湛，断定为一淡水湖，湖上万千水鸟群栖群飞，牛群悠然饮水湖边，美景当前，不胜依恋……”

但对小女孩而言，河亦无影，湖亦无踪，她只知道湾仔的炫目阳光，只知道下课时福利社里苏打水的滋味。五年之间，由小学而初中，她的同学都知道她叫席慕蓉，没有人知道她真正的名字叫穆伦·席连勃，那名字是“大江河”的意思。

读到初一，全家决定来台湾，住在北投的山径上，那一年是一九五四年，她十一岁了。

四　湖口街头初绽的梅幅

那一年，袁德星早已辗转经汉口、南京、上海而基隆而湖口，在岛上生活五年了。“受恩深处便为家”，他已经不知不觉将湖口认作了第二故乡。

也许因为有个学了点裱画的朋友，他也凑趣画些梅花、枇杷让对方裱着玩，及至裱好了两人又拿到湖口街上唯一的画店去悬挂。小镇从来没出现过这种东西，不免轰动一时——算来也许是他的第一次画展，如果那些初中时代的得奖壁报不算的话。

楚戈这笔名尚未开始取，当时忙着做的事是编刊物、到田曼诗女士家去看人画画、结交文人朋友。一九五七年，他拿画到台北忠孝西路去裱，裱褙店的人转告他说有人想买此画，遂以六百元成交，那是生平卖出的第一张画，得款则够自己和朋友们大醉一场。

仍然苦闷，一个既不能回乡也不能战死的小兵，在一个偶然的机会里他将赴南方，当时他的一位老大哥赵玉明也报了名，别人问他原因，他说：

“不行啊，袁宝报了名，他那人糊里糊涂，我不跟着去照顾他怎么行呢?”

结果虽然没有成行，好在他却在知识和艺术的领域里找到了更大的挑战！戈之为戈，总得及锋而试啊！

五 密密的芙蓉花，开在防空洞上

搬进村子的第一天，蒋勋就去孔庙看野台歌仔戏。母亲一向喜欢河南梆子，所以也去了。一面看，她一面解释说起来：

“这是武家坡啊!”

母亲居然看得懂歌仔戏，也是怪事。家居的日子，母亲是讲故事的能手。她的故事有时简单明了，如：

“那王宝钏啊，因为一直挖野菜来吃，吃啊，吃啊，后来就变成一张绿肚皮……”

她言之凿凿，令人不得不信。也有时候，她正正经经讲起《聊斋》，邻居小孩也凑进来听。弟弟又怕又爱听，不知在哪一段高潮上吓得向后翻倒，头上缝了好几针，这件让为人笃实的父亲骂了又骂。

每到三月十二日，公家就发下树苗，当时政府规定家家要做防空洞，幼年的蒋勋和家人便把分到的芙蓉插在防空洞上。芙蓉一大早是白的，渐渐呈粉色，最后才变成艳红。此外又家家种柳，柳树长得泼旺如炽。防空洞当然一次也没用过，却变成小孩游戏的地方，在里面养鸟，养乌龟，连鸭子也跑进里面去秘密地孵了一窝蛋，小孩和鸭子共守这份秘密——及至做母亲的看到凭空冒出一窝小黄鸭，不免大吃一惊。

所谓战争，大概有点像那座防空洞，隐隐地坐落在那里，你不能说它不存在，却竟然上面栽上芙蓉，下面孵着鸭子，被生活所化解了。男孩穿花拂柳一路跑到淡水河堤上去放风筝，跑得太快，线断了，风筝跨河而去。他放弃了风筝转头去看落日，顺便也看跟落日同方位的观音山，观音凝静人定，他看得呆了——那一年，他小学四年级，十岁。

六　我可不可以来学画?

十四岁考上台北师范，席慕蓉背个大画夹，开始了她的习画生涯。那一年，在军中的楚戈开始努力看画展和画评，后来因为觉得别人说的不够鞭辟，便自己动手来写。而十三岁的蒋勋出现在民众服务处的教室里，站在老画家的面前问说：

“我没有钱出学费——可不可以来学画?”

老画家凝望了少年一眼，点头说：

“可以啊!”

一九六六年，楚戈退役，考入艺专夜间部美术科。而蒋勋，这时候刚开始念文化大学历史系，毕业以后，又读了文大的艺术研究所，一九七二年，二十五岁的他启程赴巴黎。

“以前我以为西安是我的乡愁，飞机起飞的刹那才知道不是，台湾在脚下变得像一张小小的地图，那感觉很奇怪，我才知道西安是我爸爸妈妈的乡愁，台北才是我自己的乡愁啊!”

七　回

终于能回台湾了，那一年是一九七〇年，心中胀着喜悦，腹中怀着孩子，席慕蓉觉得那一去一回是她生平最大的关键。

蒋勋回台湾则是在一九七六年。

楚戈也回来了——虽然他并未去台。许多年来，他一向纵身于现代诗与现代画的巨浪里，但从一九六八年供职台湾的“故宫博物院”开始，也陆续发表了不少有关青铜器的论文。一九七一年，他在《中华文化复兴月刊》上辟栏连续写了两年《中国美术史》。认识他的人不免惊奇于他向传统的急遽回归，但深识他的人也许知道，楚戈的性情是变中有不变，不变中有变的。一九八一年，蒋勋出版《母亲》诗集，在序文里，他说：

"我读自己第一本诗集《少年中国》，发现有许多凄厉的高音，重复的时候，格外脸红。"

接着他又说：

"这几年我在大屯山下，常常往山上走走。一到春天，地气暖了，从山谷间氤氲着云岚，几天的雨，使溪涧四处响起，哗啦哗啦，在乱石间争窜奔流，在深洼之处汇聚成清澈的水潭……我观看这水，只是看它在动、静、缓、急、回、旋、崩、腾，它对自己的形状好像丝毫没有意见，在陡直的悬崖上奋力一跃，或澄静如处子，那样不同的变貌，你还是认得出它来，可以回复成你知道的水。

"我对人生也有这样的向往，无论怎样多变，毕竟是人生。

"我对诗也有这样的向往，无论怎样的风貌，毕竟是诗，不在乎它是深渊，是急湍，是怒涛，是浅流。它之所以是诗，不在于它的变貌，而在于你知道它可以回复成诗。"

回来的不只是从前那个离去的蒋勋，还要更多，多了一整腔沉潜的关情。一九七三年，他接受了东海美术系系主任的职位。

至于席慕蓉，她在一个叫龙潭的地方住了下来，画画、教画、写诗并且做母亲。前后开的画展分别是人像系列、明镜系列、荷花系列、夜色系列。

楚戈的情节发生了一点变化，一九八〇年底他发现得了鼻咽癌，此后便一只手抗癌，一只手工作，且战且前却也出版了三本书，出去过四趟，开了港、台五六次画展。

八　各在水一方

一九八六年秋，蒋勋为毕业班同学开了一门课名叫"文人画"，他自己和楚戈、席慕蓉合授此课。属于渭水和淡水河的蒋勋，属于汨罗江和外双溪的楚戈，属于西喇木伦和大汉溪的席慕蓉，本是三条流向不同的河，此刻却在交汇处冲积出肥腴的月湾土壤。

"学生受了四年的专业训练，"蒋勋说，"我现在着急的不是要为他们再‘立’什么，而是要为他们‘破’，找三个人来开这门课，就是要为他们‘破一破’!”

受惠的不只是学生，三个老师也默默欣赏起彼此的好处来。那属于蒙古高原的席慕蓉，可以汲饮汨罗之水；那隶籍福建却来自西安小雁塔的蒋勋可以细绎草原的秩序；至于那来自楚地的楚戈亦得聆听大度山的清歌。一干原来不可能相逢的人物，在灾劫之余相知相遇，并且互灌互注，增加了彼此的水量与流速，形成一片美丽丰沃的流域。

九　溪谷桃李

一九八七年春四月，沿“太鲁阁国家公园”的绿水、文山、回头弯、九梅一路走下去是桃塞溪和整片石基的河床（原名陶花，此是故意的笔误）。再往里面走，则是密不透天的桃花，桃花开得极饱满的时候雄峙如一片颇有历史感的故垒。躺在树下苔痕斑斑的青石上看晴空都略觉困难。那一天教室便在花下。

“席老师，”一个女孩走来，眼神依稀是自己二十年前的困惑，“这桃花，画它不下来，怎么办?”

“画不下来?”她的口气有时刚决得近于凶狠，“你问我，我告诉你，我自己也画它不下来呀！谁说你要画它下来的？你就真把它画了下来，又怎么样?”

“画家这行业根本是多余的!”爬到一块大石头上的蒋勋自言自语地宣布，这话，不知该不该让学生听到。忽然，他对着一块满面回纹的石头叫了起来，“你看，这是水自己把自己画在石头上了。”

楚戈则更无行无状，速写簿上一笔未着，却跟一位当地的“莲花池庄主”聊上了，一个劲地打听如何来此落地生根。

“山水，”蒋勋说，“我想是中国人的宗教。”

那山是坐落于大劫大难与大恩大宠之间的山，那水是亦悲激亦喜悦之水。那山是半落青天之外淡然复兀然的山，那水是山中一夜雨后走势狂劲直奔人间不能自止的水——各挟其两岸的风景以俱来。

一阵风起，悬崖上的石楠撒下一层红雾，溪水老是拣最难走的路走，像一个自己跟自己过不去的艺术家，弄得咻咻不已。师生一行的语音逐渐稀微，终至被风声溪声兼并，纳入一山春声。

火中取莲

认识孙超这人，会使人有个冲动——老想给他写传记，因为太精彩。其实说传记还不太对，传记嫌平面，孙超的生平适合编成话本，有说有唱有板有眼一路演绎下去（或演义下去），这，先从三代前说起吧：

轰然一声，三进大屋的第一进炸成平地。

接着，第二进也倒了。

那是抗日战争的年代，地点则在自古以来一直和“战争”连在一起的徐州城。

一家人都逃光了，只剩下一位老妇人不动如山，端坐在第三进堂屋里。有个日本军人直走进来，看见她夷然自若地抽着水烟袋，啪嚏——啪嚏——，日本人刚入城，是这片沦陷区的新主人，但她是这所屋子的主人，一向就是。现在屋子虽炸了，但主人还是主人，她不打算站起身来。

日本军人心虚了，他恭恭敬敬地放了一些东西在桌上，是罐头，沦陷区最实惠的礼物。老妇人用大袖一拂，所有的罐头砰砰然全落在地上。

依照当时战胜军人的气焰，此刻洗劫全家，亦无不可，但那军人走开了，走到藏书的地方，拿了几本书就走了。

那老妇人是孙超的奶奶。

她把全家赶走，说：“逃得愈远愈好。”可是她自己却留了下来。只凭一口气，跟整个日本军比强。

逃难的孙超和母亲冲散了，母亲炸死，父亲也回了老家。开始自己流浪的那一年，他八岁。等胜利还乡，他十六了，在徐州女师附小读了二年半，又碰到第二次劫难，于是又开始第二次的飘徙，平生最拿得出手的资历，大约就是流浪吧！

“绝不拿别人的东西！”

从小离家，但从来没遭过人白眼，只因家里规矩大，教得严，看到别人有好东西，规定先把手背到背后才准看，绝对不去碰一下。这简单而彻底的训练使孙超成为一介不取的人，而且，日后艺术上也一空依傍，绝不捡现成的便宜，他永远只取属于自己的东西。

出来的时候是青年军。连保送军校也不肯去念，他只想纯当兵，只想打最直接的仗。舍生不是难事，难的是二十年刻板严苛的军旅生活适应。那些年最大的慰藉是读书，读极硬的书。

记得有一本罗光著的《中国哲学史》，定价四十元，当年他的月薪十八元，他便去替人打毛衣（奇怪，一个大男人竟会织毛衣），三个月以后才存够买书的钱。

有一年，岁暮，有位中学老师邀他到家里去吃饭。他从清泉岗出发到台中市赴宴。绕着主人的屋子走了几圈，伸出的手几度缩回，竟不敢按铃，篱内的温暖家居图，不是这身二尺半可以撞进去的吧？严重的自尊心和自卑感交战后，他终于爽约了。

回部队的车子晚上才有，他竟不知该去哪里。逛着逛着，他很自然地走进书店，老板娘站近他，眼睛盯着他不放，她怀疑这年轻的大兵是来偷书的，她的疑虑不算太错，他的确没钱买书，但不是来偷书，他来看书——也许不是看书，只因店里有光，书里有知识的闸门，而当晚他正无处可去。出身于有钱有势有根柢的家庭，几时受过这种侮辱，他夺门而出。

去哪里呢？无非是另一家书店。

第二家书店是客家人开的，他们暗暗地用自以为别人听不懂的客家话说：“那个兵，看样子要偷书。”他惊怒欲绝，放回书，冲出店门，把自己投身在十二月的冷风里。总不能再到第三家书店去受凌辱吧？他踉跄在华灯四射的小城里。

忽然，他听到歌声，前面是一所教堂，门口站着一个外国牧师，红润的脸，亲和的微笑，看到这年轻的兵，他恭恭敬敬地鞠了一个躬，伸手延客说：

“请进。”

他走了进去，诗班正唱着巴哈的弥撒曲，他忽然大恸，跪倒圣坛前，泪下如雨，再也站不起来。礼拜的人陆续离去，他仍跪在那里哭，善解人意的牧师远远站着，等他哭，所有的人早走光了，但一腔的委屈和压抑的泪却是流不完的啊。牧师耐心地等着，他走的时候，牧师和他握手，说：“下回再来。”

曾经，在战时，炸弹炸死前前后后的人，他却幸运地捡回了自己的生命。

而这一个圣诞夜，在一颗心几乎被痛苦扼死之际，一个微笑一声请进，使他及时重新觅得自己的心，这番惊险，其实也等于捡得一命啊！

“那一刹那，我只有一个感觉，我这才又是‘人’了。我重新有了人的尊严，所谓人间的平等，大概只有向宗教世界里才找得到吧?”他没有再去教堂，但宗教的柔和宽敬在他的创作里如泉源般一一涌现。

退役了，拿了七千元。

做什么好呢？真正想做的是念书，但钱不够。他跑到三张犁养鸡，透过“鸡生蛋，蛋生鸡”的原理，他希望为自己筹得“三万元教育基金”放在银行里，每月拿三百元利息省吃俭用，也就可以去念书了。

他忘了一件事，养鸡可以赚钱却也可以赔钱。他不幸属于后者。

为了投考艺专，仅读过一年半书而没有报考资格的他，只好制造假证件。他用肥皂，自己刻印，他这件罕见的罪行也被识破，主事人一眼看穿。是上天见怜吧，那人拿起笔来批了几个字：“姑念该生，有志向学，准予报名。”他欣喜欲狂，捧着批示，心里想：

“我不是违法的了，我现在是合法的了！”

大专联考后不久，他到摊子上吃了碗阳春面，然后就真正的一文不名了。

他去找赵老师。

“赵老师，我没钱了……”

“没钱？哈哈，”赵老师朗声大笑，“没钱，那算啥？”

天气热，他把席子铺在地上，两人一起躺着聊天：

“孙超，你说没钱，我来问你，你卖过血没有？”

“卖血？没有。”

“哈哈，连血也没卖过，那还不叫真没钱呢！”

赵老师为他找了工读的机会，但他真正受益而不能忘的还是那不在乎的大笑。

醉心于寻根究底，醉心于百分之百的投入，日子原来也就这样过下去了，不料有一天忽然后山山崩，整个科技室都埋在土里，他拨开水泥砸碎后的屋顶钢筋爬出来，再次捡回了一条命。所有精心收藏的书，所有曾经爱恋的资料全埋掉了，三个助手也死了，还记得一位助手在里面急急哀哀叫着：“孙先生啊！孙先生啊！快啊！……”

生命原来是如此脆弱，如此不堪一击啊！经此一劫，他决心要作最无情的割舍，把其他都抛开，只专心致意弄一种结晶釉吧！

日本人有时把陶瓷艺术叫成“炎艺术”，让人看了不免一惊。世上的艺术，有些真的是要经千度的火来煅，万分的情来炼，才能成形成器的啊！陶瓷艺术就是这一种，陶是奇怪的东西，既可以是小儿无心的玩捏，也可以是一生探之不尽、究之不穷的大学问。看来人也是大化或工或拙的捏塑吧？否则为什么人也是如此单纯又如此复杂的个体？为什么人也是探针指测不明，形制规范不尽，釉彩淋漓不定的一种艺术？人本身也是一种成于水、成于火，且复受煎熬于火的成品吧？

艺术理论上有人颇以为作品因个人的境遇而有悲喜，其实这话只说对了一半。莫里哀一生穷愁潦倒，最后死在舞台上，却是喜剧圣手。莫扎特贫病交加，英年早逝，其乐章却华美流畅，如天际朝霞，花溪春水，浑不知人间有忧愁。有的人是奇怪的战士，受创愈重，流血愈多，他愈刻意掩藏怆痛，只让你看、也只许你看他的微笑。孙超似乎也是这种人，看到他的结晶釉，清澈美丽，透明处是雪，艳异时似紫水晶原矿，令人想起云母，想起冰河，想起菲薄匀整的细胞切片图。我虽因性情所趋，一向比较偏好质木素朴之美，也不得不承认孙超所经营的精致无瑕的艺术。这种精纯唯美，几乎可以解释为一种赌气，命运，你要给我砂砾吗？好，我就报之以珍珠。命运陷我于窑火吗？我就偏偏生出火中莲花。一只陶皿，是大悲痛大磨难大创痕之余的定慧。那些一度经火的器皿，此刻已凉如古玉，婉似霜花。经过火——但不要让你看到烟熏火燎之气，经过火——但只容别人看到沉静收敛的光华。

我说到哪里了？是孙超的半生？还是他的火中取莲的结晶釉？我自己也弄不分明了。

重读一封前世的信

做编辑的，催起人来，几乎令人可以想见未来某一日死神来催命的情势。当然，往好处想，我今日既有本事死皮赖脸抵御编辑相催，他日，也许就不怎么怕死神的凌逼了。

我平日因疏懒成性，文债渐积渐多，只是，债多不愁，反正能躲则躲，能赖则赖，实在躲不掉也赖不掉的，就先应付一下。最近的债主是某报，人家要专案介绍我，不向我找资料又跟谁要资料呢？我很想哀告一声，说：

“喂，关于张晓风的资料，未必我张晓风就是权威呀！谁规定我该研究我自己？收集我自己？谁说我该提供有关张晓风的资料？我又不是给张晓风管资料的。”

如果要我在这世上找出少数几件我没什么大兴趣的事，“研究张晓风”一定会是其中的一项。想想，世上好玩的事有多么多呀！值得去留意一下的事有千桩万桩哩！譬如说：可以拿来做意大利面的特别小麦叫“杜兰小麦”，只有“杜兰”可以构成那迷人的韧劲。而且，意大利文有句“阿尔甸特”，意思便专指那份韧韧的嚼头。又譬如说马来人过新年的时候，晚辈跪拜父母，说“敏达玛阿夫”（minta maaf），意思是“请饶恕我过去一年得罪你的地方”（啊，我多么希望普天下的人过新年的时候都互道这句话，它比“新年快乐”要有意思得多了）。又譬如台湾有种开在冬天的白色兰花叫“阿妈兰”（即祖母兰），开得天长地久，总也不谢，让人几乎以为它是永恒的。而开在春天的小朵紫色兰花却叫“小男孩”，一副顽皮又闯荡的样子。还有初夏时节，紫霞满树，危耸耸开遍洛杉矶和南美洲的那种“美死了人不偿命”的花树有个绕口的名字叫“夹卡润达”(gacaranta)，中文有个文绉绉的翻译叫“蓝花楹”……世上“杂学”无限，叫张晓风去搬弄张晓风的资料，一方面是无趣，一方面也是胜之不武吧？

但人家在催，我也只好去找。“找自己”是件蛮累的事，而且往往并无收获。倒是有一天木匠阿陈来修衣橱，抖出一包信，我正打算拿去丢掉，不料却发现那泛黄的纸页上有一片熟悉的笔迹。凑近一看，几乎昏倒。天哪！那是朱桥的信啊！朱桥死了有三十年了吧？他曾经是多么优秀的一个编辑啊！而他是自杀死的，“自杀”在当年是个邪恶的不干净的字眼。他所服务的单位（幼狮系统）大概因而非常不以为然，所以他连身后该有的哀荣也没有捞到。丧礼上的亲属只有他的老姨妈，她用江北口音有腔有调地哭数着：

“朱家骏呀！你妈把你交给了我带来台湾呀！叫我以后回去怎么向你妈交代呀！”

过一会，想起来，她又补唱几句：

“你的志向高呀，平常的女孩子你都不要呀！至今还没成家呀！”

我非常惊讶，因为老姨妈似乎在用哭腔哭调告诉众亲朋好友：

“对于他的死，我是无罪的。不要以为我不照顾他，他没有成婚，他眼界高，他看上的女孩子人家看不上他，他的婚姻不是我耽误的……”

三十年后我才逐渐了解晚期的朱桥其实是在精神耗弱的状态下，产生了极度的“沮丧”。这事如果发生在今天，医生会认为这只不过是极平常的“忧郁症”，每天早晨吃一颗“百忧解”也就过去了。可怜当年的朱桥虽一度皈依佛门，却仍然二度自杀，似乎下定必死的决心。

曾经，为了催稿，他在作者家中整夜苦苦守候。曾经，他自掏腰包预付某些作者的稿费。他曾经把《幼狮文艺》办得多么叫好又叫座啊！

此刻，这封三十三年前来自编者案头的信竟忽然出现在我眼底，令我惊悚流泪。是前世的信吗？真的有点像，古人是以三十年为一世的。虽然，所谓的三十年，其实，也只像一瞬。

那时代穷，还没有发明什么用五万十万的巨额奖金去鼓励文学青年的事（文学青年一概皆靠编者的信来加以鼓励）。1996 年，我参加了奖金千元的“学艺竞赛”，并且得了奖。我当时廿五岁，翌年，我获得中山文艺奖（奖金五万元），以后又曾获得十万的或四十万的奖金——奇怪的是，我最最难忘的却是这奖额千元的奖，只因评审会中有人因我的文章而哭泣。那泪水，胜过千万金银。

台湾刚解严的那阵子，有外国电视记者来访问，他提出的问题是：

“尚未解严的时候，你的写作是不是很不自由？”

我说：

“不，我一向都是自由的，我想写什么就写什么——问题是编辑，看他敢不敢登而已。”

1966 年，我写了《十月的哭泣》，算是当时威权能忍受的极限吧？而朱桥在《幼狮》上刊登此文，其实也冒着掼掉总编头衔的危险吧？我当时少不更事，哪里知道自己痛快驰文之际，竟会害别人要赌上自己的前程。当今之世，肯为作者而一掷前程的编者又有几人呢？

朱桥的那封信是这样写的：

晓风小姐：

我愿意向你致最大的敬意，当我读完《十月的哭泣》之后，正和你含着泪写一样，我也含着泪读。今天，我给魏子云先生看，他比我更为激动，他不竟（仅）是热泪盈眶，而且他说要找一座山痛哭一场。

尼采说：“余最爱读以血泪写成的作品”，惟有以真诚的情感，才能打动人，特别是在我们今天处于这个惨痛的悲剧时代，本着这分感知，就我一个平凡的人而言，多少年的清晨与长夜，我都是为着一点爱国热忱，贡献了我能贡献的。就我编《幼狮文艺》后，虽然不如理想，但也看得出这分努力的心意。对于当前文坛上那些享受虚名与渔利之徒，时常令我齿冷，目前风气所趋，也是徒唤奈何的，因此，我对你抱着“那个题材不感动你的，而不遽尔下笔”是非常对的，希望你保持这份难得的态度。

学艺竞赛收稿已截止，就我观察而言，你的大作“获奖”是绝无问题的了。你信中说，你在情绪激动之下完成此作，有些小地方需要斟酌，我和魏子云先生研究很久，略为改动几处几个字，同时把题目拟改为《十月的阳光》。我们也知道，一字不改最好，因为你已用得很妥切了。为了免得被一些肤浅之辈断章取义，还是略加更改的为好，虽然，我们的刊物政治立场鲜明，但比任何民营报刊更不八股，别人不敢刊登的，我们反而敢刊登，我们敢刊登的别人亦未见得敢刊登，所以，改动数字几乎是必须的，尚请卓裁！

我非常快慰，能获得大作参加学艺竞赛，谢谢您给我们这篇好文章！敬祝

大安

朱桥　1966 年 10 月 17 日

以今天的标准来看，那篇文章只不过大胆真实，并没有忤逆之处。但是事隔几年，当齐邦媛教授和余光中教授两人要把该文选入某文选的时候，两人也彼此作壮语道：

“管他的，杀头就杀头，选是一定要选的。”

我很庆幸，齐余两人的大好头颅都安全无恙。而我，其实我并没有做什么坏事，我只不过在三十三年前的十月庆典上哭泣，当局一向要的是山呼万岁——而我却哭泣，不料竟引动众人与我一同哭泣……

啊！三十三年前，那曾是一个怎样的时代啊！

我曾于两年前为隐地的书写序，其中有段论述是这样写的：

曾经听一位老作家用十分羡慕的口吻说起现代年轻一辈的作者：

“我觉得他们真了不起，他们又聪明又有学问，又有文笔。他

们以后的成就一定不得了——不像我们当年，没有科班出身，只好瞎摸！”

我反驳说：

“也不见得，这一代，他们的确比较精明干练，但要说文学上的成就，那又是另一回事了。”

“怎么说呢?”

“文学这东西，”我说，“太聪明的人根本碰不得，聪明人就会分心，就会旁骛。老一辈的作者，文学对他们而言就好像风雪暗夜荒原行路人手中所拿的那根小火炬，因为风大，你只好用手护着火苗——而护得急了，连手都差点烧烂。但你不能不好好护着它，因为在群狼当道的原野中，一旦火熄了，你就完了。那火炬成了你的唯一，你忍着手心的疼痛，抵死护好那小小的蹿动的火苗。

现在的作者不是，写作是他众多本领中的一项，他靠此吃饭，或者不靠此吃饭，他表演，他享受掌声和金钱，他游走，他回来，他在排行榜上。他翻阅这个月的新书，他的心不痛，从来不痛，因为他是个快乐的书写作业员。

而老一辈的作者，他们手中捧着火苗前行，那火苗便是文学。那烫得人手心灼痛欲焦的文学。你忍受，只因在茫茫荒郊、漫漫长夜，风雪相侵，生死交扣的时刻，舍此之外，你一无所有。

相较之下，今日的文学是众多消费品中的一项，是琳琅市场上和肥皂和电池和冰箱除臭剂和洋芋片和保险套一起贩售的东西。一旦退货，立刻变成纸浆。

“现代的作者也许更有才华，但文学女神要的祭品却是你的痴狂和忠贞。”

我今天重读三十三年前一个编辑、一个文学人对年轻作者的殷殷期许，内心惶愧交煎。所有的生者对死者其实都欠着一副担子，因为死者谢世之际，无形中等于说了一句：

“担子，该由你们来挑了。”

当年曾经受人祝福，受人包容，受人期许的我，此刻，总该像地心的融雪之泉，为自己流经的土地而喷珠溅玉吧？

我真的肯做一个乐人之乐、苦人之苦、因别人的伤口而流血、因远方的哭声而倾泪的人吗？手中捏着前世的信，我逼问我自己。

——原载1999年7月18日《联合报》副刊

第四辑　万物伙伴

万物伙伴

三百年前，十七世纪的中叶，一群学者和诗人，将他们辛苦辑成的一大套丛书，呈给龙椅上的康熙皇帝。后来，那批编者死了，那皇帝读者也死了，而那套书却印了出来，可以在今天任何一个有规模的图书馆里找到，那书是“咏物诗”，包括中国历代大诗人对万物的歌咏。

吃满汉全席，也许是皇族特有的口福，但读诗，读咏物诗，却已是每一个小老百姓的权利。诗，从来不会不属于人类全体。

西洋人论诗，每每强调叙事诗、抒情诗或者牧歌，但中国人却喜欢说咏物、咏史、咏怀。“物”在中国已经成为一种可以歌颂，可以细描，可以玩味的诗歌题材了。正如在艺术方面中国人不习惯说画“画”，我们一定要说画山水、画人物、画花鸟、画四君子……

咏物诗在中国诗的历史中当然不能算最优秀的作品，但令人惊讶的是，“物”在中国，有其比西洋诗中更高贵的形象。“天人合一”是比较抽象不易捉摸的，“物我无间”倒比较合乎中国人更实际的生活，庄子说：“天地与我并立，而万物与我为一。”事实上，天，经常被看作“物”，连人，也是“人物”，人既为“万物之灵”，也是万物的一支吧！人死了，变成鬼，就中国人来看，仍是“物”，是“异物”。

中国上古史里的圣王当然都是最有智慧最深沉的人，然而他们获得智慧的方法既不是“面壁”，也不是“闭关”，相反，他们“仰则观象于天”，“俯则观法于地”，“视鸟兽之文与地之宜”，然后，他们获得了统驭的智慧。中国的政治家，是透过“自然观察家”、“哲学家”而成为“政治理论家”的。中国的君子懂得“自强不息”的道理，是因为有感于“天行健”。中国的圣人是看到“逝者如斯”的东流水，震撼于“不舍昼夜”的自然力量，方会回身观照，急于想把自己冲激成一川洪流。

这不仅是士大夫的观念，事实上取法自然，从万物体悟人生，也是一般小百姓的想法。武侠小说里固然有时也承认秘笈的权威，但一派宗师在融会贯通天下武学之际，总是独凌绝峰，并且从大海日出、白鹤腾空、瀑布断流、风舞琼花等现象获得灵感上的突破。在这种事上，武学分明又是一种诗学，一种美学。在中国，几乎所有的智慧体悟都来自对万物的观察。

中国的文字，就其象形本质而论，是采取“画成其‘物’，随体诘诎”的办法。你可以不认识“稷”字，但你知道它是禾的一种，是广大田野中青青的翠意。你可以不认识“麋”，但你知道它是鹿族里的一脉，是浅溪旁呼伴饮水的善良生物。你可以不认识“雯”，但却可以想象它是一种美丽的天象，是云霞的妹妹。

作为一个中国人，每天，在每一个文字上遇见万物的速写像。我们在一张简单的报纸上重见“日”“月”“山”“川”，它们仍然那样传神地勾画着初民对万物的惊喜赞叹。当我们看到“册”字，它向我们显示那穿在一条线上厚实整齐的竹简。当我们看到“果”字，它沉甸甸地悬在最高枝的喜悦感仍然是极真实的，我们不由得感到与万物有亲有故的那份真切情意。

然后，忽然一声炸雷，我们就看到“物竞天择”、“弱肉强食”的新旗号，我们还来不及分辨这句话在生物学上的正确意义，它已经就变成政客和野心家的金科玉律了……

但是，我们仍然记得我们是来自一个和万物有亲有故的民族。

这个民族，曾产生庄子。他像一个小学老师，他第一次把我们引离教室，带我们站在春天的原野上，教我们看天、看云、看花草、看尘泥，然后告诉我们说：“物无贵贱。”我们认真地想着他所说的“齐物论”，直等到一只蜻蜓误停在我们的肩上，我们终于相信我们都只不过是一个小小的客旅，我们之间并无大小之差尊卑之别。金星难道比土星高贵吗？太阳比月亮美丽吗？人比蜉蝣活得更长吗？

韩愈说："有其翼者去其角。"在中国人看来，没有谁是绝对的强者，如果说"适者生存"，则万物莫不是"适者"，上天不会造一只有翅膀的老虎，也不会造一只生有大角的老鹰。柔弱无依的墨鱼，在事急时也有它"防御性的武器"。换句话说，这是一个"有饭大家吃"、"人人都有得混"的众生平等的世界。

在这种观念之下，万物都各安其位，各得其所，大如山的自然可以入画，小如沙砾亦自有景观（近世有显微摄影，一幅盐结晶的构图，一幅"精子力争上游图"，莫不动人良深）。明灿如钻石的是美，沉黯如黑玉的也是美。刚如削壁虽足取法，柔似春水也能给人许多启示。像虎豹一样强，固然可以傲啸山林，像小蜥蜴一样弱，也有资格享受成色十足的阳光……

因此，张横渠会说："民吾同胞，物吾与也。"翻成白话文就是："人类，是我的手足弟兄，万物，是我一伙的朋友。"

既不是逞能地去霸占万物，也不是无能地役于万物，只是一个欢欢喜喜的孩子，走在欢欢喜喜的阳光里，觉得眼前一切鸟兽虫鱼花树草木全都与自己有亲有故的那种心情。也因此，程颢会写下"万物静观皆自得，四时佳兴与人同"的句子，朱晦庵会持有"好鸟枝头亦朋友，落花水面皆文章"的烂漫天机。

旧式塾师的诗学教育，也是从万物之情体会出来的，老师说"天"，学生要懂得说"地"，老师说"桃红"，学生对"柳绿"。就这样，在对对子——这种师生间的"合法抬杠"——中，中国小孩学会了写诗，学会了陆机所说的那种"挫万物于笔端"的本领。

当然，反过来说，中国诗里也充满了"物"的和谐。孔子劝儿子读诗的理由之一是"可以在诗里认识鸟兽草木"。一本《诗经》，是从一条河畔写起的，水鸟和鸣，荇菜飘浮，好一卷澄澈无渣滓的歌。《楚辞》里是另一种植物，兰芷茝蕙，一派南国风物。连汉代乐府，也每每无缘无故地要拿"青青河畔草"做开头的固定格式。

可是，中国诗里写物跟美国诗人狄谨荪写蛇、康明思写蚱蜢是不相同的。“非人磨墨墨磨人”写的是墨吗？“百花发，我不发，我若发，都骇杀”写的是秋菊吗？咏物者常常弄不清楚自己手绘的是一幅蝴蝶，还是一幅自己，咏物者终于发现自己在万物里，万物在自己里。

不单诗，中国戏剧也惯于以物体贯穿剧情。《汉宫秋》里，前前后后只是那一把琵琶的抑扬悲欢。《桃花扇》，整个大明朝的兴亡全在一个金陵女子的扇底说完了。而《荆钗记》，一枝小小的木棒做的头钗，却是贫微夫妻的爱情保障……

生命也是如此啊，几片瓦，一口井，一口老黑锅，故事就绕着小小的道具而推展。在那个古老的时代，每一件物都有先人的手泽，都有亲切的情意。不幸那时代远了，我们身处在一个“银货两讫”的商业社会里，我们是按着定价购物的一代，杯子只是杯子，笔只是笔，今年的衣服是明年的垃圾，月亮在荧光幕上自会出现，不必麻烦去看天上的那一轮。我们有无限膨胀的物欲，却不能通一点物情物趣。

学院的教育把我们变成善于分析的说明符号“:”，不知从什么时候开始，我们竟再也不会发出一声惊叹号“!”。

“江畔何人初见月？江月何年初照人？”

江畔见月者何止万万千千个，江月照人何止万万千千年？但谁是真正的“江畔见月人”呢？那必是一个带一声惊呼就穆然肃然把一颗心交给月光去浸得清极莹极的一位吧！而谁又是江月所真正愿意倾光相授的传人呢？那必是让月光也为之一震的光风霁月的君子吧？

与万物摩踵擦肩而过，谁是那得物趣、通物情、能友物、能契物的人呢？

我认识一位教植物学的老教授，他说：

“我年轻的时候，用显微镜观察叶子的组织，那时代的显微镜不够好，我们能看到的东西不够多，我常希望有更高倍数的显微镜出现，我们就会明白得多些。现在，我老了，这种显微镜出现了。奇怪的是，放大倍数增加以后，看到了更多的东西，引出的问题反而更多了，我忽然发现我比以前更不了解那些组织了！”

在他自己承认“不了解”的谦逊和敬畏中，我看到了他的“了解”。

让科学帮助我们“了解”我们的“不了解”，这样，我们反而可以算为不太讨厌的“解人”。

让我们爱万物，以及造物的天、成物的人。江月会一直俯照着春江，但见者自见，不见者自不见，不见者只能行在黑色的长夜里。万物是我们并生的伴侣，但侣者自侣，不侣者自不侣，失侣者只好孤单封闭地走完一生。

在一盏茶里饮千古的风流，在瓦斯炉前遥想燧人氏的风采，由一张纸上想见汉文明，捧一碗饭时懂得感谢嘉南平原上的老农，让事事物物都关情，让我们生活得更好奇，更惊讶，更感激。

一开头，我曾经说过，三百年前，有一批学者战战兢兢地编了一部“咏物诗”给皇帝看。而今，我所编的是一本“咏物散文”——不再编给皇帝看（皇帝已于七十年前走下千古的龙椅），而是编给更尊贵的一位——你——看的。你，一个中国人，配接受这一切的献呈。

玉 想

一 只是美丽起来的石头

一向不喜欢宝石——最近却悄悄地喜欢了玉。

宝石是西方的产物，一块钻石，割成几千几百个“割切面”，光线就从那里面激射而出，挟势凌厉，美得几乎具有侵略性，使我不由得不提防起来。我知道自己无法跟它的凶悍逼人相埒，不过至少可以决定“我不喜欢它”。让它在英女王的皇冠上闪烁，让它在展览会上伴以投射灯和响尾蛇（防盗用）展出，我不喜欢，总可以吧！

玉不同，玉是温柔的，早期的字书解释玉，也只是说：“玉，石之美者。”原来玉也只是石，是许多混沌的生命中忽然脱颖而出的那一点灵光。正如许多孩子在夏夜的庭院里听老人讲古，忽有一个因洪秀全的故事而兴天下之想，遂有了孙中山。所谓伟人，其实只是在游戏场中忽有所悟的那个孩子。所谓玉，只是在时间的广场上因自在玩耍竟而得道的石头。

二 克拉之外

钻石是有价的，一克拉一克拉地算，像超级市场的猪肉，一块块皆有其中规中矩称出来的标价。

玉是无价的，根本就没有可以计值的单位。钻石像谋职，把学历经历乃至成绩单上的分数一一开列出来，以便序位核薪。玉则像爱情，一个女子能赢得多少爱情完全视对方为她着迷的程度，其间并没有太多法则可循。以撒辛格（诺贝尔奖得主）说："文学像女人，别人为什么喜欢她以及为什么不喜欢她的原因，她自己也不知道。"其实，玉当然也有其客观标准，它的硬度，它的晶莹、柔润、缜密、纯全和刻工都可以讨论，只是论玉论到最后关头，竟只剩"喜欢"两字，而"喜欢"是无价的，你买的不是克拉的计价而是自己珍重的心情。

三　不须镶嵌

钻石不能佩戴，除非经过镶嵌，镶嵌当然也是一种艺术。而玉呢？玉也可以镶嵌，不过却不免显得"多此一举"，玉是可以直接做成戒指、镯子和簪笄的。至于玉坠、玉佩所需要的也只是一根丝绳的编结，用一段千回百绕的纠缠盘结来系住胸前或腰间的那一点沉实，要比金属般冷冷硬硬的镶嵌好吧？

不佩戴的玉也是好的，玉可以把玩，可以作小器具，可以作既可卑微地去搔痒，亦可用以象征宝贵吉祥的"如意"，可作用以祀天的璧，亦可作示绝的玦。我想做个玉匠大概比钻石割切人兴奋快乐，玉的世界要大得多繁富得多。玉是既入于生活也出于生活的，玉是名士美人，可以相与出尘，玉亦是柴米夫妻，可以居家过日。

四　生死以之

一个人活着的时候，全世界跟他一起活——但一个人死的时候，谁来陪他一起死呢？

中古世纪有出质朴简直的古剧叫《人人》（*Everyman*），死神找到那位名叫人人的主角，告诉他死期已至，不能宽贷，却准他结伴同行。

人人找“美貌”，“美貌”不肯跟他去，人人找“知识”，“知识”也无意到墓穴里去相陪，人人找“亲情”，“亲情”也顾他不得……

世间万物，只有人类在死亡的时候需要陪葬品吧？其原因也无非由于怕孤寂，活人殉葬太残忍，连土俑殉葬也有些居心不仁，但死亡又是如此幽阒陌生的一条路。如果待嫁的女子需要“陪嫁”来肯定来系连她前半生的娘家岁月，则等待远行的黄泉客何尝不需要“陪葬”来凭吊借来思忆世上的年华呢？

陪葬物里最缠绵的东西或许便是玉琀蝉了，蝉色半透明，比真实的蝉为薄，向例是含在死者的口中，成为最后的、一句没有声音的语言。那句话在说：

“今天，我入土，像蝉的幼虫一样，不要悲伤，这不叫死，有一天，生命会复活，会展翅，会如夏日出土的鸣蝉……”

那究竟是生者安慰死者而塞人的一句话？抑或是死者安慰生者而含着的一句话？如果那是愿心，算不算狂妄的侈愿？如果那是谎言，算不算美丽的谎言？我不知道，只知道玉琀蝉那半透明的豆青或土褐色仿佛是由生入死的薄膜，又恍惚是由死返生的符信，但生生死死的事岂是我这样的凡间女子所能参破的？且在这落雨的下午俯首凝视这枚佩在自己胸前的被烈焰般的红丝线所穿结的玉琀蝉吧！

五　玉肆

我在玉肆中走，忽然看到一块像蛀木又像土块的东西，仿佛一张枯涩凝止的悲容，我驻足良久，问道：

“这是一种什么玉？多少钱？”

“你懂不懂玉？”老板的神色间颇有一种抑制过的傲慢。

“不懂。”

“不懂就不要问！我的玉只卖懂的人。”

我应该生气应该跟他激辩一场的，但不知为什么，近年来碰到类似的场面倒宁可笑笑走开。我虽然不喜欢他的态度，但相较而言，我更不喜欢争辩，尤其痛恨学校里“奥瑞根式”的辩论比赛，一句一句逼着人追问，简直不像人类的对话，嚣张狂肆到极点。

不懂玉就不该买不该问吗？世间识货的又有几人？孔子一生，也没把自己那块美玉成功地推销出去。《水浒传》里的阮小七说：“一腔热血，只要卖与识货的!”但谁又是热血的识货买主？连圣贤的光焰、好汉的热血也都难以倾销，几块玉又算什么？不懂玉就不准买玉，不懂人生的人岂不没有权利活下去了？

当然，玉肆老板大约也不是什么坏人，只是一个除了玉的知识找不出其他可以自豪之处的人吧！

然而，这件事真的很遗憾吗？也不尽然，如果那天我碰到的是个善良的老板，他可能会为我详细解说，我可能心念一动便买下那块玉，只是，果真如此又如何呢？它会成为我的小古玩。但此刻，它是我的一点憾意，一段未圆的梦，一份既未开始当然也就不致结束的情缘。

隔着这许多年，如果今天那玉肆的老板再问我一次是否识玉，我想我仍会回答不懂，懂太难，能疼惜保重也就够了。何况能懂就能爱吗？在竞选中互相中伤的政敌其实不是彼此十分了解吗？当然，如果情绪高昂，我也许会塞给他一张《说文解字》抄下来的纸条：

玉，石之美者，有五德，
润泽以温，仁之方也；
䚡理自外，可以知中，义之方也；
其声舒扬，专以远闻，智之方也；
不桡而折，勇之方也；
锐廉而不技，洁之方也。

然而，对爱玉的人而言，连那一番大声镗鞳的理由也是多余的。爱玉这件事几乎可以单纯到不知不识而只是一团简简单单的欢喜，像婴儿喜欢清风拂面的感觉，是不必先研究气流风向的。

六 瑕

付钱的时候，小贩又重复了一次：

“我卖你这玛瑙，再便宜不过了。”

我笑笑，没说话，他以为我不信，又加上一句：

“真的——不过这么便宜也有个缘故。你猜为什么？”

“我知道，它有斑点。”本来不想提的，被他一逼，只好说了，免得他一直啰唆。

“哎呀，原来你看出来了，玉石这种东西有斑点就差了，这串项链如果没有瑕疵，哇，那价钱就不得了啦！”

我取了项链，尽快走开。有些话，我只愿意在无人处小心地，断断续续地，有一搭没一搭地说给自己听。

对于这串有斑点的玛瑙，我怎么可能看不出来呢？它的斑痕如此清清楚楚。

然而买这样一串项链是出于一个女子小小的侠气吧，凭什么要说有斑点的东西不好？水晶里不是就有一种叫“发晶”的种类吗？虎有纹，豹有斑，有谁嫌弃过它的皮毛不够纯色？

就算退一步说，把这斑纹算瑕疵，世间能把瑕疵如此坦然相呈的人也不多吧？凡是可以坦然相见的缺点都不该算缺点的。纯全完美的东西是神器，可供膜拜。但站在一个女人的观点来看，男人和孩子之所以可爱，正是由于他们那些一清二楚的无所掩饰的小缺点吧？就连一个人对自己本身的接纳和纵容，不也是看准了自己的种种小毛病而一笑置之吗？

所有的无瑕是一样的——因为全是百分之百的纯洁透明，但瑕疵斑点却面目各自不同。有的斑痕像苔藓数点，有的是砂岸逶迤，有的是孤云独去，更有的是铁索横江，玩味起来，反而令人欣然心喜。想起平生好友，也是如此，如果不能知道一两件对方的糗事，不能有一两件可笑可嘲可詈可骂之事彼此打趣，友谊恐怕也会变得空洞吧？

有时独坐细味“瑕”字，也觉悠然意远，瑕字左边是玉旁，是先有玉才有瑕的啊！正如先有美人，而后才有“美人痣”，先有英雄，而后有悲剧英雄的缺陷性格。缺憾必须依附于完美，独存的缺憾岂有美丽可言，天残地缺，是因为天地都如此美好，才容得修地补天的改造的涂痕。一个“坏孩子”之所以可爱，不也正因为他在撒娇撒赖蛮不讲埋之外，有属于一个孩童近乎神明的纯洁了吗？

瑕的右边是叚，叚有赤红色的意思，瑕的解释是“玉小赤”，我也喜欢瑕字的声音，自有一种坦然的不遮不掩的亮烈。

完美是难以冀求的，那么，在现实的人生里，请给我有瑕的真玉，而不是无瑕的伪玉。

七 唯一

据说，世间没有两块相同的玉——我相信，雕玉的人岂肯去重复别人的创制。

所以，属于我的这一块，无论贵贱精粗都是天地间独一无二的。我因而疼爱它，珍惜这一场缘分，世上好玉万千，我却恰好遇见这块，世上爱玉人亦有万千，它却偏偏遇见我，但我们之间的聚会，也只是五十年吧？上一个佩玉的人是谁呢？有些事是既不能去想更不能嫉妒的，只能安安分分珍惜这匆匆的相属相连的岁月。

八 活

佩玉的人总相信玉是活的，他们说：

“玉要戴，戴戴就活起来了哩！”

这样的话是真的吗？抑或只是传说臆想？

我不知道自己能不能把一块玉戴活，这是需要时间才能证明的事，也许几十年的肌肤相亲，真可以使玉重新有血脉和呼吸。但如果奇迹是可祈求的，我愿意首先活过来的是我，我的清洁质地，我的致密坚实，我的莹秀温润，我的斐然纹理，我的清声远扬。如果玉可以因人的佩戴而复活，也让人因佩玉而复活吧，让每一时每一刻的我莹彩暖暖，如冬日清晨的半窗阳光。

九 石器时代的怀古

把人和玉，玉和人交织成一的神话是《红楼梦》，它也叫《石头记》，在补天的石头群里，主角是那三万六千五百零一块外多出的一块，天长日久，竟成了通灵宝玉，注定要来人间历经一场情劫。

他的对方则是那似曾相识的绛珠仙草。

那玉，是男子的象征，是对于整个石器时代的怀古。那草，是女子的表记，是对榛榛莽莽洪荒森林的思忆。

静安先生释《红楼梦》中的“玉”，说“玉”即“欲”，大约也不算错吧?《红楼梦》中含“玉”字的名字总有其不凡的主人，像宝玉、黛玉、妙玉、红玉，都各自有他们不同的人生欲求。只是那“欲”似乎可以解作英文里的 want，是一种不安，一种需索，是不知所从的缠绵，是最快乐之时的凄凉、最完满之际的缺憾，是自己也不明白所以的惴惴，是想挽住整个春光留下所有桃花的贪心，是大彻大悟与大栈恋之间的摆荡。

神话世界每每是既富丽而又高寒的，所以神话人物总要找一件道具或伴当相从，设若龙不吐珠，嫦娥没有玉兔，李聃失了青牛，果老走了肯让人倒骑的驴或是麻姑少了仙桃，孙悟空缴回金箍棒，那神话人物真不知如何施展身手了——贾宝玉如果没有那块玉，也只能做美国童话《绿野仙踪》里的“无心人”奥迪斯。

“人非木石，孰能无情”，说这话的人只看到事情的表象，木石世界的深情大义又岂是我们凡人所能尽知的。

十 玉楼

如果你想知道钻石，世上有宝石学校可读，有证书可以证明你的鉴定力。但如果你想知道玉，且安安静静地做你自己，并且从肤发的温润、关节的玲珑、眼目的清澈、意志的凝聚、言笑的清朗中去认知玉吧！玉即是我，所谓文明其实亦即由石人玉的历程，亦即由血肉之躯成为“人”的史页。

道家以目为银海，以肩为玉楼，想来仙家玉楼连云也不及人间一肩可担道义的肩胛骨为贵吧？爱玉之极，恐怕也只是返身自重吧？

第一篇诗

设若此刻是三千年前——

设若眼前是黄河之畔——

那时，神话初熟，歌谣乍青，荡荡的汪洋里有踏实的“面”浮起，那是大地。广袤的大地上有奔放如行书的“线”条，那是河川。莽莽的河川里有偶然的翠“点”，那是沙洲。而沙洲上，唉，沙洲上，那年春天也不知怎样的因缘际会，竟飞来了一双雎鸠，而且，叫出了“关关”一声和鸣。这一叫，于他们自己而言，只不过是一小段爱情的誓约，但于我们中华民族而言，却是如闻天籁，如受天启。从那个明亮怡人的早晨，我们竟有了第一首诗：

关关雎鸠，在河之洲，窈窕淑女，君子好逑。

三百零五篇的“温柔敦厚”，一整册晶莹天真的“思无邪”，全是从这一声和婉真情的“关关”开始的啊！

注解《诗经》的人说雎鸠是一种终生相爱相随的水鸟，又说，它的性情“挚”而“有别”，“挚”的该是它昂扬的生存意志，是它纵翼直上九天的清狂，是临绝壁而苍然四顾或出入烟霞不惹尘境的孤怀。“挚”

的也该是嘤嘤求友的温煦，相对调羽的恩爱，抱雏不解的敬慎亲职，以及从一而终的痴心。“有别”则是指它们不粘滞不鸩溺的爱情，是相期相许而又各能享有其天空和航道的悠游自在。

许多人以为我是一个爱鸟的人，他们只说对了一半，我真正关爱的是生命，是和谐的自然，我一直希望自己就是那只黄河沙渚上的雎鸠，能对生命和人也都有不变的挚情。

愿鸟飞于天，愿鱼跃于涧，愿这本集鸟成文的书带给你奋飞振翼的心境，愿人类终于学会尊敬一切生命。

自作主张的水仙花

年前一个礼拜，我去买了一盆水仙花。

“它会刚好在过年的时候开吗?”

“是呀!”老板保证，“都是专家培育的，到过年刚好开。”

我喜孜孜地捧它回家，不料，当天下午它就试探性地开了两朵。

第二天一早，七八朵一齐集体犯规。

第三天，群花飙发，不可收拾。

第四天，众蓓蕾尽都叛节，全丛一片粉白郁香。

我跌足叹息。完了，我想，到过年，它们全都谢光了，而我又不见得找得出时间来再上一次花市。没有水仙花的年景是多么伧俗可怜啊!

我气花贩骗我，又恨这水仙花自作主张，也不先问问礼俗，竟赶在新年前把花开了。

正气着，转念一想，又为自己的霸道骇然。人家水仙花难道就不能有自己的花期吗?凭什么非要叫它依照我的日程规章行事不可?这又不是军事演习，而我又不是它的指挥官。

我之所以生花的气，大概是由于我事先把它看成了“中国水仙”(洋人的水仙和我们的不一样，洋水仙像洋妞，硕壮耀眼，独独缺少一番细致的幽韵和清芬)，既是中国水仙，怎能不谙知中国年节?

可是今年过年晚了点，都是去年那个闰八月闹的(那个闰八月吓破了多少人的胆啊!)，弄到二月十九日才来过年，水仙花忍不住，便自顾自地先开了，我怎么可以怪罪它呢？

“我是北地忍不住的春天”，那是郑愁予的诗，好像单单为了这株水仙写的。它忍不住了，它非开不可，你又能把它怎么样？

自古以来，催花早开的故事倒是有的。譬如说，武则天就干过，《镜花缘》里，百花仙子出外下了一局棋，没想到女皇帝竟颁了敕令，叫百花抢先偷跑，赶在花期之前来为她的盛宴凑兴。众花仙一时糊涂，竟依令行事。这次犯了花规花戒，导致日后众花仙纷纷贬入凡尘，成就了一段俗世姻缘。我至今看到清丽馨雅的女子，都不免认定她们是花仙投胎的。

唐明皇也曾临窗纵击羯鼓，催促桃杏垂柳大驾光临。照现代流行话说，就是唐明皇加入了朱宗庆打击乐训练班，并且他相信花朵听得懂音乐节奏，他要颠覆花的既有秩序，他要打破花国威权。他全力击鼓，他要为花朵解严解禁。故事中，他居然成功了。

“就为这一件事，你们也不得不佩服我，把我看作天公啊！”他四顾自雄地叫道。

我不是环佩锵然，在扬眉之际已底定四海的武则天。也非梨园鼓吹、风流俊赏的玄宗皇帝。我既没有跨越仙界催花鼎沸的手段，也缺乏挽留花期，使之迁延曼迟的本领。我是凡人，只能呆呆地看着花开花谢，全然无助。

水仙终于全开了，喝令它不许开是不奏效的，但好在我还能改变自己，让自己终于同意高高兴兴去品赏一盏清雅的水仙，在年前。它是这样美，这样芳香，决不因它不开在大年初一而有所减色。

故事后来以喜剧结尾，有人又送来了另一钵水仙。这另一钵水仙，在除夕夜开了花，正赶上年景。但我还是为第一盆早开的水仙而感谢，它不仅提供了美丽，也提供了寓言，让我知道，水仙，也是可以自作其主张的。

（击鼓催花的故事极美，忍不住抄录在这里奉送：

尝遇二月初……时当宿雨初晴，景物明丽。小殿内廷，柳杏将吐，睹而叹曰："对此景物，岂得不与他判断之乎？"左右相目，将命备酒，独高力士遣取羯鼓。上旋命之，临轩纵击一曲，曲名《春光好》。神思自得，顾及柳杏，皆已发拆，上指而笑谓嫔御曰："此一事，不唤我作天公可乎？"）

色识

颜色之为物，想来应该像诗，介乎虚实之间，有无之际。

世界各民族都有其“上界”与“下界”的说法，以供死者前往——独有中国的特别好辨认，所谓“上穷‘碧’落下‘黄’泉”。《千字文》也说“天地玄黄”，原来中国的天堂地狱或是宇宙全是有颜色的哩！中国的大地也有颜色，分五块设色，如同小孩玩的拼图板，北方黑，南方赤，西方白，东方青，中间那一块则是黄的。

有些人是色盲，有些动物是色盲，但更令人惊讶的是，据说大部分人的梦是无色的黑白片。这样看来，即使色感正常的人，每天因为睡眠也会让人生的三分之一时间失色。

中国近五百年来的画，是一场墨的胜利。其他颜色和黑一比，竟都黯然引退，好在民间的年画、刺绣和庙宇建筑仍然五光十色，相较之下，似乎有下面这一番对照：

成人的世界是素净的黯色，但孩子的衣着则不避光鲜明艳。

汉人的生活常保持渊沉的深色，苗瑶藏胞却以彩色环绕汉人、提醒汉人。

平素家居度日是单色的，逢到节庆不管是元宵放灯或端午赠送香包或市井婚礼，色彩便又复活了。

庶民（又称“黔”首、“黎”民）过老态的不设色的生活，帝王将相仍有黄袍朱门紫绶金驾可以炫耀。

古文的园囿不常言色，诗词的花园里却五彩绚烂。

颜色，在中国人的世界里，其实一直以一种稀有的、矜贵的、与神秘领域暗通的方式存在。

颜色，本来理应属于美术领域，不过，在中国，它也属于文学。眼前无形无色的时候，单凭纸上几个字，也可以想见“月落江湖‘白’，潮来天地‘青’”的山川胜色。

逛故宫，除了看展出物品，也爱看标签，一个是“实”，一个是“名”，世上如果只有喝酒之实而无“女儿红”这样的酒名，日子便过得不精“彩”了。诸标签之中且又独喜与颜色有关的题名，像下面这些字眼，本身便简扼似诗：

祭红：祭红是一种沉稳的红釉色，红釉本不可多得，不知祭红一名何由而来，似乎有时也写作“积红”，给人直觉的感觉不免有一种宗教性的虔诚和绝对。本来羊群中最健康的、玉中最完美的可作礼天敬天之用，祭红也该是最凝聚最纯粹最接近奉献情操的一种红，相较之下，“宝石红”一名反显得平庸，虽然宝石红也光莹秀澈，极为难得。

牙白：牙白指的是象牙白，因为不顶白反而有一种生命感，让人想到羊毛、贝壳或干净的骨骼。

甜白：不知怎么回事会找出甜白这么好的名字，几件号称甜白的器物多半都脆薄而婉腻。甜白的颜色微灰泛紫加上几分透明，像雾峰一带的好芋头，熟煮了，在热气中乍剥了皮，含粉含光，令人甜从心起，甜白两字也不知是不是这样来的。

娇黄：娇黄其实很像杏黄，比黄瓤西瓜的黄深沉，比袈裟的黄轻俏，是中午时分对正阳光的透明黄玉，是琉璃盏中新榨的纯净橙汁，黄色能黄到这样好真叫人又惊又爱又心安。美国式的橘黄太耀眼，可以做属于海洋的游艇和救生圈的颜色；中国皇帝的龙袍黄太夸张，仿佛新富乍贵，自己一时也不知该怎么穿着，才胡乱选中的颜色，看起来不免有点舞台戏服的感觉。但娇黄是定静的沉思的，有着《大学》一书里所说的“定而后能静、静而后能安、安而后能虑、虑而后能得”的境界。有趣的是“娇”字本来不能算是称职的形容颜色的字眼——太主观，太情绪化，但及至看了“娇黄高足大碗”，倒也立刻忍不住点头称是，承认这种黄就该叫娇黄。

茶叶末： 茶叶末其实是秋香色，也略等于英文里的鳄梨色(avocado)，但情味并不相似。鳄梨色是软绿中透着柔黄，如池柳初舒，茶叶末则显然忍受过搓揉和火炙，是生命在大挫伤中历练之余的幽沉芬芳，但两者又分明属于一脉家谱，互有血缘。此色如果单独存在，会显得悒闷，但由于是釉色，所以立刻又明丽生鲜起来。

鹧鸪斑： 这称谓原不足以算“纯颜色”，但仔细推来，这种乳白赤褐交错的图案效果如果不用此字，真不知如何形容。鹧鸪斑三字本来很可能是鹧鸪鸟羽毛的错综效果，我自己却一厢情愿地认为那是鹧鸪鸟蛋壳的颜色。所有的鸟蛋都是极其漂亮的颜色，或红褐，或浅碧，或斑斑朱朱。鸟蛋不管隐于草茨或隐于枝柯，像未熟之前的果实，它有颜色的目的竟是求其“失色”，求其“不被看见”。这种斑丽的隐身衣真是动人。

霁青、雨过天青： 霁青和雨过天青不同，前者产凝冻的深蓝，后者比较有云淡天青的浅致。有趣的是从字义上看都指雨后的晴空。大约好事好物也不能好过头，朗朗青天看久了也会糊涂，以为不稀罕。必须乌云四合，铅灰一片乃至雨注如倾盆之后的青天才可喜。柴世宗御批指定“雨过天青云破处，这般颜色做将来”。口气何止像君王，更像天之骄子，如此肆无忌惮简直根本不知道世上有不可为之事，连造化之诡、天地之秘也全不瞧在眼里。不料正因为他孩子似的、贪心的、漫天开价的要求，世间竟真的有了雨过天青的颜色。

剔红： 一般颜色不管红黄青白，指的全是数学上的“正号”，是在形状上面“加”上去的积极表现。剔红却特别奇怪，剔字是“负号”，指的是在层层相叠的漆色中以雕刻家的手法挖掉了红色，是“减掉”的消极手法。其实，既然剔除了只能叫剔空，它却坚持叫剔红，仿佛要求我们留意看那番疼痛的过程。站在大玻璃橱前看剔红漆盒看久了，竟也有一份悲喜交集的触动，原来人生亦如此盒，它美丽剔透，不在保留下来的这一部分，而在挖空剔除的那一部分。事情竟是这样的吗？在忍心地割舍之余，在冷情地镂空之后，生命的图案才足动人。

斗彩：斗彩的“斗”字也是个奇怪的副词，颜色与颜色也有可斗的吗？文字学上“斗”字也通于“逗”，“逗”与“斗”在釉色里面都有“打情骂俏”的成分，令人想起李贺的“石破天惊逗秋雨”，那一番逗简直是挑逗啊！把雨水从天外逗引出来，把颜色从幽冥中逗弄出来，斗彩的小器皿向例是热闹的，少不了快意的青蓝和珊瑚红，非常富有民俗趣味。近人语言里每以“逗”这个动词当形容词用，如云“此人真逗！”形容词的“逗”有“绝妙好玩”的意思，如此说来，我也不妨说一句“斗彩真逗”！

当然，“艳色天下重”，好颜色未必皆在宫中，一般人玩玉总不免玩出一番好颜色好名目来，例如：

孩儿面（一种石灰沁过而微红的玉）

鹦哥绿（此绿是因为做了青铜器的邻居受其感染而变色的）

茄皮紫

秋葵黄

老酒黄（多温暖的联想）

虾子青（石头里面也有一种叫“虾背青”的，让人想起属于虾族的灰青色的血液和肌理）

不单玉有好颜色，石头也有，例如：

鱼脑冻：指一种青灰浅白半透明的石头，“灯光冻”则更透明。

鸡血：指浓红的石头。

艾叶绿：据说是寿山石里面最好最值钱的一种。

炼蜜丹枣：像蜜饯一样，是个甜美生津的名字，书上说“百炼之蜜，渍以丹枣，光色古黯，而神气焕发”。

桃花水：据说这种亦名“桃花片”的石头浸在瓷盘净水里，一汪水全成了淡淡的“竟日桃花逐水流”的幻境。如果以桃花形容石头，原也不足为奇，但加一“水”字，则迷离滉漾，硬是把人推到“两岸桃花夹古津”的粉红世界里去了。类似的浅红石头也有叫“浪滚桃花”的，听来又凄婉又响亮，叫人不知如何是好。

砚水冻：这是种不纯粹的黑，像白昼和黑夜交界处的交战和朦胧，并且这份朦胧被魔法定住，凝成水果冻似的一块，像砚池中介乎浓淡之间的水，可以为诗，可以染墨，也可以秘而不宣，留下永恒的缄默。

石头的好名字还有许多，例如“鸲鸽眼”（一切跟“眼”有关的大约都颇精粹动人，像“虎眼”、“猫眼”）“桃晕”“洗苔水”“晚霞红”等。

当然，石头世界里也有不“以色事人”的，像“太湖石”、“常山石”，是以形质取胜，两相比较，像美人与名士，各有可倾倒之处。

除了玉石，骏马也有漂亮的颜色，项羽必须有英雄最相宜的黑色相配，所以“乌”骓不可少，关公有“赤”兔，刘彻有汗“血”，此外“玉”骢，“华”骝，“紫”骥，无不充满色感，至于不骑马而骑牛的那位老聃，他的牛也有颜色，是“青”牛，老子一路行去，函谷关上只见“紫”气东来。

马之外，英雄当然还须有宝剑，宝剑也是“紫电”、“青霜”，当然也有以“虹气”来形容剑器的，那就更见七彩缤纷了。

中国晚期小说里也流金泛彩，不可收拾，《金瓶梅》里小小几道点心，立刻让人进入“色彩情况”，如：

> 揭开，都是顶皮饼，松花饼，白糖万寿糕，玫瑰搽穰卷儿。

写惠莲打秋千一段也写得好：

> 这惠莲也不用人推送，那秋千飞起在半天云里，然后忽地飞将下来，端的却是飞仙一般，甚可人爱。月娘看见，对玉楼李瓶儿说：“你看媳妇子，她倒会打。”正说着，一阵风过来，把她裙子刮起，里边露见大红潞绸裤儿，扎着脏头纱绿裤腿儿，好五色纳纱护膝，银红线带儿。玉楼指与月娘瞧。

另外一段写潘金莲装丫头的也极有趣：

却说金莲晚夕，走到镜台前，把鬏髻摘了，打了个盘头楂髻，把脸搽得雪白，抹得嘴唇儿鲜红，戴着两个金澄笼坠子，贴着三个面花儿，带着紫销金箍儿，寻了一套大红织金袄儿，下着翠蓝缎子裙，妆扮丫头，哄月娘众人耍子。叫将李瓶儿来与她瞧，把李瓶儿笑得前仰后合。说道："姐姐，你妆扮起来，活像个丫头，我那屋里有红布手巾，替你盖着头，等我往后边去，对他们只说他爹又寻了个丫头，唬他们唬，敢情就信了。"

买手帕的一段，颜色也多得惊人：

敬济道："门外手帕巷有名王家，专一发卖各色改样销金点翠手帕汗巾儿，随你要多少也有，你老人家要甚么颜色？销甚花样？早说与我，明日都替你一齐带的来了。"李瓶儿道："我要一方老黄销金点翠穿花凤的。"敬济道："六娘，老金黄销上金，不显。"李瓶儿道："你别要管我，我还要一方银红绫销江牙海水嵌八宝儿的，又是一方闪色芝麻花销金的。"敬济便道："五娘，你老人家要甚花样?"金莲道："我没银子，只要两方儿勾了，要一方玉色绫锁子地儿销金的。"敬济道："你又不是老人家，白剌剌的要他做甚么?"金莲道："你管他怎的？戴不的，等我往后有孝戴!"敬济道："那一方要甚颜色?"金莲道："那一方，我要娇滴滴紫葡萄颜色四川绫汗巾儿，上销金间点翠花样锦，同心结方胜地儿，一个方胜儿里面，一对儿喜相逢，两边阑子儿都是缨络珍珠碎八宝儿。"敬济听了，说道："耶哧，耶哧，再没了，卖瓜子儿开箱子打喷嚏，琐碎一大堆。"

看了两段如此如见其人如闻其声的描写，竟也忍不住疼惜起潘金莲来了，有表演天才，对音乐和颜色的世界极敏锐。喜欢白色和娇滴滴的葡萄紫，可怜这聪明剔透的女人，在这个世界上她除了做西门庆的第五房老婆外，可以做的事其实太多了！只可怜生错了时代！

《红楼梦》里更是一片华彩，在“千红一窟”、“万艳同杯”的幻镜之余，怡红公子终身和红的意象是分不开的，跟黛玉初见时，他的衣着如下：

> 头上戴着束发嵌宝紫金冠，齐眉勒着二龙抢珠金抹额；一件二色金百蝶穿花大红箭袖，束着五彩丝攒花结长穗宫绦，外罩石青起花八团倭缎排穗褂，登着青缎粉底小朝靴……

没过多久，他又换了家常衣服出来：

> 已换了冠服：头上周围一转的短发，都结成小辫，红丝结束，共攒至顶中胎发，总编一根大辫，黑亮如漆，从顶至梢，一串四颗大珠，用金八宝坠脚；身上穿着银红撒花半旧大袄，仍旧带着项圈、宝玉、寄名锁、护身符等物；下面半露松花撒花绫裤，锦边弹墨袜，厚底大红鞋。

宝玉由于在小说中身居要津，不免时时刻刻要为他布下多彩的戏服，时而是五色斑丽的孔雀裘，有时是生日小聚时的“大红绵纱小袄儿，下面绿绫弹墨夹裤，散着裤脚，系着一条汗巾，靠着一个各色玫瑰芍药花瓣装的玉色夹纱新枕头”。生起病来，他点的菜也是仿制的小荷花叶子、小莲蓬，图的只是那翠荷鲜碧的好颜色。告别的镜头是白茫茫大地上的一件猩红斗篷。就连日常保暖的一件小内衣，也是白绫子红里子上面绣起最生香活色的“鸳鸯戏水”。

和宝玉的猩红斗篷有别的是女子的石榴红裙。猩红是“动物性”的，传说红染料里要用猩猩血色来调才稳得住，真是凄伤至极点的顽烈颜色，恰适合宝玉来穿。石榴红是“植物性”的，香菱和袭人两个女孩在林木蓊郁的园子里，偷偷改换另一条友伴的红裙，以免自己因玩疯了而弄脏的那一条被众人发现。整个情调读来是淡淡的植物似的悠闲和疏淡。

和宝玉同属“富贵中人”的是王熙凤，她一出场，便自不同：

> 只见一群媳妇丫鬟拥着一个丽人从后房进来。这个人打扮与姑娘们不同，彩绣辉煌，恍若神仙妃子：头上绾着金丝八宝攒珠髻，插着朝阳五凤攒珠钗，项上戴着赤金盘螭缨络圈，身上穿着缕金百蝶穿花大红洋缎窄褃袄，外罩五彩刻丝石青银鼠褂，下着翡翠撒花洋绉裙。

这种明艳刚硬的古代“女强人”，只主管一个小小贾府，真是白糟蹋了。

《红楼梦》里的室内设计也是一流的，探春的，妙玉的，秦氏的，贾母的，各有各的格调，各有各的摆设，贾母偶然谈起窗纱的一段，令人神往半天：

> 那个纱，比你们的年纪还大呢。怪不得他认作蝉翼纱，原也有些像，不知道的都认作蝉翼纱。正经名叫“软烟罗”……那个软烟罗只有四样颜色：一样雨过天青，一样秋香色，一样松绿的，一样就是银红的。要是做了帐子，糊了窗屉，远远地看着，就似烟雾一样，所以叫作“软烟罗”。那银红的又叫作“霞影纱”。

《红楼梦》也是一部“红”尘手记吧，大观园里春天来时，莺儿摘了柳树枝子，编成浅碧小篮，里面放上几枝新开的花……好一出色彩的演出。

和小说的设色相比，诗词里的色彩世界显然密度更大更繁富。奇怪的是大部分作者都秉承中国人对红绿两色的偏好，像李贺，最擅长安排“红”“绿”这两个形容词面前的副词，像：

老红、坠红、冷红、静绿、空绿、颓绿。

真是大胆生鲜，从来在想象中不可能连接的字被他一连，也都变得妩媚合理了。

此外像李白“寒山一带伤心碧”（《菩萨蛮》），也用得古怪，世上的绿要绿成什么样子才是伤心碧呢？“一树碧无情”亦然，要绿到什么程度可算绝情绿，令人想象不尽。

杜甫“宠光蕙叶与多碧，点注桃花舒小红”（《江雨有怀郑典设》）以“多碧”对“小红”也是中国文字活泼到极处的面貌吧？

此外，李商隐、温飞卿都有色癖，就是一般诗人，只要拈出“雨中黄叶树”“灯下白头人”的对句，也一样有迷人情致。

词人中小山词算是极爱色的，郑因百先生有专文讨论，其中如：

绿娇红小、朱弦绿酒、残绿断红、露红烟绿、遮闷绿掩羞红、晚绿寒红、君貌不长红、我鬓无重绿……

竟然活生生地将大自然中最旺盛最欢愉的颜色驯服为满目苍凉，也真是夺造化之功了。

秦少游的“莺嘴啄花红溜，燕尾点波绿绉”也把颜色驱赶成一群听话的上驷，前句由于莺的多事，造成了由高枝垂直到地面的用花瓣点成的虚线，后句则缘于燕的无心，把一面池塘点化成回纹千度的绿色大唱片。另外有位无名词人的“万树绿低迷，一庭红扑簌”也令人目迷不暇。

李清照“知否知否，应是绿肥红瘦”的颜色自己也几乎成了美人，可以在纤秾之间各如其度。

蒋捷有句谓“红了樱桃，绿了芭蕉”，其中的红绿两字不单成了动词，而且简直还是进行式的，樱桃一点点加深，芭蕉一层层转碧，真是说不完的风情。

辛稼轩“唤取红巾翠袖，揾英雄泪”也在英雄事业的苍凉无奈中见婉媚。其实世上另外一种悲剧应是红巾翠袖空垂——因为找不到真英雄，而且真英雄未必肯以泪示人。

元人小令也一贯地爱颜色，白朴有句曰：“黄芦岸白蘋渡口，绿杨堤红蓼滩头”用色之奢侈，想来隐身在五色祥云后的神仙也要为之思凡吧？马致远也有“和露摘黄花，带霜烹紫蟹，煮酒烧红叶”的好句子，煮酒其实只用枯叶便可，不必用红叶，曲家用了，便自成情境。

世界之大，何处无色，何时无色，岂有一个民族会不懂颜色？但能待颜色如情人，相知相契之余且不嫌麻烦地想出那么多出人意表的字眼来形容描绘它，舍中文外，恐怕不容易再找到第二种语言了吧？

炎凉

我有一张竹席，每到五六月，天气渐趋暖和，暑气隐隐待作，我就把它找出来，用清茶的茶叶渣拭净了，铺在床上。

一年里面第一次使用竹席的感觉极好，人躺下去，如同躺在春水湖中的一叶小筏子上。清凉一波波来拍你入梦，竹席恍惚仍饱含着未褪尽的竹叶清香。

生命中的好东西往往如此，极便宜又极耐用。我可以因一张席而爱一张床，因一张床而爱一栋屋子，因一栋屋子爱上一个城……

整个初夏，肌肤因贴进那清凉的卷云而舒缓自如。触觉之美有如闻高士说法，凉意沦肌浃髓而来。古人形容喻道之透辟，谓一时如天女散花。天女散花是由上而下，轻轻撒落——花瓣触人，没有重量，只有感觉。但人生某些体悟却是由下而上，仿佛有仙云来轻轻相托，令人飘然升浮。凉凉的竹席便有此功。一领清簟可以把人沉淀下来，静定下来，像空气中热腾腾的水雾忽然凝结在碧沁沁的一茎草尖而终于成为露珠。人在席上，也是如此。阿拉伯人牧羊，他们故事里的羊毛毯是可以飞的。中国人种地，对植物比较亲切。中国人用植物编的席子不飞——中国人想，飞了干吗呀？好好地躺在席子上不比飞还舒服吗？中国圣贤叫人拯救人民，其过程也无非是由“出民水火”到“登民衽席”。总之，世界上最好的事莫过于把自己或别人放在席子上了。初夏季节的我便如此心满意足地躺在我的竹席上。

可惜好景不长，到了七八月盛夏，情形就不一样了。刚躺下去还好，多躺一会，席子本身竟然也变热了。凉席变热，天哪，这真是人间惨事。为了环保，我睡觉不用冷气，于是只好静静地和热浪僵持对抗。我反复对自己说："不热，不算太热，我还可以忍受，这也没什么大不了，哼，谁怕谁啊……"念着念着，也就睡着了。

然后，便到了九月，九月初席子又恢复了清凉。躺在席上，整个人摊开，霎时变成了片状，像一块金子捶成薄薄的金箔，我贪享那秋霜零落的错觉。

九月中，每每在一场冷雨之后，半夜乍然惊醒，是被背上的沁凉叫醒的——唉，这凉席明天该收了。我在黑暗中揣想，竹席如果有知，也会厌苦不已吧？七月嫌它热，九月又嫌它凉，人类也真难伺候。

想来一生或者也如此，曾经嫌日程排得太紧，曾经怨事情做个不完，曾经烦稿约演讲约不断，曾经大叹小孩子缠磨人……可是，也许，有一天，一切热过的都将乍然冷却下来，令人不觉打起寒颤。

不过，也只好这样吧！让席子在该铺开的时候铺开，在该收卷的时候收卷。炎凉，本来就半点由不得人的。

咏物篇

柳

所有的树都是用“点”画成的，只有柳，是用“线”画成的。

别的树总有花或者果实，只有柳，茫然地散出些没有用处的白絮。

别的树是密码紧排的电文，只有柳，是疏落的结绳记事。

别的树适于插花或装饰，只有柳，适于灞陵的折柳送别。

柳差不多已经落伍了，柳差不多已经老朽了，柳什么实用价值都没有——除了美。柳树不是匠人的树，它是诗人的树，情人的树。柳是愈来愈少了，我每次看到一棵柳都会神经紧张地屏息凝视——我怕我有一天会忘记柳，我怕我有一天读到白居易的“何处未春先有思，柳条无力魏王堤”，或是韦庄的“晴烟漠漠柳毵毵”，竟必须去翻字典。

柳树从来不能造成森林，它注定是堤岸上的植物，而有些事，翻字典也是没用的，怎么注释才使我们了解苏堤的柳在江南的二月天梳理着春风，隋堤的柳怎样茂美如堆烟砌玉的重重帘幕？

柳丝条子惯于伸入水中，去纠缠水中安静的云影和月光。它常常巧妙地逮着一枚完整的水月，手法比李白要高妙多了。

春柳的柔条上暗藏着无数叫作“青眼”的叶蕾，那些眼随兴一张，便喷出几脉绿叶，不几天，所有谷粒般的青眼都拆开了。有人怀疑彩虹的根脚下有宝石，我却总怀疑柳树根下有翡翠——不然，叫柳树去哪里吸收那么多纯净的碧绿呢？

木棉花

所有开花的树看来都该是女性的，只有木棉树是男性的。

木棉树又干又皱，不知为什么，它竟结出那么雪白柔软的木棉，并且以一种不可思议的优美风度，缓缓地自枝头飘落。

木棉花大得骇人，是一种耀眼的橘红色，开的时候连一片叶子的衬托都不要，像一碗红曲酒，斟在粗陶碗里，火烈烈的，有一种不讲理的架势，却很美。

树枝也许是干得狠了，根根都麻皱着，像一只曲张的手——肱是干的，臂是干的，连手肘、手腕、手指头和手指甲都是干的——向天空讨求着什么，撕抓些什么。而干到极点时，树枝爆开了，木棉花几乎就像是从干裂的伤口里吐出来的火焰。

木棉树常常长得极高。那年在广州初见木棉树，不知是不是因为自己年纪特别小，总觉得那是全世界最高的一种树了，广东人叫“英雄树”。初夏的公园里，我们疲于奔命地去接拾那些新落的木棉，也许几丈高的树对我们是太高了些，竟觉得每团木棉都是晴空上折翼的云。

木棉落后，木棉树的叶子便逐日浓密起来，木棉树终于变得平凡了，大家也都安下一颗心，至少在明春以前，在绿叶的掩覆下，它不会再暴露那种让人焦灼的奇异的美了。

流苏与《诗经》

三月里的一个早晨，我到台大去听演讲，讲的是“词与画”。

听完演讲，我穿过满屋子的“权威”，匆匆走出，惊讶于十一点的阳光柔美得那样无缺无憾——但也许完美也是一种缺憾，竟至让人忧愁起来。

而方才幻灯片上的山水忽然之间都遥远了，那些绢，那些画纸的颜色都黯淡如一盒久置的香，只有眼前的景致那样真切地逼来，直把我逼到一棵开满小白花的树前。一个植物系的女孩子走过，对我说："这花，叫流苏。"

那花极纤细，连香气也是纤细的，风一过，地上就添了一层纤纤细细的白，但不知怎的，树上的花却也不见少。对一切单薄柔弱的美我都心疼着，总担心它们在下一秒钟就不存在了，匆忙的校园里，谁肯为那些粉簌簌的小花驻足呢？

我不太喜欢"流苏"这个名字，听来仿佛那些花都是垂挂着的，其实那些花全都向上开着，每一朵都开成轻扬上举的十字形——我喜欢十字花科的花，那样简单交叉的四个瓣，每一瓣之间都是最规矩的九十度，有一种古朴诚恳的美——像一部四言的《诗经》。

如果要我给那棵花树取一个名字，我就要叫它"诗经"，它有一树美丽的四言。

栀子花

有一天中午，坐在公路局的车上，忽然听到假警报，车子立刻调转方向，往一条不知名的路上疏散去了。

一刹那间，仿佛真有一种战争的幻影在蓝得离奇的天空下涌现——当然，大家都确知自己是安全的，因而也就更有心情幻想自己的灾难之旅。

由于是春天，好像不知不觉间就有一种流浪的意味。季节正如大多数的文学家一样，第一季照例总是华美的浪漫主义，这突起的防空演习简直有点郊游趣味，是不经任何人同意就自作主张而安排下的一次郊游。

车子开到一个奇异的角落，忽然停了下来，大家下了车，没有野餐的纸盒，大家只好咀嚼山水，天光仍蓝着，蓝得每一种东西都分外透明起来。车停处有一家低檐的人家，在篱边种了好几棵复瓣的栀子花，那种柔和的白色是大桶的牛奶里加上那么一点子蜜，在阳光的烤炙中凿出一条香味的河。

如果花香也有颜色，玫瑰花香所掘成的河川该是红色的，栀子花的花香所掘的河川该是白色的，但白色有时候比红色更强烈、更震人。

也许由于这世界上有单瓣的栀子花，复瓣的栀子花就显得比一般的复瓣花更复瓣。像是许多叠的浪花，扑在一起，纠住了，扯不开，结成一攒花——这就是栀子花的神话吧！

假的解除警报不久就拉响了，大家都上了车，车子循着该走的正路把各人送入该过的正常生活中去了。而那一树栀子花复瓣的白和复瓣的香留在不知名的篱落间，径自白着香着。

花拆

花蕾是蛹，是一种未经展示未经破茧的浓缩的美。花蕾是正月的灯谜，未猜中前可以有一千个谜底。花蕾是胎儿，似乎混沌无知，却有时喜欢用强烈的胎动来证实自己。

花的美在于它的无中生有，在于它的穷通变化。有时，一夜之间，花拆了，有时，半个上午，花胖了。花的美不全在色、香，在于那份不可思议。我喜欢慎重其事地坐着看昙花开放。其实昙花并不是太好看的一种花，它的美在于它的仙人掌的身世所给人的沙漠联想，以及它猝然而逝所带给人的悼念。但昙花的拆放却是一种扎实的美，像一则爱情故事，美在过程，而不在结局。有一种月黄色的大昙花，叫“一夜皇后”的，每颤开一分，便震出噗然一声，像绣花绷子拉紧后绣针刺入的声音，所有细致的芯丝，登时也就跟着一震，那景象常令人不敢久视——看久了不由得要相信花精花魄的说法。

我常在花开满前离去，花拆一停止，死亡就开始。

有一天，当我年老，无法看花拆，则我愿以一堆小小的春桑枕为收报机，听百草千花所打的电讯，知道每一夜花拆的音乐。

春之针缕

春天的衫子有许多美丽的花为锦绣，有许多奇异的香气为熏炉，但真正缝纫春天的，仍是那一针一缕最质朴的棉线——

初生的禾田，经冬的麦子，无处不生的草，无时不吹的风，风中偶起的鹭鸶，鹭鸶足下恣意黄着的菜花，菜花丛中扑朔迷离的黄蝶……

跟人一样，有的花是有名的，有价的，有谱可查的，但有的没有，那些没有品秩的花却纺织了真正的春天。赏春的人常去看盛名的花，但真正的行家却宁可细察春衫的针缕。

酢浆草常是以一种倾销的姿态推出那些小小的紫晶酒盅，但从来不粗制滥造。有一种菲薄的小黄花凛凛然地开着，到晚春时也加入抛散白絮的行列，很负责地制造暮春时节该有的凄迷。还有一种小草莓的花，白得几乎像梨花——让人不由得心里矛盾起来，因为不知道该祈祷留它为一朵小白花，或化它为一盏红草莓。小草莓包括多少神迹啊！如何棕黑色的泥土竟长出灰褐色的枝子，如何灰褐色的枝子会溢出深绿色的叶子，如何深绿色的叶间会沁出珠白的花朵，又如何珠白的花朵已锤炼为一块碧涩的祖母绿，而那颗祖母绿又如何终于兑换成浑圆甜蜜的红宝石。

春天拥有许多不知名的树，不知名的花草，春天在不知名的针缕中完成无以名之的美丽。

甘　醴

1

天寒地冻，大雪弥望。

我和朋友从日本北海道的札幌出发，要去一个名叫洞爷的湖区。

一路上大巴士里面还算暖和，一下车，立刻就觉得自己要冻成一根用“急冻法”结冻的冰棒。于是很自然地，连想都不想，拔腿便向店家的大门冲去。

店家也好像早有先见，一见我们跌跌撞撞地奔进室内，立刻双手捧上一大杯热饮，我们正冻得浑身打颤，一见了冒热气的东西，便急急接了，比接圣旨还恭敬。

喝下一大口，哇！怎么味道这么熟悉？再喝一口，答案出来了，是甜酒酿！奇怪，这甜酒酿原是吃惯的，怎么此刻喝来竟像琼浆玉液？在寒冻只合冬眠的此刻，一碗甘醴令人彻底醒了过来，活了过来，觉得人生还是值得熬下去的。

等喝到第三口，就开始有了美食家的鉴赏品味了。你会为那浓浊的白色而忘神，是牛乳的颜色呢！然而牛乳是孩童级的饮料，健康而纯洁。甘醴却是成年人的饮料，在纯洁馥郁中隐隐潜藏着堕落和沉沦，它是温柔的激动，甜蜜的辛辣，安谧的骚动，沉潜的疯狂。

啊，我多么希望手中的这只酒碗恰如北欧神话里那只暗通着海洋的酒盏，可以永汲不尽。

从来不好酒，但此刻，大雪千里，我是在雪中随时可以冻毙的旅人。然而，此处有一檐可以容我，有一碗酒可供我暖身，我不免贪起杯来，贪那严寒世界的一点温度，贪那一点芳馨，贪那超乎买卖双方商业关系之外的一缕体贴的善意。

《庄子》上说“君子之交淡若水，小人之交甘若醴”，我想，我却愿意自己既是小人也是君子。我甚至希望我的朋友也如此。全然淡若水也不见得有意思，我喜欢有时候在滴水成冰的寒天里痛饮一碗滚烫的甘醴。

2

孩子小时候迷上一个问题，他喜欢问：“最——”例如：

“什么鱼最大?”

“什么鸟最小?”

但是当他问“什么东西最好吃”的时候，我便答不上来了。对我而言最好吃的东西并不存在，存在的其实只是当时的一番情境。例如在蒙古牧民的帐篷里喝一碗待客的酸奶、在泰北山乡扒一碗用木桶蒸出来的柔韧的旱稻米饭、在阳光炙热的澎湖滨海小店里吃新鲜的海胆。或者，在严寒的北海道旅程中喝一碗甘醴。动人的其实是整个环境氛围，而不是那一小口味觉。

3

生命中一切的好也合该如此吧？“云在青天水在瓶”，好的不只是云，而是在青天之上的云，纯美的不只是水，而是在净瓶中的水。

但愿我也是一盏可以化解寒冻的甘醴，在千里雪原中酽然香暖。

我　在

记得是小学三年级，偶然生病，不能去上学。于是抱膝坐在床上，望着窗外寂寂青山、迟迟春日，心里竟有一份巨大幽沉至今犹不能忘的凄凉。当时因为小，无法对自己说清楚那番因由，但那份痛，却是记得的。

为什么痛呢？现在才懂，只因你知道，你的好朋友都在那里，而你偏不在，于是你痴痴地想，他们此刻在升旗吗？他们在操场上追追打打吗？他们在教室里挨骂吗？他们到底在干什么啊？不管是好是歹，我想跟他们在一起啊！一起挨骂挨打都是好的啊！

于是，开始喜欢点名，大清早，大家都坐得好好的，小脸还没有开始脏，小手还没有汗湿，老师说：

“×××”

“在！”

正经而清脆，仿佛不是回答老师，而是回答宇宙乾坤，告诉天地，告诉历史，说，有一个孩子“在”这里。

回答“在”字，对我而言总是一种饱满的幸福。

然后，长大了，不必被点名了，却迷上旅行，每到山水胜处，总想举起手来，像那个老是睁着好奇圆眼的孩子，回一声：

“我在。”

我在，和“某某到此一游”不同，后者张狂跋扈，目无余子，而说

“我在”的仍是个清晨去上学的孩子，高高兴兴地回答长者的问题。

其实人与人之间，或为亲情或为友情或为爱情，哪一种亲密的情谊不是基于我“在”这里，刚好，你也“在”这里的前提？一切的爱，不就是“同在”的缘分吗？就连神明，其所以为神明，也无非由于“昔在、今在、恒在”，以及“无所不在”的特质。而身为一个人，我对自己“只能出现于这个时间和空间的局限”感到另一种可贵，仿佛我是拼图板上扭曲奇特的一块小形状，单独看，毫无意义，及至恰恰嵌在适当的时空，却也是不可少的一块。天神的存在是无始无终浩浩莽莽的无限，而我是此时此际此山此水中的有情和有觉。

有一年，和丈夫带着一团年轻人到美国和欧洲去表演，我坚持选崔颢的《长干行》作为开幕曲，在一站复一站的陌生城市里，舞台上碧色绸子抖出来粼粼水波，唐人乐府悠然导出：

君家何处住？
妾住在横塘。
停船暂借问，
或恐是同乡。

渺渺烟波里，只因一错肩而过，只因你在清风我在明月，只因彼此皆在这地球，而地球又在太虚，所以不免停舟问一句话，问一问彼此隶属的籍贯，问一问昔日所生，他年所葬的故里。那年夏天，我们也是这样一路去问海外中国人的隶属所在啊！

一九八三年九月二十四日我到香港教书，翌日到超级市场去买些日用品，只见人潮涌动，米、油、罐头、卫生纸都被抢购一空。当天港币与美金的比例跌至最低潮，已到了十与一之比。朋友都替我惋惜，因为薪水贬值等于减了薪。当时我望着快被搬空的超级市场，心里竟像疼惜生病的孩子一般地爱上这块土地。我不是港督，不是黄华，左右不了港人的命运。但此刻，我站在这里，跟缔造了经济奇迹的香港的中国人在一起。而我，仍能应邀在中文系里教古典诗，至少有半年的时间，我可以跟这些可敬的同胞并肩，不能做救星，只是“在一起”，只是跟年轻的孩子一起回归于故国的文化。一九九七年，香港的命运会如何？我不知道，只知道曾有一个秋天，我在那里，不是观光客，是“在”那里。

旧约《圣经》里记载了一则三千年前的故事，那时老先知以利因年迈而昏聩无能，坐视宠坏的儿子横行。小先知撒母耳却仍是幼童，懵懵懂懂地穿件小法袍在空旷的大圣殿里走来走去，然而，事情发生了，有一夜他听见轻声呼唤：

“撒母耳！”

他虽渴睡却是个机警的孩子，跳起来，便跑到老以利面前：

“你叫我，我在这里！”

“我没有叫你，”老态龙钟的以利说，“你去睡吧！”

孩子去躺下，他又听到相同的叫唤：

“撒母耳！”

“我在这里，是你叫我吗？”他又跑到以利跟前。

“不是，我没叫你，你去睡吧。”

第三次他又听见那召唤的声音，小小的孩子实在给弄糊涂了，但他仍然尽快跑到以利面前。

老以利蓦然一惊，原来孩子已经长大了，原来不是小孩子梦里听错了话，不，他已听到第一次天音，他已面对神圣的召唤。虽然他只是一个稚弱的小孩，虽然他连什么是“天之钟命”也听不懂，可是，旧时代毕竟已结束，少年英雄会受天承运挑起八方风雨。

“小撒母耳，回去吧！有些事，你以前不懂，如果你再听到那声音，你就说：‘神啊！请说，我在这里。’”

撒母耳果真第四度听到声音，夜空烁烁，廊柱耸立如历史，声音从风中来，声音从星光中来，声音从心底的潮声中来，来召唤一个孩子。撒母耳至死，一直是个威仪赫赫的先知，只因多年前，当他还是稚童的时候，他答应了那声呼唤，并且说：“我，在这里。”

我当然不是先知，从来没有想做“救星”的大志，却喜欢让自己是一个“紧急待命”的人，随时能说：“我在，我在这里”。

这辈子从来没喝得那么多，大约是一瓶啤酒吧，那是端午节的晚上，在澎湖的小离岛。为了纪念屈原，渔人那一天不出海，小学校长陪着我们和家长会的朋友吃饭，对于仰着脖子的敬酒者你很难说“不”。他们喝酒的样子和我习见的学院人士大不相同，几杯下肚，忽然红上脸来，原来酒的力量竟是这么大的。起先，那些宽阔黧黑的脸不免有一份不自觉的面对台北人和读书人的卑抑，但一喝了酒，竟人人争着说起话来，说他们没有淡水的日子怎么苦，说淡水管如何修好了又坏了，说他们宁可倾家荡产，也不要天天开船到别的岛上去搬运淡水……

而他们嘴里所说的淡水，从台北人看来也不过是咸涩难咽的怪味水罢了——只是于他们却是遥不可及的美梦。

我们原来只是想去捐书，只是想为孩子们设置阅览室，没有料到他们红着脸粗着脖子叫嚷的却是水！这个岛有个好听的名字，叫岛屿，岩岸是美丽的黑得发亮的玄武石组成的。浪大时，水珠会跳过教室直落到操场上来，澄莹的蓝波里有珍贵的丁香鱼，此刻餐桌上则是酥炸的海胆，鲜美的小管……然而这样一个岛，却没有淡水……

我能为他们做什么？在同盏共饮的黄昏，也许什么都不能，但至少我在这里，在倾听，在思索我能做的事……

读书，也是一种“在”。

有一年，到图书馆去，翻一本《春在堂笔记》，那是俞樾先生的集子，红绸精装的封面，打开封底一看，竟然从来也没人借阅过，真是“古来圣贤皆寂寞”啊！心念一动，便把书借回家去，书在，春在，但也要读者在才行啊，我的读书生涯竟像某些人玩“碟仙”，仿佛面对作者的精魄。对我而言，李贺是随召而至的，悲哀悼亡的时候，我会说：“我在这里，来给我念那首《苦昼短》吧！念‘吾不识青天高，黄地厚，唯见月寒日暖，来煎人寿。’”读那首韦应物的《调笑令》的时候，我会轻轻地念“胡马胡马，远放燕支山下，跑沙跑雪独嘶，东望西望路迷，迷路迷路，边草无穷日暮”，一面觉得自己就是那从唐朝一直狂驰至今不停的战马，不，也许不是马，只是一股激情，被美所迷，被莽莽黄沙和胭脂红的落日所震慑，因而心绪万千，不知所止的激情。

看书的时候，书上总有绰绰人影，其中有我，我总在那里。

《旧约》创世记里，堕落后的亚当在凉风乍至的伊甸园把自己藏匿起来。

上帝说：

“亚当，你在哪里？”

他噤而不答。

如果是我，我会走出，说：

“上帝，我在，我在这里，请你看着我，我在这里。不比一个凡人好，也不比一个凡人坏，有我的逊顺祥和，也有我的叛逆凶戾，我在我无限的求真求美的梦里，也在我脆弱不堪一击的人性里，上帝啊，俯察我，我在这里。”

我在，意思是说我出席了，在生命的大教室里。

几年前，我在山里说过的一句话容许我再说一遍，作为终响：

“树在。山在。大地在。岁月在。我在。你还要怎样更好的世界？”

请问，你是洞庭红的后代吗？

下面的故事，你且当灵异话题看待好了。

有一天，我到家附近的水果行去买橘子，我其实有点恨冬天，但因为橘子和火锅这两样东西，我又决定原谅冬天了。

橘子在台湾以椪柑为主流，我自己却比较偏爱桶柑，后者皮比较紧致，果肉也长得实实在在的，而且还附着绿叶卖，可惜它上市比较晚，不到一月份，是见不到踪迹的。至于海梨，虽然长相不错，味道也甜甜的，我却总觉它血统可疑，不像柑橘家庭的子弟。

这一天，我看到有一种插牌为“日本蜜柑”的品种在卖，这种橘子我去年吃过，味道不错，记得是别人送的，因为只顺手送了几颗，所以没好好注意。今年看它在大篓子里，红红艳艳如一座喷着岩浆的火焰山，委实令人一惊！天哪，竟有如此如此红的橘子。

像嗅觉灵敏的警探，我立刻对自己宣布：

“这一定是‘洞庭红’了！”

可是我能把这去告诉谁呢？谁知道洞庭红是什么玩意呢？

“这橘子真是从日本进口的吗？”

“是日本种，台湾种的。”

“种在哪里？”

“大概是嘉义一带吧！”

日本怎么会有好橘子？在二千五百年前晏子的时代，他们已经了解橘子是南方佳果，淮河以北是长不出好橘子来的。换言之，橘子在北半球注定只在二十三度到三十三度之间最好长，日本地球位置偏北，要想种橘子，大概只能靠九州或琉球，当然，也许他们另有暖房或其他妙计也未可知，但毕竟细想起来令人起疑。

我因此毫无根据地就认为这橘子是被引到日本去的“洞庭红”的海外苗裔，只因它外表看来真的就是古诗中所说的“洞庭红”形貌。

洞庭红其实就是洞庭柑，而此洞庭不指湖南那个湖，而是指江苏的太湖中的洞庭山。南宋名将韩世忠的儿子韩彦直写过一本《橘谱》（那是世界上第一本有关橘子的百科全书），书中说：

> 洞庭柑，皮薄味美，比之他柑，韵稍不及，熟最早，藏之至来岁之春，其色如丹，乡人谓，其种自洞庭山来，故以得名。

身为名将之后，韩彦直却是位务实的地方官，在浙江永嘉（温州）一带“拼橘子经济”。

洞庭柑当年是可以入贡的，唐代诗人白居易在身为当地太守时就亲自去拣橘上贡，并且写了一首七律，《拣贡橘书情》，最末一句是：

> 愿凭朱实表丹诚。

他的朋友周元范也和了一首，其中一二句如下：

> 离离朱实绿丛中，似火烧山处处红。

红得像一粒心，红得像火，洞庭红就是如此。

我在台北街头看到名称为“日本蜜柑”的，一斤可称上六七个小小红红的橘子，只因被它异常的金红所魅，一时竟如同痴心的老年男子，忽在街头见一小女孩生得极为端严都丽，便急着跑去问她：

“请问你是名画上某某夫人的曾孙女吗？”

那老年绅士于画上美女其实是只曾远观只曾风闻，却因异代相隔从来不曾亲其芳泽，但居然被他问对了，小女孩竟真是那美人的后代，他凭的不是DNA检验报告，而是直觉，近乎灵异的直觉。

洞庭红柑最让我难忘的还不是白居易的诗，而是明末抱瓮老人《今古奇观》中收的一个故事。故事名叫《转运汉巧遇洞庭红》，说到明朝苏州有位文若虚，本为聪明世家子，却因倒运败尽家产。好在他有从事海外贸易的朋友，就邀他上船散心，他手头只有一两银子，顺便买了一百多斤洞庭红，船行三五日，到了一个“吉零国”，那些橘子原拟自用的，不料却被吉零国人看到而高价竞买，一霎时他竟变成了千两富翁。这故事借吉零国人的嘴，把洞庭红赞成了琼浆玉液。

深夜灯下写稿，剥一枚小橘放在一旁，自觉比被人贡橘的皇帝还尊贵。唐朝白居易爱赏的，宋代韩彦直描述的，明代小说里绘声绘影的，日本人拿去育种的（我猜），最后台湾人拿它在中部果园试种成功的这枚橘子，我是多么庆幸自己正在享用它，只是我很想问它：“请问，你真是‘洞庭红’的后代吗？”

水獭，用了太多好材料

如果你见到一个绝世美女，你要怎样形容她呢？

答案是，其实美女是无法形容的，美女是上帝造的，语言是人类造的，要用人造的语言来形容天工，是没办法的事。面对美女，人类唯一能做的事便是被动的“惊艳”。

不过在没办法中想办法，古人常用的句子是：

“沉鱼落雁之容，闭月羞花之貌。”

这句话说得白些如下：

“悠闲优雅的游鱼，从容高飞的鸿雁，看到这样的美女，一个潜到水底不敢露面，一个惊坠地面震撼到不能行动，至于月，也躲在云后不敢出头，花呢，也自惭形秽了。”

不过，以上的句子虽然讲得生动，其实跟原典故（出于《庄子》）比是错了，因为原来庄子在《齐物篇》里发表的论点完全是贬意（庄子只讲了“沉鱼落雁”），庄子原来的话翻成白话大略如下：

“你们都说毛嫱漂亮，骊姬漂亮——哎，那是用人类的眼睛看人类，觉得长成这样的美女真是难得啊！但，要是换做鱼的眼睛来看毛嫱、骊姬，他们就会说：‘天哪，怪物来了，快逃吧！’而天上的大雁也会吓破了胆。”

奇怪的是后世文人不知怎么把“吓跑了”说成因“自惭形秽而跑了”。

说来有趣，动物看到人的身体，不知是羡慕崇敬，还是可怜同情。

在希腊神话里，有位经常莽撞乱套的天神，他名叫依比米修斯，而他的哥哥叫普罗米修斯，这位大哥是一般人所熟悉的“人类之友”。两兄弟本来一起要负责造人类和动物，可是老二做事离谱，他一家伙把所有的好材料都拿去造动物了，举凡一切华丽、慧黠、机伶、力量、能飞、善泳、能跳、快跑、柔韧、强悍、锐爪、利齿……都差不多全给这位老弟用光了，老大忽然发现自己什么都拿不到，只好用剩下来的次货因陋就简草草造了个人，于是人类就生成一副没鳞没羽没毛没翅的可怜相。（中国古代称老虎为大虫，蛇叫长虫，人呢，是裸虫，因为光光一个，啥都没有。这一点，中国和希腊倒真看法一致，不愧东西两大文明），所以跑不快、跳不高，最后普罗米修斯总算当机立断，给了人类两项礼物，一个和人体有关，他让人类直立，如天神一般，因此可以腾出两条前肢为手臂，也因而可以多做许多事。第二件是从太阳取火给人类使用，人类从此有了超级能源，就不怕动物了。普罗米修斯的取火其实是盗火，犯了天条，他后来为此大吃苦头。不过至今我们才弄明白，天火本来就是不该盗的，地球迟早会毁于火劫，例如核能。

说来希腊人应该是十分懂得人体之美的民族，但奇怪的是希腊神话中，人动不动就会变形，变成人以外的动物或植物。（不像中国神话，我们的嫦娥虽然误闯月球，但她并不打算变形，所以她周边另有兔子和桂树，还有蟾蜍，以及伐木的老吴刚。）希腊神话里月桂是美女变的，宙斯自己也会变成牛，而库克诺斯（海神的儿子）则在战危之际被父亲救走化做天鹅。希腊人仿佛有一张特别的护照，可以自己在“人国”和“动物国”之间行走。希腊人看来大概很羡慕做动物。

而动物中能活跃于水陆两界的身体似乎更值得羡慕，其中水獭便是难得的完美好身手！

水獭的身体不但柔若无骨，而且简直像是“液态的骨肉”。人类的舞者是上了台才跳舞，水獭则步步是舞，它前行、它捉鱼、它侧转、它潜洞、它后退，无一不是舞。看水獭活动五分钟以后，真叫人嫉妒之余恨死了当年的依比米修斯啊！

獭因身体灵便，十分擅长抓鱼，擅长得过了分，难免抓了太多的鱼，所以抓鱼对獭来说似乎“好玩”比“好吃”的成分还多。抓得太多，它就把鱼排成一行，拨来弄去，古人看了，竟把獭的这项行为说成“獭祭”。其实，獭哪里有那么多宗教情操要拿鱼去祭天。中国古书上甚至劝渔人应在水獭举行过“獭祭”之后才来捕鱼，这想法其实也没太错，因为“獭祭”必是春深冰化众鱼渐多的时候，这时候渔人才下手捉鱼比较合理。

——不过水獭如果真懂得要祭天的话，应该别忘了先祭一祭依比米修斯，因为他实在给了水獭太多太多人类想都不敢想的好材料啊！

说到“麗”这个字的模特儿

(1)

鹿无处不在，它在亚洲，它在非洲，它在美洲，它在欧洲，它在澳洲。古代中国有“逐鹿中原”或“鹿死谁手”的成语，可见那时候跟着鹿跑的人还真不少。

《诗经》里有“呦呦鹿鸣”章，指的是阳光下、溪水旁，群鹿相呼去吃水草的和乐画面，诗人用此来象喻君臣之间的相从相得。

在华人的世界里，“福”“禄”“寿”三样事被认为是人生最完美的幸福。其中“福”用蝙蝠象喻，“禄”用鹿来象喻，“寿”用仙桃象征，鹿一向是吉祥的兽。

(2)

在西方，每到圣诞节，可爱的圣诞老人便出现了。他要送礼物给好孩子，他跨山越海，在落雪的北风中横空而行，礼物又太多太重，所以他必须有车。而古代的车一向是由动物来拉的。可爱又慈祥的圣诞老人，可爱的礼物，拉车的动物不是马，不是牛，不是驴子、骡子，而是，驯鹿。所以鹿不但活在五大洲，它们也活在冬天夜晚的天空上，活在圣诞夜的钟声里。

(3)

古时候，凡是有一弓一箭在手的人，如果不是拿来射人，就是拿来射鸟兽了。鸟兽中大概又以射鹿最为实惠，因为既不会生危险，又可得到一身好肉。所以，连《红楼梦》（四十九回）里的公子小姐曾在落雪的日子，满园如琉璃世界，独红梅盛开的美景中，围着炭火，大嚼鹿肉烧烤！胆大的湘云甚至还想试一下生鹿肉呢！

想想看，猎豹多危险呀！而猎兔子虽然安全，却大概只能得到一公斤的肉。古时候的贵族很聪明，他们干脆圈上大大的园子，自己在山水森林之间养起鹿来，天气好兴致高的时候就来打一下猎，圈养的鹿想来也好打一点。大名鼎鼎的莎士比亚，年少时便曾偷跑去贵族人家的庄园猎鹿。他所住的史特拉福是个小镇，做了坏事很难不传出去，莎氏在故乡混不下去，只好跑去伦敦，从事戏剧大业了。这下倒好，伦敦人口密集，不愁没观众，莎氏在伦敦写了三十多个剧本，快老才还乡。（当然，那时代，也就是四百多年前，五十岁就算老了。）说起来，鹿对人类的戏剧也颇有贡献，要不是莎氏年少轻狂，乱跑进人家庄园里射杀人家的鹿，他也未必会去伦敦闯荡，那些成就也就都没了。

(4)

释迦牟尼，他成道之后去说法，到哪里说法？是“鹿野苑”，如果去“虎丘”或“大豹溪”，好像就不太对盘。

九色鹿的故事也是佛教极为出名的寓言。故事虽小，却也包含了动物对人类的慷慨和恩情，人类对动物的见利忘义，在故事里，佛陀引鹿自喻。

（5）

“美麗”的“麗”字是一幅画，这幅画的模特儿是一对年轻的鹿。

“麗”字最初造来是形容两只“俊男美女鹿”所组成的“贤伉俪”，“麗”等于“俪”。

一只鹿其实已够美好，但两只鹿以双双对对的构图出现，似乎更为动人，吸引我们眼光的，似乎已不仅是它们的俊俏美丽，更加上它们之间相亲相爱的浓情蜜意。汉字造字的过程中如果有个外星人有幸看到，想必会啧啧称奇：

“咦，奇怪呀，他们人类要造个‘麗’，怎么不画他们自己，反而去画鹿呢？他们为什么不觉得自己漂亮，反而觉得鹿漂亮呢？”唉，这事也令人类没话可说，因为事实上，如果问我，我也觉得鹿就是比人类美丽啊！不找它做模特儿，找谁呢？

（6）

台湾曾有位年轻摄影家，带着帐篷和泡面、罐头投宿在高山草原上去拍摄台湾水鹿，他的日子过得既令人怜悯又令人羡慕。不过，相较于想去拍云豹的、拍黑熊的，他实在算幸运的，毕竟，在台湾的高山之上，尚有水鹿之迹可踪，尚有水鹿之影可摄，尚有“麗”可以来入镜。

至于一般人，就抱着一袋洋芋片，闲步走到动物园，也就可以饱览这些极美丽的物种了。

羊和美

华人非常喜欢羊——不对，其实应说全世界的人都喜欢羊，说喜欢羊也许有点厚颜无耻，因为我们说喜欢羊的时候，很多人指的是“我喜欢吃羊肉”或“穿羊毛衣”，但也不尽然，喜欢吃猪肉的人并不太承认自己喜欢猪的长相，甚至还拿“猪”骂人。

人类早期驯养的六畜，羊算其中的一个。从此，家羊和野羊好像就分手了。我们一般人以为所谓羊，便是我们养的那些山羊和绵羊了，大不了，听过苏格兰的黑脸羊或蒙古人的黄羊。

在华人白纸黑字的证据里，留下许多跟羊有关的字眼。例如“美”，“美”这个字是多么难造啊——而老祖先以“羊大为美”（当然，这个“美”可能是美味，却也不排除美丽），而“義”（通“儀”）是“羊加我”，“善”是“羊加言”（口是省略的言），指的是祥和的互动，听来真是好啊！

其实，在基督教的信仰里，耶稣也被称为“羔羊”，羔羊代表逊顺无我，居然和我们《公羊传》（《十三经》里的一部）里“执之不鸣，杀之不号”所形容的是一模一样的，羊简直是天生就是该作为献祭给神明的圣物。

不过，如果有机会看到绝壁上那些野生岩羊的身手，人类会目瞪口呆，原来野山羊可以那么野，它们蹄下的那座山仿佛是铁山 ，而羊蹄上则仿佛装了强力磁，否则它们怎么纵跳东西而不致粉身碎骨！（唉，其实，跌死绝涧也是有的啦！）

台湾没有野牛、野马和野驴，但有野猪、野兔和野鸡（如果蓝腹鹇算的话）、野鸭（如果某些候鸟算的话）。更重要的是，我们有野羊，它的名字叫“长鬃山羊”（它的鬃其实也不怎么长，所以不要太“望文生义”吧！）它也叫台湾羚羊（斑羚类）或台湾野山羊，我自己喜欢在心里暗暗叫它一声：

“喂，台湾岩羚羊！”

因为它家就住在岩石上，说来，很有趣的是，大象来到台北动物园并没有丛林或草原可住，熊猫来了也没有箭竹林可住，长鬃山羊却大喇喇地住在专门为他们起造的“假岩山”豪宅里，免得它们不跑来跳去就脚痒，或不躲起来就难安。所以，还不错，目前它们瓜瓞绵绵。

十年前，2003 年 4 月 29 日，《人间福报》从香港转录了一则来自新疆伊犁的新闻，说某次山中雪崩夺路，野岩羊受困，某只老羊便示范了一个方法，它先飞速奔向那条稍嫌阔大的山沟并且纵身跳过去，小羊立刻悟出自己可以点着老羊的背，分两次跳到对岸，而老羊却注定完成救小羊的任务后就直落山沟而下。更奇怪的是群羊虽然无语言，却自动分好队，一个个成年羊都甘心做个“垫背的羊”。而小羊也仿佛立刻都明白，老羊既然“置个人（不对，是个羊）生死于度外”，自己也当“以国家（不对，是野岩羊大队）兴亡（不对，是传宗接代）为己任”。那一天，野羊的数目折了一半，但族群却保下来了。啊，羊不会写历史，不会讲故事，也不懂伦理学，但，这样惊悚却无声的情节却被目击者传述出来，跟人类的《史诗》或《英雄诗》相比，它怎会输给任何一篇呢？

如果你去到动物园，如果你有幸见到这种山羊，它们多半蹲坐某处在嚼口香糖，别以为它们懒惰，只爱发呆，其实不对，它们的动作不是嚼口香糖，而是反刍，它们习惯快速猛吃，然后慢慢反刍，它们没利齿、没尖爪、又没大角的弱势生物，只能靠“吃快点、吃多点、吃完赶快躲起来”求生存（它们连台湾登山客怕得要死的“咬人猫”也敢大口吃下去），真够辛酸啊！它愣坐那里是在虔敬地工作——上帝给它的天职，它的反刍大业。或者，它也在想点什么，想什么呢？也许是：

“上帝啊，不管我的名字是台湾长鬃山羊、是野山羊、是岩羊、是羚羊，让我们的族群能活在我们深爱的地方。好吗？”

第五辑　千载诗情

错 误

——中国故事常见的开端

在中国，错误不见得是一件坏事，诗人愁予有首诗，题目就叫《错误》，末段那句“我达达的马蹄是美丽的错误”四十年来像一枝名笛，不知被多少嘴唇呜然吹响。

《三国志》里记载周瑜雅擅音律，即使酒后也仍然轻易可以辨出乐工的错误。当时民间有首歌谣唱道：“曲有误，周郎顾。”后世诗人多事，故意翻写了两句：“欲使周郎顾，时时误拂弦。”真是无限机趣，描述弹琴的女孩贪看周郎的眉目，故意多弹错几个音，害他频频回首，风流俊赏的周郎哪里料到自己竟中了弹琴素手甜蜜的机关。

在中国，故事里的错误也仿佛是那弹琴女子在略施巧计，是善意而美丽的——想想如果不错它几个音，又焉能赚得你的回眸呢？错误，对中国故事而言有时几乎成为必须了。如果你看到《花田错》、《风筝误》或《误入桃源》这样的戏目不要觉得古怪，如果不错它一错，哪来的故事呢！

有位德国戏剧家布莱希特写过一出《高加索灰阑记》，不但取了中国故事做蓝本，学了中国京剧表演方式，到最后，连那判案的法官也十分中国化了。他故意把两起案子误判，反而救了两造婚姻，真是彻底中式的误打误撞，而自成佳境。

身为一个中国读者或观众，虽然不免训练有素，但在说书人的梨花简嗒然一声敲响或书页已尽正准备掩卷叹息的时候，不免悠悠想起，咦？怎么又来了，怎么一切的情节，都分明从一点点小错误开始？

我们先来说《红楼梦》吧，女娲炼石补天，偏偏炼了三万六千五百零一块。本来三万六千五百是个完整的数目，非常精准正确，可以刚刚补好残天。女娲既是神明，她心里其实是雪亮的，但她存心要让一向正确的自己错它一次，要把一向精明的手段错它一点。“正确”，只应是对工作的要求，“错误”，才是她乐于留给自己的一道难题，她要看看那块多余的石头，究竟会怎么样往返人世，出入虚实，并且历经情劫。

就是这一点点的谬错，于是大荒山无稽崖青埂峰下，便有了一块顽石，而由于有了这块顽石，又牵出了日后的通灵宝玉。

整一部《红楼梦》，原来恰恰只是数学上三万六千五百分之一的差误而滑移出来的轨迹，并且逐步演化出一串荒唐幽渺的情节。世上的错误往往不美丽，而美丽又每每不错误，唯独运气好碰上“美丽的错误”才可以生发出歌哭交感的故事。

《水浒传》楔子里的铸错则和希腊神话《潘朵拉的盒子》有些类似，都是禁不住好奇，去窥探人类不该追究的奥秘。

但相较之下，洪太尉“揭封”又比潘朵拉“开盒子”复杂得多。他走完了三清堂的右廊尽头，发现了一座奇特神秘的建筑：门缝上交叉贴着十几道封纸，上面高悬着“伏魔之殿”四个字，据说从唐朝以来八九代天师每一代都亲自再贴一层封条，锁孔里还灌了铜汁。洪太尉禁不住引诱，竟打烂了锁，撕了封条，踢倒大门，撞进去掘起石碣，搬走石龟，最后又扛起一丈见方的大青石板，这才看到下面原来是万丈深渊。刹那间，黑烟上腾，散成金光，激射而出。仅此一念之差，他放走了三十二座天罡星和七十二座地煞星，合共一百零八个魔王……

《水浒传》里一百零八个好汉便是这样来的。

那一番莽撞，不意冥冥中竟也暗合天道，早在天师的掐指计算中——中国故事至终总会在混乱无秩里找到秩序。这一百零八个好汉毕竟曾使荒凉的年代有一腔热血，给邪曲的世道一副直心肠。中国的历史当然不该少了尧舜孔孟，但如果不是洪太尉伏魔殿那一搅和，我们就是失掉夜奔的林冲或醉打出山门的鲁智深，想来那也是怪可惜的呢！

洪太尉的胡闹恰似顽童推倒供桌，把袅袅烟雾中的时鲜瓜果散落一地，遂令天界的清供化成人间童子的零食。两相比照，我倒宁可看到洪太尉触犯天机，因为没有错误就没有故事——而没有故事的人生可怎么忍受呢？

一部《镜花缘》又是怎么样的来由？说来也是因为百花仙子犯了一点小小的行政上的错误，因此便有了众位花仙贬入凡尘的情节。犯了错，并且以长长的一生去截补，这其实也正是大部分的人间故事吧！

也许由于是农业社会，我们的故事里充满了对四时以及对风霜雨露的时序的尊重。《西游记》里的那条老龙王为了跟人打赌，故意把下雨的时间延后两小时，把雨量减少三寸零八点，其结果竟是惨遭斩头。不过，龙王是男性，追究起责任来动用的是刑法，未免无情。说起来女性仙子的命运好多了，中国仙界的女权向来相当高涨，除了王母娘娘是仙界的铁娘子以外，众女仙也各司要职。像“百花仙子”，担任的便是最美丽的任务。后来因为访友下棋未归，下达命令的系统弄乱了，众花在雪夜奉人间女皇帝之命提前齐开。这一番“美丽的错误”引致一种中国仙界颇为流行的惩罚方式——贬入凡尘。这种做了人的仙即所谓“谪仙”（李白就曾被人怀疑是这种身份）。好在她们的刑罚与龙王大不相同，否则如果也杀砍百花之头，一片红紫狼藉，岂不伤心！

百花既入凡尘，一个个身世当然不同，她们佻傥美丽，不苟流俗，各自跨步走向属于她们自己的那一番人世历程。

这一段美丽的错误和美丽的罚法都好得令人艳羡称奇！

从比较文学的观点看来，有人以为中国故事里往往缺少叛逆英雄。像宙斯，那样弑父自立的神明，像雅典娜，必须拿斧头砍开父亲脑袋自己才跳得出来的女神，在中国是不作兴有的。就算捣蛋精的哪吒太子，一旦与父亲冲突，也万不敢“叛逆”，他只能“剔骨剜肉”以还父母罢了。中国的故事总是从一件小小的错误开端，诸如多炼了一块石头，失手打了一件琉璃盏，太早揭开坛子上有法力的封口。（关公因此早产，并且终生有一张胎儿似的红脸。）不是叛逆，是可以谅解的小过小犯，是失手，是大意，是一时兴起或一时失察。“叛逆”太强烈，那不是中国方式。中国故事只有“错”，而“错”这个字既是“错误”之错也是“交错”之错，交错不是什么严重的事，只是两人或两事交互的作用——在人与人的盘根错节间就算是错也不怎么样。像百花之仙，待历经尘劫回来，依旧是仙，仍旧冰清玉洁馥馥郁郁，仍然像掌理军机令一样准确地依时开花。就算在受刑期间，那也是一场美丽的受罚，她们是人间女儿，兰心蕙质，生当大唐盛世，个个“纵其才而横其艳”，直令千古以下，回首乍望的我忍不住意飞神驰。

年轻，有许多好处，其中最足以傲视人者莫过于“有本钱去错”。年轻人犯错，你总得担待他三分——

有一次，我给学生订了作业，要他们每人念几十首诗，录在录音带上缴来。有的学生念得极好，有的又念又唱，极为精彩，有的却有口无心。苏东坡的“一年好景君须记，正是橙黄橘绿时”，不知怎么回事，有好几个学生念成“一年好景须君记”，我听了，一面摇头莞尔，一面觉得也罢，苏东坡大约也不会太生气。本来的句子是“请你要记得这些好景致”，现在变成了“好景致得要你这种人来记”，这种错法反而更见朋友之间相知相重之情了。好景年年有，但是，得要有好人物来记才行呀！你，就是那可以去记住天地岁华美好面的我的朋友啊！

有时候念错的诗也自有天机欲泄，也自有密码可索，只要你有一颗肯接纳的心。

在中国，那些小小的差误，那些无心的过失，都有如偏离大道以后的岔路。岔路亦自有其可观的风景，“曲径”似乎反而理直气壮地可以“通幽”。错有错着，生命和人世在其严厉的大制约和惨烈的大叛逆之外也何妨采中国式的小差错小谬误或小小的不精确。让岔路可以是另一条大路的起点，容错误是中国式故事里急转直下的美丽情节。

不朽的失眠

——写给没考好的考生

他落榜了！一千二百年前。榜纸那么大那么长，然而，就是没有他的名字。啊！竟单单容不下他的名字“张继”两个字。

考中的人，姓名一笔一画写在榜单上，天下皆知。奇怪的是，在他的感觉里，考不上，才是天下皆知。这件事，令他羞惭沮丧。

离开京城吧！议好了价，他踏上小舟。本来预期的情节不是这样的，本来也许有插花游街、马蹄轻疾的风流，有衣锦还乡袍笏加身的荣耀。然而，寒窗十年，虽有他的悬梁刺股，琼林宴上，却并没有他的一角席次。

船行似风。

江枫如火，在岸上举着冷冷的爝焰。这天黄昏，船，来到了苏州。但，这美丽的古城，对张继而言，也无非是另一个触动愁情的地方。

如果说白天有什么该做的事，对一个读书人而言，就是读书吧！夜晚呢？夜晚该睡觉以便养足精神第二天再读。然而，今夜是一个忧伤的夜晚。今夜，在异乡，在江畔，在秋冷雁高的季节，容许一个落魄士子放肆他的忧伤。江水，可以无限度地收纳古往今来一切不顺遂之人的泪水。

这样的夜晚，残酷地坐着，亲自听自己的心正被什么东西啮噬而一分一分消失的声音，而且眼睁睁地看着自己的生命如劲风中的残灯，所有的力气都花在抗拒，油快尽了，微火每一刹那都可能熄灭。然而，可恨的是，终其一生，它都不曾华美灿烂过啊！

江山睡了，船睡了，船家睡了，岸上的人也睡了。唯有他，张继，醒着，夜愈深，愈清醒，清醒如败叶落余的枯树，似梁燕飞去的空巢。

起先，是睡眠排拒了他。（也罢，这半生，不是处处都遭排拒吗？）尔后，是他在赌气，好，无眠就无眠，长夜独醒，就干脆彻底来为自己验伤，有何不可？

月亮西斜了，一副意兴阑珊的样子。有鸟啼，粗嘎嘶哑，是乌鸦，那月亮被它一声声叫得更暗淡了。江岸上，想已霜结千草。夜空里，屋子亦如清霜，一粒粒冷绝凄绝。

在须角在眉梢，他感觉，似乎也森然生凉，那阴阴不怀好意的凉气啊，正等待凝成早秋的霜花，来贴缀他惨绿少年的容颜。

江上渔火三二，他们在干什么？在捕鱼吧？或者，虾？他们也会有撒空网的时候吗？世路艰辛啊！即使潇洒的捕鱼人，也不免投身在风波里吧？

然而，能辛苦工作，也是一种幸福吧！今夜，月自光其光，霜自冷其冷，安心的人在安眠，工作的人去工作。只有我张继，是天不管地不收的一个，是既没有权利去工作，也没有福气去睡眠的一个……

钟声响了，这奇怪的深夜的寒山寺钟声。一般寺庙，都是暮鼓晨钟，寒山寺庙敲“夜半钟”，用以警世。钟声贴着水面传来，在别人，那声音只是睡梦中模糊的衬底音乐。在他，却一记一记都撞击在心坎上，正中要害。钟声那么美丽，但钟自己到底是痛还是不痛呢？

既然无眠，他推枕而起，摸黑写下“枫桥夜泊”四字。然后，就把其余二十八个字照抄下来。我说“照抄”，是因为那二十八个字在他心底已像白墙上的黑字：

月落乌啼霜满天，
江枫渔火对愁眠。
姑苏城外寒山寺，

夜半钟声到客船。

感谢上苍，如果没有落第的张继，诗的历史上便少了一首好诗，我们的某一种心情，就没有人来为我们一语道破。

一千二百年过去了，那张长长的榜单上（就是张继挤不进的那张金榜）曾经出现过的状元是谁？哈！谁管他是谁？真正被记得的名字是"落第者张继"。有人会记得那一届状元披红游街的盛景吗？不！我们只记得秋夜的客船上那个失意的人，以及他那场不朽的失眠。

“风”比“德”好

一个人如果为人不对，要改。如果道德有亏，要改。如果做事擘画不周详，要改。至于文学方面的事，如果在一回顾之间，发现了问题，当然也该改过，以求自新。

在文学史里颇有倚马七纸、援笔立就之人，此外如曹植七踱步而诗成，或温飞卿八叉手而篇定。这些，都是令人钦羡的快才，他们的文字别人欲易一字而不得。

但除了极少数的例子，其他的文人对自己的作品多半都是一遍遍修饰，一字字推敲，希望能找更好的词或更好的句构，把“事”或“情”说得更透辟一些，更晓鬯一些。

改文章这件事，其主力当然是靠自己，但如果身边刚好有个够程度的朋友，可以出手指正，那真是幸何如之！下面先举二例：

欧阳修写了一篇《相州昼锦堂记》，是送给朋友韩琦的。韩琦本是相州人，此时又被委以节度使之官来治相州（相州在河南安阳，就是台北故宫那些甲骨文出土的地方），昼锦堂是指“不衣锦夜行”的意思，这其实是古代士人非常光明美好的梦之实践。一生一世，身为重臣，安邦定国，身荣名显，并且终于有了一点金钱，可以在自家后园的土地上加盖了一间屋子，题名叫昼锦堂，并且让它成为乡亲游憩的地方。他向欧阳修求一篇文章来记录这件事，欧阳修答应了。当时没有传真或电传，文章写好后必须付递。文章既行，欧阳修又后悔了，觉得有两个句子没写好，于是派快骑追回，重新改正才再送去。欧阳修那么急着改的是什么句子呢？原来是开头的两句，原文如下：

仕宦至将相，富贵归故乡。

这两句有什么好改的？它明白通畅，已算是好句，但如果看到改过的句子，便优劣立判了。后来的句子是：

仕宦而至将相，富贵而归故乡。

除了在声调上因加了一个仄声的虚字眼而显得神完气足之外，在意义上也有所不同了。如果用白话文来翻译，二句分别如下：

“做官拜了将相，富贵回到故乡。”

“做官，做着做着居然做到了将相的地位。回归故乡，而且是带着一身富贵来归的。”

相互一对照，便知道千里驰骥只为两字却不算白费的道理了。

另一例是范仲淹写的《桐庐郡严先生祠堂记》，范仲淹当时身为桐庐太守，桐庐是钱塘江流域最美丽的景点，其地理环境足令天下文人心向往之，清人刘嗣绾的《自钱塘至桐庐舟中杂诗》颇能道尽其情：

一折青山一户屏，
一湾碧水一条琴；
无声诗与有声画，
须在桐庐江上寻。

可是，令人神往的还不止是风景，更有严子陵“动星象，归江湖，得圣人之清，泥涂轩冕……”的辞官故事。在江边，至今有一块大石，据说是严子陵归隐以后常坐的钓矶，上面刻着苏东坡的“登云钓月”四个大字。

范仲淹既到了这种地方，便动手修了严氏祠堂，作为地方上的文化资产，用以传述一则美丽的千年流传的故事。当然，建筑物落成，照例会有一篇记（如《滕王阁序》或《岳阳楼记》），《严先生祠堂记》便是因此动笔的，而在文末，范仲淹加上了一首歌：

云山苍苍，
江水泱泱，
先生之德，
山高水长。

洪迈（宋）的《容斋随笔》中记载范氏以此文示友人南丰李泰伯：

伯读之，三叹味不已，起而言曰："公之文一出，必将名世，某妄意辄易一字，成盛美。"公瞿然握手扣之。答曰："云山江水之语，于义甚大，于词甚溥，而'德'字承之，乃似趑趄（指小格局或局促，小步子）；拟作'风'字如何?"公凝坐颔首，殆欲下拜。

如果范氏真下拜，也是值得的，一千年来，这句"先生之风"一直在读者心灵中鼓荡回旋，久而不止，真是"长风"几万里啊！"德"，像训导主任的道德训话，实行起来不免辛苦勉强。风，才是风格、风范、风仪、风度，是生命底层的美学，是长期修为以后的自然流露。在那篇文章的那一行里，如果出现的不是"风"字，还能是什么字呢?

开卷和掩卷

X君，十八岁，神差鬼使，不知怎么选择了读中文系。X君也许是男孩，也许是女孩，也许是有志文学，也许只是分数不够高，读不成别的，只好到中文系来凑合。总之，他来了。

他既决定来中文系，对文学总有几分情意。而这几分情意不敢说一定能惊天动地，但总也不算虚情假意。他希望自己和文学之间的关系能渐入佳境。

然后，开学了。伟大堂皇的学分纷纷上场，他忽然发现自己像结婚礼堂里的新郎：他可以拜天地，拜高堂，他可以用印，可以敬酒，可以吃菜，甚至可以表演亲吻新娘。但他就是不能和新娘一起走开，一起走到花前月下的无人之处，倾心相谈。

X君的大一课程除去体育、英文、历史、宪法不算，剩下来的可能是国文、文字学、文学概论、理则学、文学史。等到二年级，他可能读历代文选、文学史、诗经、诗选、小说选、声韵学或训诂学……如果X君够警觉，他会发现一路下来所有的学分，所有的教法，都在塞给他一个东西，这个东西的名字叫“文学学”。

对，是文学学，而不是文学。

什么叫文学学呢？文学学是指文学的周边学问，例如修辞学，例如理则学，例如声韵训诂。

文学学也不算没有意义，像大城市之必须有卫星城镇，像大工业必有卫星工厂，文学也不妨有些基础工程，只是基础工程之后应该继之以亭台楼阁才对。平地架楼，因无根无基而脆弱无依，固所不宜；相反的，只挖一堆地基放在那里，而无以为继也未免可笑。

我们姑且假定X君一向很重视自己的学业成绩，（对在台湾长大的学生而言，这个假定不算过分乱猜吧?）因此他很努力地想考好他的每一门学科。譬如说，诗选这门课吧，考试之前，X君努力要记清楚的资料很可能是：

一、仄起式的平仄是如何安排的?

二、初唐最重要的诗人是谁?

三、杜甫“香稻啄残鹦鹉粒”是什么意思?

四、“劝君更进一杯酒”和“与尔同销万古愁”之间算不算对句?是否动词对动词，名词对名词，虚词对虚词?

X君在班上的成绩不错，运气好的话他还可能拿到某种奖学金。X君毕业在即，正准备考硕士班研究所，大家都称赞他是中文系高材生——不过，有一个小小的秘密，那就是，X君迄今都还没有碰到文学学。

X君和其他好学生一样，从小深信一句话：

“开卷有益”。

他平生受这句话之惠不少。譬如说，等车的时候，排队等吃饭的时候，他都一卷在握，丝毫不敢浪费时间。他一点点学业上的成就都是靠这句话博取来的。

可惜X君不知道另外一句更重要的话：

“掩卷有功”。

掩卷有功四个字是我发明的，古人并未明言，虽然古人很善于掩卷。

李白诗中有言：

“片言苟会心，掩卷忽而笑。”（《翰林读书言怀呈集贤诸学士》）

苏辙的诗中也有一句：

“书中多感遇，掩卷辄长吁。”

“掩卷”就是把书合起来的意思。除了“掩卷”，古人也用其他的字眼来表示类似的动作，例如：

“阖卷”、“抛卷”、“合书”、“掷书”。

除了关上书卷，其他类似的动作如：

“掷笔”。

其作用也类似。

开卷而读，是为了吸取资料，但吸取资料只不过把人变成“会走路的电脑光碟片”而已，并不能使我们摧心动容，使我们整个人变得文学化。

“掩卷长太息”才是“教书机”和“读书机”办不到的事情。X君如果“读书破万卷”，也未必有益，只待X君一旦“阖卷泪沾襟”，则他的文学教育就不算空白了。

建国中学长久以来流传着一则故事，有位同学，打开历史考卷一看，有道题目要求详述鸦片战争对近代中国的影响，他匆匆写了两行，忍不住，便掷下考卷，急奔到校园中去痛哭。那一天，他的历史考卷当然是不及格的，但当天其他考卷和成绩漂亮的同学能和他比历史感吗？相较之下能一字字冷静道出马关条约的同学反而显得残忍无情吧？

“伏卷”而书的乖乖牌学子何止千人，但“推卷”而起抚膺号啕的却只有那一位啊！

英国十八世纪的历史学家吉朋，写了卷帙浩渺的《罗马衰亡史》。从动念到完成，历时一十四载。所描述的时代则长达一千三百年，其规模气魄略近司马迁写《史记》。吉朋写此书言简意赅，纲举目张，为世所颂。但我真正心折的还是他一七六四年秋天站在卡比托尔的古罗马废墟中，对着断壁颓垣喟然而叹的那份千古历史兴亡感。

书写历史不是靠一个字母一个字母的死功，而是靠望着“大江东去”，油然兴起“浪淘尽，千古风流人物”的那声叹息！

身为中文系的老师，我深知同学诸生能做个“开卷人”的已经不多了——“不开卷的人”就更别提了，他们根本没资格来“掩卷”。可惜的是那些只知开卷而不知掩卷的学生。古人认为读《出师表》《陈情表》应该“有感觉”，否则不忠不孝。今天学生读此二文恐怕大多数的人只在意考试会考哪一题。其实，应该“有感觉”的篇章又何止《出师表》《陈情表》，读陈子昂《登幽州台》即使不怆然泪下，也该黯然久之吧？读张岱湖心亭饮茶一章，能不悠然意远吗？

不幸的是，属于文学的、感觉的境界往往难以传递，于是我们只好教授“平平仄仄仄仄平平”。后者客观、确实、有效率，也容易让学生佩服。当今之世，讲杜甫《兵车行》讲到哽咽泪下难以为继的老师恐怕多少会让学生看扁吧？

但我要强调的是，那些开卷读书却不曾掩卷叹息的人其实还不曾跨入文学的门槛。那些接触过客观资料，主观方面却不曾五内惊动的，仍然只算文学的门外汉。

下面我且举几例，来说明只要细心体会，其实感动无处不在。

譬如说，词牌。一般而言，词牌因为是音乐方面的调名，和文字内容未见得有密切关系，读的时候很容易就掠空而过低调处理，不去管它了。但词牌名仍有那极美的，耐人反复玩味。真的是“阖卷”之余茫然四顾，惋叹流连不能自已。

有两首词牌名（现在很少听到），一名“惜花春起早”，一名“爱月夜眠迟”。每当花朝月夕，想起这两个词牌名，只觉其困境亦恰似人生：春朝花绽，怎能不勉力相从？月夜光盈，又怎忍遽舍清辉？然而活着原是一件艰辛的事，谁能都像王维诗中的神勇少年“一身能擘两雕弧”？而美，是如此浩渺不尽，我怎能既追踪“惜花春起早”又抓紧“爱月夜眠迟”？

只是词牌的名字，已足够令人掩卷失神。

另外生动逼人的词牌名还有，如：

“骤雨打新荷”，唉，如果是“雨打荷”也就罢了，“骤雨”打“新荷”却令人如闻土膏生腥的气息，如触及五月的清甜微润的池面薄烟。方其时也，新荷如青钱小小，比浮萍大不了多少，比雨滴大不了多少。

小小的新荷，圈点着水面，圈点着初夏，而初夏这篇文章写得太好，造化神明不知不觉便多圈了几个圈。

此外“一痕沙”、“一萼红”、“隔渚莲”也都令人神往心悸，不胜低回。而苏东坡的《无愁可解》则是一派顽皮，意欲挑战“解愁”。人生弄到要靠酒来解愁，则何如根本把自己活成“无愁可解”的境界。既然根本不愁，也就不必麻麻烦烦去想法子再来解什么愁。

不过是几个词牌，不过是三五个字的组句，却令人沉吟，迟疑，不能自拔于无边之美感。

除了词牌，斋名也颇有趣。古人动不动便有个堂皇的斋名，但现实生活中则未必真有什么楼什么轩什么庵什么室什么斋。所谓的斋，往往只在主人的方寸之间鸠工营造。

初中时就听到梁任公《饮冰室文集》，当时只以为饮冰室就是我们吃刨冰的冰果店，代表的是清凉的意思。及至读了《庄子》，才知道全然不是那么回事，原文是“今吾朝受命而夕饮冰，我其内热欤?”注疏中说“晨朝受诏，暮夕饮冰，是明怖惧忧愁，内心熏灼”，原来饮冰是指内心焦灼不安。那么，梁任公原来在恣纵无碍的才华之外亦自有其生当乱世的忧怖，如此一想，也真是掩卷肃容一番。

至于曾国藩，他把自己的住处命名为“求阙斋”。世人无不爱求全，曾氏独求“缺”。以他当时位极人臣的显达背景，他当然比别人更了解居安思危的真谛。求缺，是全福全贵到极致之后的谦逊。对此简单明了的三个字，曾文正公一生风骨气度都毕现眼前，我因这三字而掩卷轻叹，终生俯首。

近人有“无求备斋”、“知不足斋”，并皆引人深思。周弃子先生取名“未埋庵”，令人思之不胜感伤。一切活着的人不都迟早要人去吗?把此刻的自己看作葬礼未举行前的自己，多少可以减少一些名利心、争逐意，虽然命意嫌衰飒了些。

以上举例重在可叹可感的美感，至于有情有趣可堪一笑的例子也是有的，此处且举苏轼《攓云篇》的诗序为代表：

“云气自山中来，以手拨开，笼收其中，归家云盈笼，开而放之，作《攓云篇》。”

如果读《出师表》不哭为不忠，读《攓云篇》不掩卷大笑也真可谓“不通气”了！东坡老儿实在无赖得可爱，把山云捉来放在竹笼中，倒好像那些烟岚云雾全是小白驯鸽似的，手到擒来，等笼子一张开，全部白云亦如小鸟振翅而出，急扑扑地穿梭和满屋子都是。

世间宁有此事！但苏轼的谎撒得太可爱了，这一出他自导自演的“捉放云”几乎有些卡通趣味，你除了抚掌大笑之外还能有什么办法！

刚才所说的那位 X 君，如果在大四毕业之前只会开卷动读，而不会掩卷悲喜，他这一生就算做到中文系教授，也仍然是个“文学绝缘体”。

但愿读文学的 X 君不单读了些“文学学”，也早日碰触到“文学”。但愿 X 君和其他所有接触过文学的 Y 君，都既能因开卷而受益，亦能拥有掩卷一叹的灵犀。但愿他们不仅是“有脚光碟片”，而是有感应的“文学人”。

丁香方盛处

长夏漫漫，我的朋友去了远方——我也是，我们轮流在对方的领域中缺席。

她不在，我当然也活得好端端的，却总觉得生活里缺了一角。其实她在这个城市的时候，我们往往一个月才通一次电话，这种交情，岂止是“淡如水”，简直是淡如清风，淡如气流——但它却仍是有其力道的。

终于，她回来了，我也回来了，她兴奋地跟我说起远方的诗人之聚：

> 哎，大会进行到后来，出现了一位俄国小老头。（唉！我想，这俄国诗人，要活过二十世纪，可也不容易啊！他的名字叫库什涅尔·亚历山大。）他一开始朗诵自己的作品，我就立刻迷上他了，这一趟行程也就很值得了！那诗人是这样念的：
>
> 在丁香花盛开的时候
> 美丽的树影投在地面
> 树下，铺上一张桌子
> 此时此刻　对于幸福
> 你还能再作什么更多的要求呢？

我听了，立刻技痒，当晚就将之转译成旧体诗，正确地说，是貌似旧体却又不太守规矩的旧体：

丁香方盛处
清影泻地时
隐(注)几花下坐
此心复何期

（注：这个“隐”，不是“隐居”的隐，是指“依凭”，作者在另行诗中有“依桌而坐”之句。）

旧体诗其实颇有毛病，不管你是哪国人、哪族语，一经翻译成旧体，就都成了老中在讲华语，立刻失去了生鲜的异国情趣。但我却又觉得，非如此不能成其节奏和韵律——虽然，我也有点小小不老实（例如“泻地”，是原作者不可能用的），而且，我也只节译了一段。

翻译者常如代理孕母——但跟真的代理孕母不同，身为代理孕母，放在子宫里的是人家的“受精卵”，而翻译者拿到的却是人家已经生出来的“活孩子”，翻译者要硬生生地把孩子塞回产道再生一次……不过，无论如何，代理孕母也分享了一些创造的喜悦。

我想，我有权利，为我自己一人，来做一次供我个人阅读的翻译。虽然，我不懂俄文，但我多么想用我自己的腔调，去体会俄国雪原上春暖花开时的喜悦和感悟——我用的是百年前林琴南（林纾）式的翻译法，他并不认识任何一种外国文字，却胆敢靠别人转述而译了英国的、法国的、意大利的、西班牙的……作品，而且居然极受读者欢迎。

以前，我没见过丁香花，以后，也未必有机会见到。但不知为什么，却也不觉遗憾。生命中有许多好东西知道它在那里，或，会在那里，就好了。难道你会因为没见过唐朝美女杨贵妃而悲伤遗憾吗？我既然见过桃花、梅花、梨花、杏花和橘子花、柚子花、樱花、紫荆花、桐花、杜鹃花、油菜花、流苏花……那么，尚未见过丁香也算不得不幸福。

旧诗词常喜欢把“时”“空”因素加在一起而自成新情境，如：

杜甫的“竹深留客处，荷净纳凉时”；

邵康节的“月到天心处，风来水面时”；

陆游的“十里溪山最佳处，一年寒暖适中时”；

史达祖的“临断岸，新绿生时，是落红，带愁流处”。

我也沿袭这种美学而译其句为：

丁香方盛处
清影泻地时

在“这个时刻”、在“这个地点”、加上“这个我”，不就正是种种交集悲欣的场域吗？些许激越，些许不悔，些许低迴，些许凄凉，些许没理由的昂扬自恣……

总之，愿丁香花——或任何花——年年岁岁，花盛如斯。

初　心

1. 初哉首基肇祖元胎……

因为书是新的，我翻开来的时候也就特别慎重。书本上的第一页第一行是这样的：

> 初、哉、首、基、肇、祖、元、胎……始也。

那一年，我十七岁，望着《尔雅》这部书的第一句话而愕然。这书真奇怪啊！把“初”和一堆“初的同义词”并列卷首，仿佛立意要用这一长串“起始”之类的字来做整本书的起始。

也是整个中国文化的起始和基调吧？我有点敬畏起来了。

（想起另一部书，《圣经》，也是这样开头的：起初，上帝创造天地。）

真是简明又壮阔的大笔，无一语修饰形容，却是元气淋漓，如洪钟之声，震耳贯心，令人读着读着竟有坐不住的感觉，所谓壮志陡生，有天下之志，就是这种心情吧！寥寥数字，天工已竟，令人想见日之初升，海之初浪，高山始突，峡谷乍降以及大地寂然等待小草涌腾出土的刹那！

而那一年，我十七岁，刚入中文系，刚买了这本古代第一部字典《尔雅》，立刻就被第一页第一行迷住了，我有点喜欢起文字学来了。真好，中国人最初的一本字典（想来也是世人的第一本字典），它的第一个字就是“初”。

“初，裁衣之始也。”文字学的书上如此解释。

我又大为惊动，我当时已略有训练，知道每一个中国文字背后都有一幅图画，但这“初”字背后不止一幅画，而是长长的一幅卷轴。想来这是当年造字之人初造“初”字的时候，煞费苦心之余的神来之笔。“初”无形可绘，无状可求，如何才能追踪描摹？

他想起了某个女子的动作，也许是母亲，也许是妻子，那样慎重地先从纺织机上把布取下来，整整齐齐的一匹布，她手握剪刀，当窗而立，她屏息凝神，考虑从哪里下刀，阳光把她微微毛乱的鬓发渲染成一轮光圈。她用神秘而多变的眼光打量着那整匹布，仿佛在主持一项典礼，其实她努力要决定的只不过是究竟该先做一件孩子的小衫好呢？还是先裁自己的一幅裙布？一匹布，一如渐渐沉黑的黄昏，有一整夜的美梦可以预期——当然，也有可能是噩梦，但因为有可能成为噩梦，美梦就更值得去渴望——而在她思来想去的当际，窗外陆陆继继流溢而过的是初春的阳光，是一批一批的风，是雏鸟拿捏不稳的初鸣，是天空上一匹复一匹不知从哪一架纺织机里卷出的浮云……

那女子终于下定决心，一刀剪下去，脸上有一种近乎悲壮的决然。

“初”字，就是这样来的。

人生一世，亦如一匹辛苦织成的布，一刀下去，一切就都裁就了。

整个宇宙的成灭，也可视为一次女子的裁衣啊！我爱上“初”这个字，并且提醒自己每个清晨都该恢复为一个“初人”，每一刻，都要维护住那一片“初心”。

2. 初发芙蓉

《颜延之传》里这样说：“颜延之问鲍照已与谢灵运优劣，照曰：

'谢五言诗如初发芙蓉，自然可爱，君诗如铺锦列绣，雕缋满眼。'"

六朝人说的芙蓉便是荷花，鲍照用"初发芙蓉"比谢灵运，实在令人羡慕，其实"像荷花"不足为奇，能像"初发水芙蓉"才令人神思飞驰。灵运一生独此四字，也就够了。

后来的文学批评也爱沿用这字，介存斋《论词杂著》论晚唐韦庄的词便说："端已词清艳绝伦，初日芙蓉春日柳，使人想见风度。"

中国人没有什么"诗之批评"或"词之批评"，只有"诗话"、"词话"，而词话好到如此，其本身已凝聚饱实，全华丽如一则小令。

3. 清露晨流新桐初引

《世说新语》里有一则故事，说到王恭和王忱原是好友，以后却因政治上的芥蒂而分手。只是每次遇见良辰美景，王恭总会想到王忱。面对山石流泉，王忱便恢复为王忱，是一个精彩的人，是一个可以共享无限清机的老友。

有一次，春日绝早，王恭独自漫步一幽极胜极之外，书上记载说："于时清露晨流，新桐初引。"

那被人爱悦，被人誉为"濯濯如春日柳"的王恭忽然怅怅冒出一句："王大故自濯濯。"语气里半是生气半是爱惜，翻成白话就是："唉，王大那家伙真没话说——实在是出众！"

不知道为什么，作者在描写这段微妙的人际关系时，把周围环境也一起写进去了。而使我读来怦然心动的也正是那段"于时清露晨流，新桐初引"的附带描述。也许不是什么惊心动魄的大景观，只是一个序幕初启的清晨，只是清晨初初映着阳光闪烁的露水，只是露水妆点下的桐树初初抽了芽，遂使得人也变得纯洁灵明起来，甚至强烈地怀想那个有过嫌隙的朋友。

李清照大约也被这光景迷住了，所以她的《念奴娇》里竟把"清露晨流，新桐初引"的句子全搬过去了。一颗露珠，从六朝闪到北宋，一叶新桐，在安静的扉页里晶薄透亮。

我愿我的朋友也在生命中最美好的片刻想起我来，在一切天清地廓之时，叶嫩花初之际；在霜之始凝，夜之始静，果之初熟，茶之方馨。在船之启碇，鸟之回翼，在婴儿第一次微笑的刹那，想及我。

如果想及我的那人不是朋友，而是敌人（如果我有敌人的话），那也好——不，也许更好，嫌隙虽深，对方却仍会想及我，必然因为我极为精彩的缘故。当然，也因为一片初生的桐叶是那么好，好得足以让人有气度去欣赏仇敌。

六　桥

——苏东坡写得最长最美的一句诗

这天清晨，我推窗望去，向往已久的苏堤和六桥，与我遥遥相对。我穆然静坐，不敢喧哗，心中慢慢地把人类和水的因缘回想一遍：

大地，一定曾经是一项奇迹，因为它是大海里面浮凸出来的一块干地。如果没有这块干地，对鲨鱼当然没有影响，海豚，大概也不表反对，可是我们人类就完了，我们总不能一直游泳而不上岸吧！

岸，对我们是重要的，我们需要一个岸，而且，甚至还希望这个岸就在我们一回头就可以踏上去的地方（所谓“回头是岸”嘛！），我们是陆地生物，这一点，好像已经注定了。

但上了岸，踏上了大地，人类必然又会有新的不满足。大地很深厚沉稳，而且像海洋一样丰富。她供应的物质源源不绝。你可以欣赏她的春华秋实，她的横岭侧峰。但人类不可能忘情于水，从胎儿时代就四面包围着我们的水。水，一旦离开我们而去，日子就会变得很陌生很干瘪。

而古代中国是一个内陆国家，要想看到海，对大多数的人而言，并不容易。中国人主动去亲近的水是河水、江水、湖水。尤其是湖，它差不多是小规模的海洋。中国人动不动就把湖叫成海，像洱海、青海。犹太人也如此，他们的加利利海分明只是湖。

有了湖，极好——但人类还是不满足。人类是矛盾的，他本来只需要大水中有一块可以落脚的陆地，等有了陆地他又希望陆地中有一块小水名叫湖。有了这块小湖水，他更希望有一块小陆地，悄悄插入湖中，可以容他走进那片小水域里——那是什么？那是堤。

如果要给“堤”设一个谜语供小孩猜，那便该是：

水中有土、土中有水、水中又有土。

苏堤、白堤便是经两位大诗人督修而成的“诗意工程”。诗人，本是负责刺探人类心灵活动的情报员，他知道人类内心的隐情密意。他知道人类既需要大地的丰饶稳定，也需要海洋的激情浪漫。于是白居易挖了湖又筑了堤（农人因而得灌溉之利，常人却收取柳雨荷风），后来苏东坡又补一堤。有名的白堤、苏堤就是指这两条带状的大地。

更有意思的是，有了长堤之后，有人更希望这块小土地上仍能有点水意。于是，苏堤中间设了六道桥，这六道桥的名字分别是映波、锁澜、望山、压堤、东浦、跨虹。桥有点拱背，中间一个漏洞，船只因而可以穿堤而过。如果再为“六桥”设一道谜题，那也容易，不妨写成下面这种笨笨的句子：

水中有土、土中有水、水中又有土、土中又有水。

这天早晨，我呆呆地望着这全长二点八公里的苏堤。由于拥有六座桥，刚好把苏堤分成七个段落，算来恰如一句七言。啊！那一定是苏东坡写得最长最大的一句七言了，最有气魄而且最美丽。

苏堤因为是无中生有的一块新地（浚湖而得的最高贵华艳的废土），所以不作经济利益的打算，只用来种桃花和杨柳。明代袁宏道形容此地，说：“六桥杨柳一络，牵风引浪，萧疏可爱”，苏轼的诗也说：“六桥横绝天汉上”。如果你随便抓一个中国人来，叫他形容天堂，大概他讲来讲去也跳不出“六桥烟柳”或“苏堤春晓”的景致。六桥，大概已是中国人梦境的总依归了。

我自己最喜欢的和六桥有关的句子出自元人散曲：

贵何如，贱何如？六桥都是经行处。（作者刘致）

对呀，在春暖花开的时候，难不成因为他是×主席或×部长，就可以用八只眼睛来看波光潋滟吗？不，在面对桃红柳绿的时刻，我们都只能虔诚地用两腿走过风景，用两眼膜拜，用一颗心来贮存，如此而已。

绝美的六桥，是大家都可以平等经行的，恰如神圣的智慧，无人不可收录在心。眼望着苏东坡生平所写下的最长最美的一句诗，我心里的喜悦平静也无限的华美悠长。

送你一个字

——给一个常在旅途上的女子

莹：

“行”是一个美丽的字，我想把它送给你，顺便也想戏称你一声“行者”。行者不免令人联想到孙悟空，不过，我要说的行者就只简单地指“行路之人”。

远在汉代，文字学家许慎在为文字分类的时候，就把汉字分成了五百四十个部首，其中有一个赫然便是“行”。换句话说，“行”是我们生活中的大项目，大到足以成为一个部首，就像水、火、土、鸟、田……都是大项目一般。那时代真好玩，仿佛在许慎的归纳下，老百姓全然在这五百四十个部首里活着，在这五百四十个项目下进行其生老病死。当然，至今我们要到字典里去“抓字”的时候，正规的抓法还是查部首。宇宙虽大，物象虽繁，却都乖乖各自待在它所从属的部首里，就算科学家新淘掘出了一些新玩意，一样可以收编为“铀”或“镭”或“氡”或“氧”……

但“行”不是被收编的，它是部首级的字，它有其完整自足的意义，它收编别人。

“行”是什么意思呢？

有趣的是，许慎虽比我们早生二千年，但他只懂小篆，旁及大篆，对那批早于汉代大约一千五百年的甲骨文他竟无缘得识。反而是我们二十世纪以后的后生小子，有幸隔着博物馆的玻璃，去亲眼见识到那些三千五百年前的骨片，更能在印刷精美的书页上把玩那遒劲的一笔一画。

“行”字在甲骨文时代是长成这个样子的：

这又是什么意思呢？

啊！简单地说，它就是十字路口。更有意思的是，这四条通衢大道全都没有收口。明摆着“一径入天涯”的迢遥途程。这和数学上的象限不同。象限是四个区块，四个区块其实仍然只是四个辖地。但“行”却是四个方向，它可南可北可东可西，它是大地之上成带状的无限可能。它又酷似十字架，但十字架是有封口的，十字架是古往今来的纵线加上左舒右展的横线，然后在其上钉下一具牺牲者的肉体。而“行”是释放了的十字架，供凡人如你我可以得其救赎，因而可以大踏步地去冲州撞府，可以去披星戴月，可以在重关复隩，在山不穷水不尽的后土上放牧自我。

以上是“行”的第一定义。

而“行”还有第二定义，下定义的是许慎，在他的《说文解字》里，行字成了“彳”和“亍”的结合。彳和亍可以解释作左脚和右脚的交互前行，也可以解释作“行”加上“止”的旅人轨迹——我比较喜欢后面这个定义。

相较之下，甲骨文时代的行是名词，是无限江山。而小篆中的行是动词，是千里行脚。两者都跟你有关，因为你是那健康自信美丽高挑的女子，你是穿阡越陌，在里巷中又行又止的人。好的旅行家，如你，是亦行亦止的，因为只有“行”，才能去到远方，只有“止”，才能凝神倾听，才能涣然了解，才能勃然动容，然后，才有琐细入微的记忆和娓娓道来的缕述。

很高兴你今又有远行，很佩服你一再出发。于我，因为方历大劫，一时尚在休养生息，但是倒也无妨于出入唐、宋，游走晋、魏，在历史中徜徉。所以，朋友啊，容许我小里小气，把刚才分明已经赠送给你的“行”字，也拿回来回赠给自己吧！

替古人担忧

同情心，有时是不便轻易给予的，接受的人总觉得一受人同情，地位身份便立见高下，于是一笔赠金，一句宽慰的话，都必须谨慎。但对古人，便无此限，展卷之余，你尽可痛哭，而不必顾到他们的自尊心，人类最高贵的情操得以维持不坠。

千古文人，际遇多苦，但我却独怜蔡邕，书上说他："少博学，好辞章……妙操音律，又善鼓琴，工书法，闲居玩古，不交当也……"后来又提到他下狱时"乞黥首刖足，续成汉史，不许。士大夫多矜救之，不能得，遂死狱中"。

身为一个博学的、孤绝的、"不交当也"的艺术家，其自身已经具备那么浓烈的悲剧性，及至在混乱的政局里系狱，连司马迁的幸运也没有了！甚至他自愿刺面斩足，只求完成一部汉史，也竟而被拒，想象中他满腔的悲愤直可震陨满天的星斗。可叹的不是狱中冤死的六尺之躯，是那永不为世见的焕发而饱和的文才！

而尤其可恨的是身后的污蔑，不知为什么，他竟成了民间戏剧中虐待赵五娘的负心郎，陆放翁的诗里曾感慨道：

> 古道斜阳赵家庄，盲翁负鼓正作场。
> 身后是非谁管得，满城争唱蔡中郎。

让自己的名字在每一条街上被盲目的江湖艺人侮辱，蔡邕死而有知，又怎能无恨！而每一个翻检历史的人，每读到这个不幸的名字，又怎能不感慨是非的颠倒无常。

李斯，这个跟秦帝国连在一起的名字，似乎也沾染着帝国的辉煌与早亡。

当他年盛时，他曾是一个多么傲视天下的人，他说："诟莫大于卑贱，而悲莫甚于贫困，久处卑贱之位，困苦之地，非世而恶利，自托于无为，此非士之情也！"他曾多么贪爱那一点点醉人的富贵。

但在多舛的宦途上，他终于付出自己和儿子作为代价，临刑之际，他黯然地对儿子李由说："吾欲与若复牵黄犬，俱出上蔡东门，逐狡兔，岂可得乎？"

幸福被彻悟时，总是太晚而不堪温习了！

那时候，他会想起少年时上蔡的春天，透明而脆薄的春天！

异于帝都的春天！他会想起他的老师荀卿，那温和的先知，那为他相秦而气愤不食的预言家，他从他那儿学了"帝王之术"，却始终参不透他的"物禁太盛"的哲学。

牵着狗，带着儿子，一起去逐野兔，每一个农夫所可触及的幸福，却是秦相李斯临刑时的梦呓。

公元前二〇八年，咸阳市上有被腰斩的父子，高踞过秦相，留传下那么多篇疏壮的刻石文，却不免于那样惨烈的终局！

看剧场中的悲剧是轻易的，我们可以安慰自己"那是假的"，但读史时便不知该如何安慰自己了。读史者有如屠宰业的经理人，自己虽未动手杀戮，却总是以检点流血为务。

我们只知道花蕊夫人姓徐，她的名字我们完全不晓，太美丽的女子似乎注定了只属于赏识她的人，而不属于自己。

古籍中如此形容她："拜贵妃，别号花蕊夫人，意花不足拟其色，似花蕊翾轻也，又升号慧妃，如其性也。"

花蕊一样的女孩，怎样古典华贵的女孩，由于美丽而被豢养的女孩！

而后来，后蜀亡了，她写下那首有名的亡国诗：

君王城上竖降旗，妾在深宫哪得知。
十四万人齐解甲，更无一个是男儿。

无一个男儿，这又奈何？孟昶非男儿，十四万的披甲者非男儿，亡国之恨只交给一个美女的泪眼，交给那柔于花蕊的心灵。

国亡赴宋，相传她曾在葭萌的驿壁上留下半首《采桑子》，那写过百首宫词的笔，最后却在仓皇的驿站上题半阕小词：

初离蜀道心将碎，离恨绵绵，春日如年，马上时时闻杜鹃……

半阕！南唐后主在城破时，颤抖的腕底也是留下半首词。半阕是人间的至痛，半阕是永劫难补的憾恨！马上闻啼鹃，其悲竟如何？那写不下去的半阕比写出的更哀绝。

蜀山蜀水悠然而清，寂寞的驿壁在春风中穆然而立，见证着一个女子行过蜀道时凄于杜鹃鸟的悲鸣。

词中的《何满子》，据说是沧州歌者临刑时欲以自赎的曲子，不获免，只徒然传下那一片哀结的心声。

《乐府杂录》中曾有一段有关这曲子的戏剧性记载：

刺史李灵曜置酒，坐客姓骆唱《何满子》，皆称其绝妙。白秀才曰："家有声妓，歌此曲，音调。"召至，令歌，发声清越，殆非常音，骆遽问曰："是宫中胡二子否？"妓熟视曰："不同君岂梨园骆供奉邪？"相对泣下，皆明皇时人也。

异地闻旧音，他乡遇故知，岂都是喜剧？白头宫女坐说"天宝"固然可哀，而梨园散失沦落天涯，宁不可叹？

在伟大之后，渺小是怎样的难忍，在辉煌之后，黯淡是怎样的难受，在被赏识之后，被冷落又是怎样的难耐，何况又加上那凄恻的《何满子》，白居易所说的“一曲四词歌八叠，从头便是断肠声”的《何满子》!

千载以下，谁复记忆胡二子和骆供奉的悲哀呢？人们只习惯于去追悼唐明皇和杨贵妃，谁去同情那些陪衬的小人物呢？但类似的悲哀却在每一个时代演出，“天宝”总是太短，渔阳鼙鼓的余响敲碎旧梦，马嵬坡的夜雨滴断幸福，新的岁月粗糙而庸俗，却以无比的强悍逼人低头。玄宗把自己交给游仙的方士，胡二子和骆供奉却只能把自己交给比永恒还长的流浪的命运。

灯下读别人的颠沛流离，我不知该为撰曲的沧州歌者悲，还是该为唱曲的胡二子和骆供奉悲——抑或为自己悲。

炎方的救赎

——读汤显祖《牡丹亭》

自从在梦中遇见那温柔的男子，杜丽娘忽然意识到自己生命里有所欠缺有所不足，而在遥远的炎方，却有那郁勃蓊茂的生命正等待与她相遇。

> 凭依造化三分福，绍接诗书一脉香。
>
> ——《牡丹亭·第二出言怀》

一　两组数字

1564—1616

1550—1616

上面这两组数字对你而言有什么意义呢？

前一组是英国剧作家莎士比亚的生卒年份，后一组是明朝汤显祖的。前者世人皆知，后者则可能连国人也不晓。

二　他们的坐标

“从前，很久很久以前，有一个国王……”

童话，常常是没头没脑的，闹不清是哪朝哪代的故事。而汤显祖的《牡丹亭》却正经八百地有其时空坐标。而且，几乎还附上男女主角DNA血统书。

故事的时代坐落在南宋，地点在江西省的南安太守第。这汤显祖有一点点自私，这么美丽的故事情节，他舍不得让它发生在别的地方，便让它发生在自己的故乡。不同的是汤显祖是临川人，临川属于江西北部，南安属于江西南部，这两个地方的距离大约有一个台湾那么长。至于女主角杜丽娘，她的父系祖先是杜甫，母亲则是甄后的后代。至于男主角呢，是柳宗元的后裔。男主角另有一位姓韩的朋友，他是韩愈之后。更奇的是，当年柳宗元笔下有位郭驼，他是位驼背园丁，他们家族从唐朝驼到宋朝，世代都驼，也都做园丁，且世代在柳家做园丁，柳家去了岭外，郭驼也追随而去。

其实，整部《牡丹亭》里的人物都在“重生”。杜家重生，柳家重生，韩家重生，甄家重生，郭家重生……借着后代，孳衍不息。所以，杜丽娘能重生，好像并不奇特。

大部分读《牡丹亭》的人会被杜丽娘的“死忠”（真的是以死来忠）吓到，忍不住为她的专致钟情而泪下。但我读《牡丹亭》却为另两个字而痴迷，那两个字是：

炎方

这两个字出现在第二出柳梦梅一上场所念的诗句中：

寒儒偏喜住炎方

我对“炎方”两字痴迷，是因为那两个字是“热带”的意思。而热带，不正是我自小被命运安排所一直定居的地方吗？

“炎方”两字并不是汤显祖叫出来的，它早就存在了，在唐诗里，有下面这样的句子：

柳宗元《南中荣橘柚》：“橘柚怀贞质，受命此炎方。”

司空曙《送郑明府贬岭南》：“莫畏炎方久，年年雨露新。”

李坤《红蕉花》：“红蕉花样炎方知，瘴水溪边色最深。”

雍和《郊庙歌辞》：“昭昭丹陆，奕奕炎方。”

贾岛《送人南归》：“炎方饶胜事，此去莫蹉跎。”

贾岛《送人南游》：“蛮国人多富，炎方语不同。”

杜甫《……呈元二十一曹长》：“衰年旅炎方，生意从此活。”

当然，提到炎方，也有说坏话的，例如：

沈佺期《赦到不得归题江上石》：“炎方谁谓广，地尽觉天低。”

卢纶《逢南中使因寄岭外故人》：“炎方难久客，为尔一沾襟。”

于鹄《送迁客》：“遍问炎方客，无人得白头。”

白居易《夏日与闲禅师林下避暑》：“每因毒暑悲亲故，多在炎方瘴海中。”

李白《古风》：“炎方难远行。”

对唐人而言，虽然广大的帝国版图早已延伸到丰美的南方，但南方仍是瘴疠之乡，它或许是美丽的，却和蛊惑和死亡和脚气病和卑湿……联想。

然而，南方持续丰美。

长江在流，岷江在流，沅江资江湘水在流，漓江丽江在流，珠江在流，闽江在流……

南方持续丰美。

橘柚滋芬，荔枝传香。鲛人在月下泣珠，东海龙王忽然成了新任的财神，坐拥一切海上的资源。沈万三从家中的后门水巷出发，小船换大船，他便挺进天涯，比陶朱公走得更远，于是有人传说，他拥有聚宝盆。

南方持续丰美，海洋的蓝色暖流为黄河输血，南方持续丰美。

在汤显祖的笔下，杜甫的后代不再隶籍河南，杜丽娘为自己造像时说的是：

“如果我不为自己画一张像，有谁会知道会思念西蜀杜丽娘的美貌呢?”

她和她的父亲把杜甫一度流浪逃难的四川当作了新的故乡。

南方，南方持续丰美。

而柳梦梅，在祖先一度被贬的两广炎方，在记忆中遭诅咒的流放之地，在丰美的果园中他成长了。上场诗中他说：

> 凭依造化三分福，绍接诗书一脉香。

在遥远的南方，在阳光和花香的祝福下，文化被传承，梦想被认可，美丽的故事在酝酿，传说如风雷隐隐成形，神话刚裂地而出，旋即耸然入云。

于是他们各自站在他们的时空坐标，在最混乱的年代，当战争和流血侍立在身边，他们却各自坐落在自己的新故乡。他们没有依傍，有的只是春天里的一株灿如黄金的垂柳，或一树开疯了的梅花，以及一座不知“当今是谁家天下”的又荒凉又华美的园子。如果人间还有什么可依赖的话，恐怕也只像《欲望号街车》中田纳西威廉借女主角说的：

“我总要信任陌生人的善意。”

对，到后来爱情成了最终的信仰，杜丽娘和柳梦梅，各自信任梦中初见的陌生情人的真意。

“噢，你也在这里吗？”

这是张爱玲形容乱世爱情的一句凄凉的话。世界纷扰，个人的命运可以由云端落入泥淖。但在某个春天，薄暮，某个身穿月白衫子的美丽女子，站在自家后门口，桃花开了，她手扶桃树。然后，男孩走来，跟她说了那句话。后来，命运将他们分开了，他们一世未曾再见面。但那三分钟，在她的生命里却已成永恒。直到晚年，她总是想起那黄昏，以及那与她惊喜相逢的男子，以及他说的：

“噢，你也在这里吗？”

杜丽娘，柳梦梅，他们交集在同一个时空坐标点上，他们是彼此梦中最美的幻象。

“噢，你也在这里吗？”

于是，他们相爱了。也许相逢，也许不相逢，也许局部相逢，这些都无碍于相爱。当有人爱上了某人，某人甚至不需要有名字，他的名字就叫作“我爱”。

三　然而，她在岭北，他在岭南

自从在梦中遇见那温柔的男子，杜丽娘忽然意识到自己生命里有所欠缺有所不足，而在遥远的炎方，却有那郁勃翕茂的生命正等待与她相遇。于是她渴望被点燃，被浸染，她渴望把自己解体并重组。

而柳梦梅也开始立即收拾行装，他知道自己必须出发，如鲑鱼之洄游，去探索他的原乡。如信徒之朝圣，如考古队走入岩穴，他知道这段旅程非去不可。在长期焦虑无望的等待之余，杜丽娘因渴望而死去。

柳梦梅却翻山越岭而来，在梅岭，他惊遇岭南的梅和岭北的梅，南梅先开，北梅后放，却同样洁白美丽。石砌的古道，砌成某种图案的属广东，越一步，另种图案，已是江西。跳过江西，就算中原地面了。

岭上天寒，柳梦梅一路行来，便病倒了。

曾经，柳梦梅在岭南，杜丽娘在岭北。然而，此刻，柳梦梅到了岭北杜丽娘却已仙去。柳梦梅并不知道他失去了什么，他只知道自己莫名地失落。

柳梦梅病倒，这来自炎方的男子多么不惯北地的风霜啊！炎方持续丰美，而柳梦梅在大庾岭上，在梅关，彳亍前行。在这自古以来通南往北的大道，他想着，这里曾走过多少回溯者的脚步啊！

曾经，六祖惠能走过这条路，他要去的地方是湖北黄梅寺。那时他是多么年少啊，只因家贫，必须养老母，他砍了柴去卖。当他把柴担到旅店送给客人，而后恭敬地倒退着步子离开，忽然听到奇特的声音，他不知道那是什么，只知道如闻天音。山泉流过漱石，凉风吹过饱含明月的松林，也正是此声。这是什么？是诵经，有人告诉他。然而什么是“经”？五祖弘忍那里有经。五祖弘忍人在哪里？在岭北。要走几天可到？走三十几天。奈何我家有老母。我为你出十两银子安家，你去吧！于是那砍柴少年便一路直奔黄梅而去，成就后来一段大姻缘……可是，惠能当年也为此梅花惊艳吗？他也坐此山石，为远方的神秘经书而气血翻涌吗？他会在寒风中思忆柔暖的炎方世界吗？

我，柳梦梅，今告诉亲朋我是为考试而来，经书我自有，然而我果真为科举而来吗？好像不是，我是为生命的奇遇而来，我为回到先人的脚印而来。六祖惠能曾带着大喜悦、大惊讶攀此山涉此水，并终于带着大彻悟而归。我今越此大庾岭，跨此梅关，走此天堑，我何所求，生命又何能所求……

四　如果你能呼叫我，我将跨越冥河而来

杜丽娘的肉体僵冷，静卧在老梅树下。杜丽娘的魂魄悠游，在花径的落英和苍苔间。

中原的大地肃穆庄凝，然而它沉沉睡去，如杜丽娘。也许怀着犹温的心，却不再能息视人间。

如果有人能斩开荆棘救回沉睡百年的睡美人公主，如果有人能循着昔日歌声的小径找到中毒的白雪公主，并且将之唤醒，那么，有人能唤回杜丽娘如唤回一整个民族的生命力吗？

炎方，丰美的南国，会是肃穆庄凝的后土的救赎吗？柳梦梅来了，然而柳梦梅感了风寒，曾经是河东（今山西）人士的柳家，如今是岭南人了，岭南人受不了岭北的风雪，至少一时之间受不了。

啊！岭南，曾经是河北人之子的六祖惠能，因为父亲遭贬岭南，而终于被人看成岭南人了。出身河东柳家的柳梦梅，如今也是岭南之人。后世还会有个岭南人孙中山，他们都是一些努力去叫醒别人的人。

救赎，会自南方来吗？英雄，会自炎方来吗？那丰美的南方。当时汤显祖不太了解台湾，他的地理认知到岭南为止。但有一件事他却不知不觉说对了，炎方是救赎，丰美的南方是救赎，救赎的英雄也来自南方，与世界接轨的南方，因一艘船而走天涯的南方。而南方可以是岭南，可以是香港，可以是台湾。

也许，所有的亲戚都以为柳梦梅是过大庾岭，去赴科举了。然而，唯他自已知道，不是的，他曾承诺于生命的，不止这么少。生命要求于他的，也不止这么少。必有更神圣巨大的任务，那是什么？他也不知道，但他知道如果自己完成了那项任务，便也会附带完成了自己。

“如果你呼叫我，我就为你跨生越死，为你而重覆人世，我会褰裳涉水，离开冥河。”

度阡越陌，攀山涉水，过大庾岭，走梅关，柳梦梅终于知道，能去爱一女子，竟是身为男人极伟大的正业。

请你来，来叫醒我，我僵冷，我枯索，请你以你来自炎方的丰饶腴美来润泽我，复苏我。然而，你又必须先爱上我，因为冷冷的呼叫只会令我更冷更灰。只有爱，才是无边的法力，才是超生越死的仙术。所以，真的，你必须先爱上我，凭一幅画，凭画中藏宝图一般的眼波和笑靥的描绘，你必须被勾起我们共同的梦中的记忆，你必须想起我依稀的眉目和呼吸，你必须想起你对我的爱，我才会响应你的呼唤，踏着星光和花香而来。

《牡丹亭》故事极单纯，不过是一个年轻的男孩和女孩生死以之的爱情。然而又极复杂细致，因为“来自炎方”的一切是如此迷人，如神话。

如果你要问我“炎方”两字果真如此令我动容吗？我会说，是的，南方温暖而华美的体质使我着迷，救赎会来自丰美的炎方。但是，如果没有可供救美的杜丽娘，来自炎方的柳梦梅又有什么情节可言呢？

咱们何不来谈谈各人的心愿

“来，今天刚好得点闲，咱们何不来谈谈各人的心愿，说吧!”

这句话是孔子说的，时间是在2500年前，记下这句话的书是《论语》，篇名是《公冶长》，类似这样的话孔子在《先进》篇也说过一次，此文只谈《公冶长》篇的这一次。

当日一起参加聊天的人，包括孔子在内，一共只有三个，看来是较小规模、更高阶、更私密的对话，于是子路先说：

“但愿有朝一日，我有好房子好衣服（子路的好衣服当然不是指名牌，而是指保暖实用的‘裘’）。而且，这些好车子好衣服我都不会小里小气，我会跟大家共用——就算用坏了，我也不计较不在乎!”

然后，颜渊说话了：

“但愿一切做事的人，都能有个做事的样子，有功有劳都该闭口不说话，绝不敲锣打鼓到处吆喝来称赞自己。甚至还希望别人一起来按赞，那算个什么呀?”（嘿嘿，你猜对了，最后两句是我偷偷加进去的。）

颜渊这段话，让人怀疑颇有“针对性”，他指的很可能是当时某个令人厌恶的政客的作风。（这种官场毛病，今日难道还少见吗？可怕的是连老师对校长，或校长对董事会、对教育当局，不是都在争功诿过吗?）颜渊为人厚道，那天只“点到为止”，并且“对事不对人”，并不明言在骂谁。

孔子这两个徒弟，照今天的话来看，应是古人早就实施“多元入学”方案了。今人夸功，说成好像是自己发明的。其实试看这两位学生是如此相悬相殊，两人全身细胞没有一粒是长得相同的。他们说出来的心愿前后也毫不“搭嘎”，只能说是同门异调，各说各话。

但做老师的却不插嘴、不置评、不喝止。他只淡淡微笑，只用宽厚从容的眼神鼓励他们一路说下去，哪怕他们说到地老天荒，做老师的也都耐心听着——而且，这时候，绝不会有个冒失的助理钻进来，大叫一声：

“哎呀，孔教授，快点快点，学校交通车要开了啦！”

此时此刻，孔子自己禁不住也想说话了。那一天，就是这段故事发生的2500年前的那一天，那是什么季节呢？会不会是春日初迟的暖暖的下昼呢？或是蝉声初沸的六月清晨？或者，落叶春然的秋日？或者是冬夜炉灰中埋着薯香的安闲岁月？总之，孔子想把话题再延下去。

不过，在孔子说话之前，我很想插一下嘴，孔子原来那句叫学生各自表述的话是这样说的：

“盍不各言尔志？”

翻成白话就是：

“咱们何不来各自说说自己的‘志向’呢？”

问题就出在“志向”的解读上。今人说“志向”，好像非指正经的、正大的事不可，例如“立志”或“志业”、“志愿”、“大志”、“志在必得”都是指中学生可以堂而皇之写在作文簿里的那种东西。

但“志”在小篆文字上是这样写的“”，更早的金石文的写法也类同，它写成“”。

要解释，其实也很容易说明白：志，不是今人以为的“士”“心”，而是“㞢（之）”“心”。

“之”又是什么，之是“通”“往”“至”“与”之义。要找一句话形容“志”，就是“心之所之”。清朝末年的文字学家戴东原的解释颇有现代诗的作风，他说：“心之所注为志。”哇！说得心好像一条长河似的，一路流注、灌注、投注、注入……今人如果想到注，大概只会想到赌博

"下注"吧？

总之，"志"不是"刚性字眼"，它是个"柔性字眼"，跟今人想的方向颇不一样。

在孔子生前和死后，那段时间典籍中提到"志"的句子，我且引三则：

其一是"诗言志，歌咏言"（见《尚书·舜典》）；《蔡传》为之解释，说"心之所之谓之志"。

其二是《诗经·大序》中说："诗者，志之所之也。"

其三是《礼记·乐记》中说："诗言其志也，歌咏其声也，舞动其容也。"

综合上述三条资料，孔子所说"各言尔志"的"志"其实只是说说"心底的话"，它有点像呛声，有点像抱怨，又像呓语，或者，甚至像祈祷。

孔子接着说了，他明知子路鲁直，说起话来简直像江湖大哥，心里老想着建立起他自己的"大丈夫的个人人格美学"，而颜渊想深植的是"有所不为的人格美学"，是约敛的，"不"标榜，"不"张扬，"不"自我急速膨胀。可是做老师的却自有其另一番对广大人世的悲愿，他说：

"老者安之，朋友信之，少者怀之。"

翻出来就是：

"愿社会祥和富足，让全天下的老人家，都能获得身心安顿。愿道德在人心，壮年人跟壮年人，在一切的事业往返合作间，都可以坦然互信。愿年轻的后生，一想到前人对自己的栽培扶植和爱护，心里都会忍不住深深感动。"

我们姑且假定那时节是一个冬天的夜晚，姑且假定那夜炉火微温，而一盆红炭隐隐照亮师徒三人他们刚刚说罢心愿的三张面孔。

神话虫和大田鳖

去年岁暮，有人送了我一小包米，米袋上面画了一只可爱的名叫大田鳖的虫。

“田鳖是什么?”

我问送我米的女子，其人高挑秀美，是个环保斗士，一个温柔、悍烈又慧黠的角色。

“台湾话叫水龟的。”她说。

“水龟又是什么?”我不死心地又再追问，“水龟不是昔年老阿嬷放在棉被里暖脚用的那种扁扁的金属器皿吗?”

“客家话又叫‘水剪’，俗称‘水知了’。”

真个是越说越糊涂，于是只好请助理帮我上网去查查，这一查才吓一跳，天哪！这种水田里的“贱虫大田鳖”很可能是我一向熟悉的“神话之虫”。既是“神话之虫”，就该乖乖地待在神话里，怎么忽然冒出头来了，岂不骇人。

这种“神话虫”上古好像没有，我的证据是“甲骨文和钟鼎文里都没见过它”。当然，如果你要说，它是那么卑贱的一只小虫，甲骨文书写不易，都是用来记大事，谁有力气去写它老兄呀！那，我也没话说，它的名字出现在公元前后，分别在下面三本书里露脸：

1. 《鬼谷子》（内揵篇）

2. 《万毕术》（淮南王刘安著）

3.《说文解字》(“青蚨”条)

其中《鬼谷子》一书“号称”是战国时代作品，但一般相信是汉代文人伪托的。算来《万毕术》应是这三本书中最早的资料，却不幸佚失了，好在另一本类书《太平御览》收了它，至于许慎《说文解字》，则是两千年前的“字典”兼“百科全书”。

综合以上三本书的资料，这“神话虫”的大名叫“青蚨”。它是一种非常重视亲情的虫，母子相依相黏，不肯分离，所以，道家的神话里就说出一个“密方”：第一步是自铸铜钱（当时是允许的），铸的同时另加一道工序，即是把这种虫的母虫弄死，涂在八十一枚铜钱上，另外把子虫也弄死，也涂在八十一枚铜钱上，然后，把它们分置两处。需要用钱的时候，只可用一种钱，用钱的人可以选择“用母钱而留子钱”，或选择“用子钱而留母钱”，不管你用哪一种方法，由于青蚨的母子天性必求相聚，所以你白天花出去的钱，晚上却自会急急忙忙地飞回来。这样，我们人类便利用虫类的孝慈，从旁捞到了大便宜。

这故事当然既不科学又不道德，而且还犯法，却是个令人恻然泪下的神话。

这种叫“青蚨”的“神话虫”为什么被我认为就是一度在台湾田间十分活跃的大田鳖呢？原来青蚨除了在以上三本书出现之外，还在三类书里出现：

第一类是古人的笔记小说，例如晋代干宝的《搜神记》或唐代刘恂的《岭表录异》。

第二类是历代诗、词、曲的文学作品常提“青蚨”，用以代替俗气的“钱”字。

第三类是医书，中医每认为万物皆有疗效，所以《本草》之类的书几乎已成生物课本，负责解释动物植物矿物的种种特色。

根据以上三种资料的描述，大田鳖，这种活动在南方的昆虫应该就是北方人传说中的青蚨了。它们共同的特色是水生，长得像蝉，可以吃，味道辛香，卵产在水中草杆上，排列如玉米般整齐，亲子关系亲密（其实是父子关系亲密），雄性大田鳖不断努力为卵块洒水……

青蚨在文学中传颂两千年了，却没人说出它就是五十年前在台湾活跃的大田鳖，难道我的学问特别大吗？其实也不是，只因为青蚨是中国北方文化重镇之地传下来的故事，北方人对南方生物并不熟悉。而南方的务农人却只见田野埤塘中有此物，哪里知道它在神话中是“货币之仙”？此虫我又拿照片跑到香港去到处问人，年轻人看不懂，五六十岁的人却都兴奋起来，大声说：

“呀，这叫‘水甲由’（读作“水嘎砸”，指“水蟑螂”，和台湾闽南人说蟑螂的音近似），我小时候吃过呀，很香，现在不知怎么没有了！”

对呀，台湾也没有了，农田中一洒药，这种神话虫哪里活得下去呀！但它居然曾是华南一带小孩子的重要的蛋白质补充来源。

我后来又去问福建和广州的朋友，他们也都承认吃过这种虫，网上说台北以前超商甚至卖过罐头，因为泰劳很怀念此味。

至于我吃的那包米上的那只画的田鳖，意思是指：

我，我这个农夫，我想不施农药，也不下除草剂，我要辛辛苦苦来务农——而因此，多年消失的大田鳖居然又回来了，大田鳖能活得下去的地方才是你们人类能活下去的地方啊！

中山狼

几天以前，东郭先生牵了匹驴，驮了满箱的书，从燕国出发往魏国去，而这天早晨，他正经过赵国中山地方，那里有一片美丽的山林。

真是一个愉快的早晨，这次蒙魏王相邀，要他去谈论“墨翟之道”，看来自己的名气是越来越大了，东郭先生是笃信墨家利人济物的道理的，在七国熙熙攘攘的政治擂台中，他相信这种忍苦牺牲的宗教精神是最能救世的。

太阳渐渐升起来，枝上小鸟相呼，草丛间偶有野兔一纵而逝。

忽然，远远的，他看到一大队的人马，像潮水一样急速地淹流过来，东郭先生一时看呆了。

“好漂亮的阵仗！我这辈子还没看过呢！”

来人的衣服闪绿耀红，在阳光下愈发显得抢眼，等更近一点，他又看出来人不但衣服光鲜，其本人也个个都是高大健壮猿臂鹰眼的美少年。看他们各挽弓箭，猎狗又呼啸相随，想必是一支皇家行猎的队伍。

东郭先生因为是墨家，所以一向过着简朴刻苦的生活，几曾见过这种富贵华丽骏马鲜衣的皇家生活？

“喂，”有一个小兵注意到他，“那里站的是什么人？”

“我是燕国的东郭先生，要到魏国去，经过赵国。”

“刚才有一只狼往这边跑过来，”那人气势汹汹，“你一定看见了，快说，狼往哪里跑的？”

“狼？我没看见啊！”

“你那箱子那么大，装的是什么？搜！”

“哎呀！只不过是些书，不要弄乱了。”

“你这人形迹可疑，”搜不到东西，他又找理由骂人，“好好的，不走路，站在路边干什么？”

“不是不是，一头小毛驴，怎么可能走得快呢？”

“你如果看到狼，不准瞒我。”

“不敢，它一定是逃了！”

那小兵忽然拔了刀，发狠劲，往地上一砍。

“你要敢骗我，我就照刚才那办法对付你！”

东郭先生往地下一看，地已经被他剁出好深的口子。

“算了，”坐在最漂亮的那匹骏马上，显然是领袖的人物说话了，“他不知道，你问也问不出要领，我们赶到别处去找吧！”

忽然间，像变魔术一样，整队人马一举鞭，又都旋风般的消失了。

东郭先生坐在路边，一时好像还无法回到现实中来，刚才说话的可能是赵简子，这是东郭先生第一次感受到权力、财富的压力，呼啸而来，绝尘而去，强弓利箭，任意射死自己并不需要杀的东西……他要好好想想这些事情。

这时候一只带箭的狼，猛的窜到东郭先生身边，他着实吓了一跳。

“师父，救我。”很小声的哀求。

东郭先生望着狼的眼睛，很不忍，便举手替它把箭拔下来。

“你就是他们那群打猎的人追赶的那匹狼吗？”

“就是我，可是，师父，光拔箭还不能救我。”

“你要怎么样，我是路人啊，我没有地方可以藏你。”

“你把你的书拿开，把我塞进去，不就得了。”

“你这么大，书箱这么小，怎么装得进呢？”

“你拿一根绳子，把我手脚捆了，把我的脚按到胸口去，再把箱盖锁上，驮在驴上，谁会知道呢？”

“好吧！我们墨家是救人第一。”

东郭先生把心爱的书一一搬了出来，又费了九牛二虎之力才把狼给塞了进去。然后赶着驴，慢慢往前走。

“师父，我今日如果有了命，将来一定会报恩的。”狼一面保证，一面怕得在箱子里发抖。

打猎的行伍在山林里窜来窜去，忽东忽西，他们和东郭先生的距离也时远时近。

“他们还没回头吗?”狼说，“我捆得不舒服啊!”

“再忍一下，他们就快回去了。”东郭先生必须装成心闲气静的样子，“啊，好了，他们走了，走远了!”

他打开了锁，狼高兴地跳出来。

“师父大恩大德，天地鉴察，我如果辜负先生，就不得好死!”

“算了！我不指望你报恩，只希望你好自为之。”

狼拜别了东郭先生，像离水的鱼重新回到波中，它带着腿上的箭伤走了。

可是，转了一圈，它忽然停住脚。

“奇怪，怎么肚子这么饿？对，早上一早便被赶得没命地跑，心里一紧张就忘了饿了。”它想了一下，“不行，现在虽然没有弓箭的危险，可是饥饿一样可以弄死人的啊!”

它的力气已经耗尽，要去捕杀什么小动物也已经力不从心，想着想着，它诡秘地笑了。

“嗯，那师父像是个善心人！干脆，我再去找他，请他好人做到底!”

“你怎么又来了?”东郭先生惊奇地问。

“我从一大早出师不利，什么都没有抓到，还险些给人抓走了。现在，靠先生的大德，这条命算捡回来了，但现在我的新麻烦是饿得要死，眼看着捡回来的这条命又要没啦——”

“可是，你来找我有什么用呢？我也不会抓兔子给你吃呀，况且，老实说我自己也饿了……”

“我倒有一条妙计，只是不好意思开口……”

“说来听听嘛，大家商量商量。”

“细想起来，我若饿死，师父当时不如不救。”

“不救？你身带箭伤，投奔于我，我怎好不救？”

“既然救了，就请师父好人做到底，现在就舍身让我吃了吧，师父的大恩大德我将来一起回报好啦！”说着，他扑上前去。

“天哪！我救了你，你竟要吃我，”东郭气得发抖，“天下哪有这种事，太忘恩负义。”

“先生，你这话说得就不对啦。天下忘恩负义的事才多呢！你看那些穿得人模人样的君子，受完了别人的恩惠有谁记得的！碰到便宜处，还不照样下手占便宜。还有那乱臣贼子，他们什么背信弃义的事做不出来？我不过是个禽兽，师父不必搬出那番话来教训我。”

“好，让你吃倒也罢了，但我就不信你说的那番歪理，咱们往前走，碰到谁就连问三个，看谁说的有理！”

于是他们往前走，首先碰到的是棵老杏树。

“该吃！该吃！”听完了申诉，老杏树狠狠地点头！“世界上的事本来就是如此，记得从前主人把我种下，才三四年，我就不断地结杏子，他们一家又吃又送又卖，到现在四五十年了，如今我老了，结不出杏子来了，他们就翻脸无情，把我劈来当柴烧。前些日子劈我的枝子，不久听说要把我连根挖起！哼，四五十年的恩都可以辜负，你那一点恩算什么！”

狼听了，喜得拍手，连忙理直气壮地去咬东郭先生。

“走开，我们说好了要问三个对象，还有两个！”

第二次他们遇见的是老牛。

“当然该吃，”老牛慢慢地说，“你看我，从小为主人耕地、拉车、碾粮食，现在我老了，力气用尽了，主人就把我丢在这荒郊野外。这还不说，我主人的老婆更刻薄，她居然说：‘丢在那里可惜，一条牛值好多钱哩！待我去找个屠夫来把它杀了，皮卖去做鼓，肉卖给牛肉店，内脏我们自己吃，牛角卖去做簪子，骨头呢，烧成灰可以漆漆家具。’听说他们都讲好了，过两天就要来下手了。”

东郭先生又悲哀又气愤，真是有理说不清，他的思想，他的哲学，他的满箱的书，到此时什么用场都派不上了。

正在这时候，一位白胡子老人走了过来。东郭先生心里涌起一线希望，他觉得这人简直是搭救他的神明。

“哦！你们的问题我听懂了。老杏、老牛的话我也知道了。”老人转脸问狼，“他真的救过你？”

“救是救了，”狼一边说，好像忘了早上的事了，“可是，哎呀，对我可不太好呢，他粗手粗脚的，绑得我手脚发麻。”

“不过，我倒不信！”

“你为什么不信？”东郭先生和狼都很惊奇。

“你们骗谁？狼那么大，箱子那么小，你们当我傻瓜吗？”

“是真的呀，”狼说，“他把我绑得很紧，塞在箱子里。”

“口说无凭，”老人一副不想管闲事的样子，“除非你们再表演一次，否则我才没兴趣管你们这种痴人说梦呢！”

东郭先生和狼都同意了，这一次，动作做得很快，一方面由于不心慌，另一方面也由于有过一次经验，到底熟练些。

“你看，他刚才就这样，把我弄得很不舒服。”狼说。

“你身上佩的是什么？”老人问东郭先生。

“一把剑。”

“你这傻瓜，你还等什么？”

“等你相信了来评理啊！”

“这有什么理可评，”老人又好气又好笑，“跟这种大坏蛋有什么理好评？你这种傻书生！想不通的是你，我早就知道怎么回事了！现在唯一评理的办法就是那口剑，杀它就完了。”

“我，我，”东郭先生犹疑着，“我不忍心！”

“快放我啊！”狼在里面暴躁地叫着，“我饿了，要吃啦！”

老人一声不响，抢过剑，只往皮箱里一刺，里面就安安静静了。

老人把剑还给东郭先生就转身走了，东郭怔怔地站着，听狼血啪嗒啪嗒往地下滴的声音，他迷惘地想，作为一个学者，此番见了魏王，该说什么才好呢？

第六辑　种种可爱

种种可爱

作为一个小市民有种种令人生气的事——但幸亏还有种种可爱，让人忍不住地高兴。

中华路有一家卖蜜豆冰的——蜜豆冰原来是属于台中的东西（木瓜牛奶也是），但不知什么时候台北也都有了——门前有一副对联，对联的字写得普普通通，内容更谈不上工整，却是情婉意贴，令人动容。

上句是：我们是来自纯朴的小乡村

下句是：要做大台北无名的耕耘者

店名就叫“无名蜜豆冰”。

台北的可爱就在各行各业间平起平坐的大气象。

永康街有一家卖面的，门面比摊子大，比店小，常在门口换广告词，冬天是“100℃的牛肉面”。

春天换上“每天一碗牛肉面，力拔山河气盖世”。

这比“日进斗金”好多了，我每看一次简直就对白话文学多生出一份信心。

有一天在剧场里遇见孟瑶，请她去喝豆浆，同车去的还有俞大纲老师和陈之藩夫人，他们都是戏剧家，很高兴地纵论地方剧，忽然，那驾驶员说：

“川剧和湖北戏也都是有帮腔的呀！”

我肃然起敬，不是为他所讲的话，而是为他说话的架势，那种与一代学者比肩谈话也不失其自信的本色。

台北的人都知道自己有讲话的份，插嘴的份。

好几年前，我想找一个洗衣兼打扫的半工，介绍人找了一位洗衣妇来。

“反正你洗完了我家也是去洗别人家的，何不洗完了就替我打扫一下，我会多算钱的。”

她小声地咕哝了一阵，介绍人郑重宣布：

“她说她不扫地——因为她的兴趣只在洗衣服。”

我起先几乎大笑，但接着不由一凛，原来洗衣服也可以是一个人认真的“兴趣”。

原来即使是在“洗衣”和“扫地”之间，人也要有其一本正经的抉择，有抉择才有自主的尊严。

带一位香港的朋友坐计程车去找一个地方，那条路特别不好找，计程车驾驶员找过了头，然后又折回来。

下车的时候，他坚持要扣下多绕了冤枉路的钱。

“是我看错才走错的，怎么能收你们的钱？”

后来死推活拉，总算用折中的办法，把争执的差额付了。香港的朋友简直看得愣住了，我觉得大有面子。

祝福那位驾驶员！

我家附近有一个卖水果的，本来卖许多种水果，后来改了，只卖木瓜，见我走过，总要说一句：

“老师，我现在卖木瓜了——木瓜专科。”

又过了一阵，他改口说：

“老师，现在更进步了，是木瓜大学了。”

我喜欢他那骄矜自喜的神色，喜欢他四个肤色润泽的活蹦乱跳的孩子——大概都是木瓜大学作育有功吧？

隔巷有位老太太，祭祀很诚，逢年过节总要上供。有一天，我经过她设在门口的供桌，大吃一惊，原来她上供的主菜竟是洋芋沙拉，另外居然还有罐头。

后来想想倒也发觉她的可爱，活人既然可以吃沙拉和罐头，让祖宗或神仙换换口味有何不可？

她的没有章法的供菜倒是有其文化交流的意义了。

从前，在中华路平交道口，总是有个北方人在那里卖大饼。我从来没有见过那种大饼整个一块到底有多大，但从边缘的弧度看来直径总超过二尺。

我并不太买那种饼，但每过几个月我总不放心地要去看一眼，我怕吃那种饼的人愈来愈少，卖饼的人会改行，我这人就是“不放心”（和平东路拓宽时，我很着急，生怕师大当局一时兴起，把门口那开满串串黄花的铁刀木砍掉，后来一探还在，高兴得要命）。

那种硬硬厚厚的大饼对我而言差不多是有生命的，北方黄土高原上的生命，我不忍看它在中华路上慢慢绝种。

后来不知怎么搞的，忽然满街都在卖那种大饼，我安心了，真可爱，真好，有一种东西暂时不会绝种了！

华西街是一条好玩的街，儿子对毒蛇发生强烈兴趣的那一阵子我们常去。我们站在毒蛇店门口，一家一家地去看那些百步蛇、眼镜蛇、雨伞蛇……

“那条蛇毒不毒？”我指着一条又粗又大的问店员。

“不被咬到就不毒！”

没料到是这样一句回话，我为之暗自惊叹不已。其实，世事皆可作如是观，有浪，但船没沉，何妨视作无浪，有陷阱，但人未失足，何妨视作坦途。

我常常想起那家蛇店。

有一天在一家公司的墙上看到这样一张小纸条：

“请随手关灯，节约能源，支援十大建设。”

看了以后，一下子觉得十大建设好近好近，好像就是家里的事，让人觉得就像自家厨房里添抽风机或浴室里要添热水炉，或饭厅里要添冰箱的那份热闹亲切的喜气——有喜气就可以省着过日子，省得扎实有希望。

为了整修“我们咖啡屋”，我到八斗子渔港去买渔网，渔网是棉纱的，用山上采来的一种植物染成赭红色，现在一般都用尼龙的了，那种我想要的老式的棉纱渔网已成古董。

终于找到一家有老渔网的，他们也是因为舍不得，所以许多年来一直没丢，谈了半天他们决定了价钱：

“二角三!”

二角三就是二千三百的意思，我只听见城里市面上的生意人把一万说成一块，没想到在偏僻的八斗子也是这样说的。大家说到钱的时候，全都不当回事，总之是大家都有钱了，把一万元说成一块钱的时候，颇有那种偷偷地志得意满而又谦逊不露的劲头。

有一阵子，我的公交月票掉了，还没有补办好再买的手续以前，我只好每次买票——但是因为平时没养成那份习惯，每看见车来，很自然地跳上去了，等发现自己没有月票，已经人在车上了。

这种时候，车掌多半要我就便在车上跟其他乘客买票——我买了，但等我付钱时那些卖主竟然都说：“算了，不要钱了。”一次犹可，连着几次都是这样，使我着急起来，那么多好人，令人“无所逃于天地之间”，长此以往，我岂不成了“免费乘车良策”的发明人了，老是遇见好人也真是让人非常吃不消的事。

我的月票始终没去补办，不过却幸运地被捡到的人辗转寄回来了，我可以高高兴兴地不再受惠于人了——不过偶然想起随便在车上都能遇见那么多肯“施惠于人”的好人，可见好人倒也不少，台北究竟还是个适合人住的地方。

在一家最大规模的公立医院里，看到一个牌子，忍不住笑了起来，那牌子上这样写着：“禁止停车，违者放气。”

我说不出的喜欢它!

老派的公家机关，总不免摆一下衙门脸，尽量在口气上过官瘾，碰到这种情形，不免要说“违者送警”或“违者法办”。

美国人比较干脆，只简简单单地两个大字“No Parking”——“勿停”。

但口气一简单就不免显得太硬。

还是"违者放气"好，不凶霸不懦弱，一点不涉于官方口吻，而且憨直可爱，简直有点孩子气的作风——而且想来这办法绝对有效。

有个朋友姓李，不晓得走路的习惯是偏于内八字或外八字——总之，他的鞋跟老是磨得内外侧不一样厚。

他偶然找到一个鞋匠，请他换鞋跟，很奇怪的，那鞋匠注视了一下，居然说："不用换了，只要把左右互调一下就是了，反正你的两块鞋跟都还有一半是好用的！"

朋友大吃一惊，好心劝告他这样处处替顾客打算，哪里有钱赚，他却也理直气壮：

"该赚的才赚，不该赚的就不赚——这块鞋底明明还能用。"

朋友刮目相看，然后试探性地问他：

"为政府做了一辈子事，退了役还得补鞋，政府真对不起你。"

"什么？人人要这样一想还得了，其实只有我们对不起政府，政府哪有什么对不起我们的。"

朋友感动不已，嗫嗫嚅嚅地表示要送他一套旧西装（他真的怕会侮辱他），他倒也坦然接受了。

不知为什么，朋友说这故事给我听的时候，我也不觉得陌生，而且真切得有如今天早晨我才看过那老鞋匠似的。

有一次在急诊室看医生急救病人，病人已经昏迷了，氧气罩也没用了，医生狠劲地用一个类似皮球的东西往里面压缩氧气。

至少是呼吸系统有毛病。

两个医生轮流压，像打仗似的。

渐渐地，他清醒了，但仍说不出话来，医生只好不断发问来让他点头摇头，大概问十几个问题才碰得上一个点头的答案。

他是在路上发病的，一个亲人也没有，送他来的是一个不相干的人。

后来发现他可以写字——虽然他眼睛一直是闭着的。

医生问他的病史，问他是不是服过某些成药，问他现在的感觉，忽然，那医生惊喜地叫了一声：

“写下去，写下去，再写！你写得真好——哎，你的字好漂亮。”

整个的急救的过程，我都一面看一面佩服，但是当他用欢呼的声音去赞美那病人不成笔画的字的时候，我却为之感动得哽咽起来。

病人果真一路写下去。

也许那病人想起了什么，虽然闭着眼睛，躺在床上仰面而写，手是从生死边缘被救回来的颤抖不已的手——但还有人在赞美他的字！也许是颜体的，也许是柳体，也许什么都不是，只是一个活着的人写的字，可贵的是此刻他的字是“被赞美的字”。

那医生救人的技能来自课本，但他赞美病人的字迹却来自智慧和爱心，后者更足以使整个的急救室像殿堂一样地神圣肃穆起来。

有一位父执辈，颇有算八字的癖好，谁家有了刚生的孩子，他总要抢来时辰，免费服务一番——那是他难得的实习机会。

算久了，他倒有一个发现，现代孩子的命普遍都比老一辈好，他又去找同道证实，得到的结论也都一样，他于是很高兴，说：

“国运一定是好的了，要不是国运好，哪有那么多命好的孩子。”

我自己完全不知道八字是怎么一回事，但听到他的话仍不免欢欣雀跃，甚至肃然起敬——为那些一面在排着神秘的八字一面又不忘忧心国事的人。

在澄清湖的小山上爬着，爬到顶，有点疑惑不知该走哪一条路回去，问道于路旁的一个老兵。

那人简直不会说话得出奇，他说：

“看到路——就走，看到路——就走，再看到路——再走，就到了。”

我心里摇头不已，怎么碰到这么呆的指路人！

赌气回头自己走，倒发现那人说的也没错，的确是“看到路——就走”，渐渐地，也能咀嚼出一点那人言语中的诗意来，天下事无非如此，“看到路——就走”，哪有什么一定的金科玉律，一部二十五史岂不是有路就走——没有路就开路，原来万物的事理是可以如此简单明了——简单明了得有如呆人的一句呆话。

西谚说，把幸运的人丢到河里，他都能口衔宝物而归，我大概也是幸运的人，生活在这座城里，虽也有种种倒霉事，但奇怪的是，我记得住的而且在心中把玩不已的全是这些可爱的片断！这些从生活的渊泽里捞起来的种种不尽的可爱。

我喜欢

我喜欢活着，生命是如此地充满了愉悦。

我喜欢冬天的阳光，在迷茫的晨雾中展开。我喜欢那份宁静淡远，我喜欢那没有喧哗的光和热，而当中午，满操场散坐着晒太阳的人，那种原始而纯朴的意象总深深地感动着我的心。

我喜欢在春风中踏过窄窄的山径，草莓像精致的红灯笼，一路殷勤地张结着。我喜欢抬头看树梢尖尖的小芽儿，极嫩的黄绿色中透着一派天真的粉红——它好像准备着要奉献什么，要展示什么。那柔弱而又生意盎然的风度，常在无言中教导我一些最美丽的真理。

我喜欢看一块平平整整、油油亮亮的秧田。那细小的禾苗密密地排在一起，好像一张多绒的毯子，是集许多翠禽的羽毛织成的，它总是激发我想在上面躺一躺的欲望。

我喜欢夏日的永昼，我喜欢在多风的黄昏独坐在傍山的阳台上。小山谷里的稻浪推涌，美好的稻香翻腾着。慢慢地，绚丽的云霞被浣净了，柔和的晚星遂一一就位。我喜欢观赏这样的布景，我喜欢坐在那舒服的包厢里。

我喜欢看满山芦苇，在秋风里凄然地白着。在山坡上，在水边上，美得那样凄凉。那次，刘告诉我他在梦里得了一句诗：“雾树芦花连江白”。意境是美极了，平仄却很拗口。想凑成一首绝句，却又不忍心改它。想联成古风，又苦再也吟不出相当的句子。至今那还只是一句诗，一种美而孤立的意境。

我也喜欢梦，喜欢梦里奇异的享受。我总是梦见自己能飞，能跃过山丘和小河。我总是梦见奇异的色彩和悦人的形象。我梦见棕色的骏马，发亮的鬃毛在风中飞扬。我梦见成群的野雁，在河滩的丛草中歇宿。我梦见荷花海，完全没有边际，远远在炫耀着模糊的香红——这些，都是我平日不曾见过的。最不能忘记那次梦见在一座紫色的山峦前看日出——它原来必定不是紫色的，只是翠岚映着初升的红日，遂在梦中幻出那样奇特的山景。

我当然同样在现实生活里喜欢山，我办公室的长窗便是面山而开的。每次当窗而坐，总沉得满几尽绿，一种说不出的柔和。较远的地方，教堂尖顶的白色十字架在透明的阳光里巍立着，把蓝天撑得高高的。

我还喜欢花，不管是哪一种。我喜欢清瘦的秋菊，浓郁的玫瑰，孤洁的百合，以及幽闲的素馨。我也喜欢开在深山里不知名的小野花。十字形的、斛形的、星形的、球形的。我十分相信上帝在造万花的时候，赋给它们同样的尊荣。

我喜欢另一种花儿，是绽开在人们笑颊上的。当寒冷早晨我在巷子里，对门那位清癯的太太笑着说："早!"我就忽然觉得世界是这样的亲切，我缩在皮手套里的指头不再感觉发僵，空气里充满了和善。

当我到了车站开始等车的时候，我喜欢看见短发齐耳的中学生，那样精神奕奕的，像小雀儿一样快活的中学生。我喜欢她们美好宽阔而又明净的额头，以及活泼清澈的眼神。每次看着她们老让我想起自己，总觉得似乎我仍是她们中间的一个，仍然单纯地充满了幻想，仍然那样容易受感动。

当我坐下来，在办公室的写字台前，我喜欢有人为我送来当天的信件。我喜欢读朋友们的信，没有信的日子是不可想象的。我喜欢读弟弟妹妹的信，那些幼稚纯朴的句子，总是使我在泪光中重新看见南方那座燃遍凤凰花的小城。最不能忘记那年夏天，德从最高的山上为我寄来一片蕨类植物的叶子。在那样酷暑的气候中，我忽然感到甜蜜而又沁人的清凉。

我特别喜爱读者的信件，虽然我不一定有时间回复。每次捧读这些信件，总让我觉得一种特殊的激动。在这世上，也许有人已透过我看见一些东西。这不就够了吗？我不需要永远存在，我希望我所认定的真理永远存在。

我把信件分放在许多小盒子里，那些关切和怀谊都被妥善地保存着。

除了信，我还喜欢看一点书，特别是在夜晚，在一灯茕茕之下。我不是一个十分用功的人，我只喜欢看词曲方面的书。有时候也涉及一些古拙的散文，偶然我也勉强自己看一些浅近的英文书，我喜欢他们文字变化的活泼。

夜读之余，我喜欢拉开窗帘看看天空，看看灿如满园春花的繁星。我更喜欢看远处山坳里微微摇晃的灯光。那样模糊，那样幽柔，是不是那里面也有一个夜读的人呢？

在书籍里面我不能自抑地要喜爱那些泛黄的线装书，握着它就觉得握着一脉优美的传统，那涩黯的纸面蕴含着一种古典的美。我很自然地想到，有几个人执过它，有几个人读过它。他们也许都过去了。历史的兴亡、人物的迭代本是这样虚幻，唯有书中的智慧永远长存。

我喜欢坐在汪教授家中的客厅里，在落地灯的柔辉中捧一本线装的昆曲谱子。当他把旧得发亮的褐色笛管举到唇边的时候，我就开始轻轻地按着板眼唱起来，那柔美幽咽的水磨调在室中低回着，寂寞而空荡，像江南一池微凉的春水。我的心遂在那古老的音乐中体味到一种无可奈何的轻愁。

我就是这样喜欢着许多旧东西，那块小毛巾，是小学四年级参加儿童周刊父亲节征文比赛得来的。那一角花岗石，是小学毕业时和小曼敲破了各执一半的。那具布娃娃是我儿时最忠实的伴侣。那本毛笔日记，是七岁时被老师逼着写成的。那两支蜡烛，是我过二十岁生日的时候，同学们为我插在蛋糕上的……我喜欢这些财富，以至每每整个晚上都在痴坐着，沉浸在许多快乐的回忆里。

我喜欢翻旧相片，喜欢看那个大眼睛长辫子的小女孩。我特别喜欢坐在摇篮里的那张，那么甜美无忧的时代！我常常想起母亲对我说："不管你们将来遭遇什么，总是回忆起来，人们还有一段快活的日子。"是的，我骄傲，我有一段快活的日子——不只是一段，我相信那是一生悠长的岁月。

我喜欢把旧作品一一检视，如果我看出以往作品的缺点，我就高兴得不能自抑——我在进步！我不是在停顿！这是我最快乐的事了，我喜欢进步！

我喜欢美丽的小装饰品，像耳环、项链和胸针。那样晶晶闪闪的、细细微微的、奇奇巧巧的。它们都躺在一个漂亮的小盆子里，炫耀着不同的美丽，我喜欢不时看看它们，把它们佩在我的身上。

我就是喜欢这么松散而闲适的生活，我不喜欢精密的分配的时间，不喜欢紧张地安排节目。我喜欢许多不实用的东西，我喜欢充足的沉思时间。

我喜欢晴朗的礼拜天清晨，当低沉的圣乐冲击着教堂的四壁，我就忽然升入另一个境界，没有纷扰，没有战争，没有嫉恨与恼怒。人类的前途有了新光芒，那种确切的信仰把我带入更高的人生境界。

我喜欢在黄昏时来到小溪旁。四顾没有人，我便伸足入水——那被夕阳照得极艳丽的溪水，细沙从我趾间流过，某种白花的瓣儿随波飘去，一会儿就幻灭了——这才发现那实在不是什么白花瓣儿，只是一些被石块激起来的浪花罢了。坐着，坐着，好像天地间流动着和暖的细流。低头沉吟，满溪红霞照得人眼花，一时简直觉得双足是浸在一钵花汁里呢！

我更喜欢没有水的河滩，长满了高及人肩的蔓草。日落时一眼望去，白石不尽，有着苍莽凄凉的意味。石块垒垒，把人心里慷慨的意绪也堆叠起来了。我喜欢那种情怀，好像在峡谷里听人喊秦腔，苍凉的余韵回转不绝。

我喜欢别人不注意的东西，像草坪上那株没有人理会的扁柏，那株瑟缩在高大龙柏之下的扁柏。每次我走过它的时候总要停下来，嗅一嗅那股儿清香，看一看它谦逊的神气。有时候我又怀疑它是不是谦逊，因为也许它根本不觉得龙柏的存在。又或许它虽知道有龙柏存在，也不认为伟大与平凡有什么两样——事实上伟大与平凡的确也没有什么两样。

我喜欢朋友，喜欢在出其不意的时候去拜访他们。尤其喜欢在雨天去叩湿湿的大门，在落雨的窗前话旧真是多么美，记得那次到中部去拜访芷的山居，我永不能忘记她看见我时的惊呼。当她连跑带跳地来迎接我，山上阳光就似乎忽然炽燃起来了。我们走在向日葵的荫下，慢慢地倾谈着。那迷人的下午像一阕轻快的曲子，一会儿就奏完了。

我极喜欢，而又带着几分崇敬去喜欢的，便是海了。那辽阔，那淡远，都令我心折。而那雄壮的气象，那平稳的风范，以及那不可测的深沉，一直向人类作着无言的挑战。

我喜欢家，我从来还不知道自己会这样喜欢家。每当我从外面回来，一眼看到那窄窄的红门，我就觉得快乐而自豪，我有一个家，多么奇妙！

我也喜欢坐在窗前等他回家来。虽然过往的行人那样多，我总能分辨他的足音。那是很容易的，如果有一个脚步声，一入巷子就开始跑，而且听起来是沉重急速的大阔步，那就准是他回来了！我喜欢他把钥匙放进门锁中的声音，我喜欢听他一进门就喘着气喊我的英文名字。

我喜欢晚饭后坐在客厅里的时分。灯光如纱，轻轻地撒开。我喜欢听一些协奏曲，一面捧着细瓷的小茶壶暖手。当此之时，我就恍惚能够想象一些田园生活的悠闭。

我也喜欢户外的生活，我喜欢和他并排骑着自行车，当礼拜天早晨我们一起赴教堂的时候，两辆车子便并驰在黎明的道上，朝阳的金波向两旁溅开，我遂觉得那不是一辆脚踏车，而是一艘乘风破浪的飞艇，在无声的欢唱中滑行。我好像忽然又回到刚学会骑车的那个年龄，那样兴奋，那样快活，那样唯我独尊——我喜欢这样的时光。

我喜欢多雨的日子。我喜欢对着一盏昏灯听檐雨的奏鸣。细雨如丝，如一天轻柔的叮咛。这时候我喜欢和他共撑一柄旧伞去散步。伞际垂下晶莹成串的水珠——一幅美丽的珍珠帘子。于是伞下开始有我们宁静隔绝的世界，伞下缭绕着我们成串的往事。

我喜欢在读完一章书后仰起脸来和他说话，我喜欢假想许多事情。

“如果我先死了，”我平静地说着，心底却泛起无端的哀愁，“你要怎么样呢?”

“别说傻话，你这憨孩子。”

“我喜欢知道，你一定要告诉我，如果我先死了，你要怎么办?”

他望着我，神色愀然。

“我要离开这里，到很远的地方去，去做什么，我也不知道，总之，是很遥远的很蛮荒的地方。”

“你要离开这屋子吗?”我急切地问，环视着被布置得像一片紫色梦谷的小屋。我的心在想象中感到一种剧烈的痛楚。

“不，我要拼着命去赚很多钱，买下这栋房子。”他慢慢地说，声音忽然变得凄怆而低沉：

“让每一样东西像原来那样被保持着。哦，不，我们还是别说这些傻话吧!”

我忍不住潸泪泫然了，我不明白，为什么我喜欢问这样的问题。

“哦，不要痴了，”他安慰着我，“我们会一起死去的。想想，多美，我们要相偕着去参加天国的盛会呢!”

我喜欢相信他的话，我喜欢想象和他一同跨入永恒。

我也喜欢独自想象老去的日子，那时候必是很美的。就好像夕晖满天的景象一样。那时再没有什么可争夺的，可流连的。一切都淡了，都远了，都漠然无介于心了。那时候智慧深邃明彻，爱情渐渐醇化，生命也开始慢慢蜕变，好进入另一个安静美丽的世界。啊，那时候，当我抬头看到精金的大道，碧玉的城门，以及千万只迎我的号角，我必定是很激励而又很满足的。

我喜欢，我喜欢，这一切我都深深地喜欢！我喜欢能在我心里充满着这样多的喜欢！

描 容

一

有一次，和朋友约好了搭早晨七点的车去太鲁阁公园管理处。不料闹钟失灵，醒来时已经七点了。

我跳起来，改去搭飞机，及时赶到。管理处派人来接，但来人并不认识我，于是先到的朋友便七嘴八舌把我形容一番：

“她信基督教。”

“她是写散文的。”

“她看起来好像不紧张，其实，才紧张呢！”

形容完了，几个朋友自己也相顾失笑，这么一堆抽象的说词，叫那年轻人如何在人堆里把要接的人辨认出来？

事后，他们说给我听，我也笑了，一面佯怒，说：

“哼，朋友一场，你们竟连我是什么样子也说不出来，太可恶了。”

转念一想，却也有几分惆怅——其实，不怪他们，叫我自己来形容我自己，我也一样不知从何说起。

二

有一年，带着稚龄的小儿小女全家去日本，天气正由盛夏转秋，人到富士山腰，租了匹漂亮的栗色大马去行山径。低枝拂额，山鸟上下，“随身听”里播着新买来的“三弦”古乐。抿一口山村自酿的葡萄酒，淡淡的红，淡淡的芬芳……蹄声得得，旅途比预期的还要完美……

然而，我在一座山寺前停了下来，那里贴着一张大大的告示，由不得人不看。告示上有一幅男子的照片，奇怪的是那日文告示，我竟也大致看明白了。它的内容是说，两个月前有个六十岁的男子登山失踪了，他身上靠腹部地方因为动过手术，有条十五厘米长的疤口，如果有人发现这位男子，请通知警方。

叫人用腹部的疤来辨认失踪的人，当然是假定他已是尸体了。否则凭名字相认不就可以了吗？

寺前痴立，我忽觉大恸，这座外形安详的富士山于我是闲来的行脚处，于这男子却是残酷的埋骨之地啊！时乎，命乎，叫人怎么说呢？

而真正令我悲伤的是，人生至此，在特征栏里竟只剩下那么简单赤裸的几个字：“腹上有十五厘米长的疤痕”！原来人一旦撒手了，所有人间的形容词都顿然失效，所有的学历、经验、头衔、土地、股票持份或功勋伟绩全都不相干了，真正属于此身的特点竟可能只是一记疤痕或半枚蛀牙。

山上的阳光淡寂，火山地带特有的黑土踏上去松软柔和，而我意识到山的险巇。每一转折都自成祸福，每一岔路皆隐含杀机。如我一旦失足，则寻人告示上对我的形容词便没有一句会和我平生努力以博得的成就有关了。

我站在寺前，站在我从不认识的山难者的寻人告示前，黯然落泪。

三

所有的“我”，其实不都是一个名词吗？可是我们是复杂而又噜苏的人类，我们发明了形容词——只是我们在形容自己的时候却又忽然词穷。一个完完整整的人，岂是能用三言两语胡乱描绘的？

对我而言，做小人物并没什么不甘，却有一项悲哀，就是要不断地填表格，不断把自己纳入一张奇怪的方方正正的小纸片。你必须不厌其烦地告诉人家你是哪年生的，生在哪里，生日是哪一天，（奇怪，我为什么要告诉他我的生日呢？他又不送我生日礼物。）家住哪里，学历是什么，身份证号码几号，护照号码几号，几月几日在哪里签发的，公保证号码几号。好在我颇有先见之明，从第一天起就把身份证和护照号码等一概背得烂熟，以便有人要我填表时可以不经思索熟极而流。

然而，我一面填表，一面不免想“我”在哪里啊？我怎会在那张小小的表格里呢？我填的全是些不相干的资料啊！资料加起来的总和并不是我啊！

尤其离奇的是那些大张的表格，它居然要求你写自己的特长，写自己的语文能力，自己的缺点……奇怪，这种表格有什么用呢？你把它发给梁实秋，搞不好，他谦虚起来，硬是只肯承认自己“粗通”英文，你又如何？你把它发给甲级流氓，难道他就承认自己的缺点是“爱杀人”吗？

我填这些形容自己的资料也总觉不放心。记得有一次填完“缺点”以后，我干脆又慎重地加上一段：“我填的这些缺点其实只是我自己知道的缺点，但既然是知道的缺点，其实就不算是严重的缺点。我真正的缺点一定是我不知道或不肯承认的。所以，严格地说，我其实并没有能力写出我的缺点来。”

对我来说，最美丽的理想社会大概就是不必填表的社会吧！那样的社会，你一个人在街上走，对面来了一位路人，他拦住你，说：

“咦？你不是王家老三吗？你前天才过完三十九岁生日是吧？我当

然记得你生日，那是元宵节前一天嘛！你爸爸还好吗？他小时顽皮，跌过一次腿，后来接好了，现在阴天犯不犯痛？不疼？啊，那就好。你妹妹嫁得还好吧？她那丈夫从小就不爱说话，你妹妹叽叽呱呱的，配他也是老天爷安排好的，她耳朵上那个耳洞没什么吧？她生出来才一个月，有一天哭个不停，你嫌烦，找了根针就去给她扎耳洞，大人发现了，吓死了，要打你，你说因为听说女人扎了耳洞挂了耳环就可以出嫁了，她哭得人烦，你想把她快快扎了耳洞嫁掉算了！你说我怎么知道这些事，怎么不知道？这村子上谁家的事我不知道啊？……”

那样的社会，人人都知道别家墙角有几株海棠，人人都熟悉对方院子里有几只母鸡，表格里的那一堆资料要它何用？

其实小人物填表固然可悲，大人物恐怕也不免此悲吧？一个刘彻，他的一生写上十部奇情小说也绰绰有余。但人一死，依照谥法，也只落一个汉武帝的“武”字，听起来，像是这人只会打仗似的。谥法用字历代虽不太同，但都是好字眼：像那个会说出“何不食肉糜?”的皇帝，死后也混到个“惠帝”的谥号。反正只要做了皇帝，便非“仁”即“圣”，非“文”即“武”，非“睿”即“神”……做皇帝做到这样，又有什么意思呢？长长的一生，最后只剩下一个字，冥冥中仿佛有一排小小的资料夹，把汉武帝跟梁武帝放在一个夹子里，把唐高宗和清高宗做成编类相同的资料卡。

悲伤啊，所有的“我”本来都是“我”，而别人却急着把你编号归类——就算是皇帝，也无非放进镂金刻玉的资料夹里去归类吧！

相较之下，那惹人訾议的武则天女皇就佻多了。她临死之时嘱人留下“无字碑”。以她当时身为母后的身份而言，还会没有当朝文人来谀墓吗？但她放弃了。年轻时，她用过一个名字来形容自己，那是“曌”（读作“照”），是太阳、月亮和晴空。但年老时，她不再需要任何名词，更不需要形容词。她只要简简单单地死去，像秋来喑哑萎落的一只夏蝉，不需要半句赘词来送终。她赢了，因为不在乎。

四

而茫茫大荒，漠漠今古，众生平凡的面目里，谁是我，我又复是谁呢？我们却是在乎的。

明传奇《牡丹亭》里有个杜丽娘，在她自知不久于人世之际，一意挣扎而起，对着镜子把自己描绘下来，这才安心去死。死不足惧，只要能留下一副真容，也就扳回一点胜利。故事演到后面，她复活了，从画里也从坟墓里走了出来，作者似乎相信，真切地自我描容，是令逝者能永存的唯一手法。

米开朗基罗走了，但我们从圣母垂眉的悲悯中重见五百年前大师的哀伤。而整套完整的儒家思想，若不是以仲尼站在大川上的那一声“逝者如斯夫！不舍昼夜。”的长叹作底调，就显得太平板僵直，如道德教条了。一声轻轻的叹息，使我们惊识圣者的华颜。那企图把人间万事都说得头头是道的仲尼，一旦面对巨大而模糊的“时间”对手，也有他不知所措的悸动！那声叹息于我有如两千五百年前的录音带，至今音纹清晰，声声入耳。

艺术和文学，从某一个角度看，也正是一个人对自己的描容吧？而描容者是既喜悦又悲伤的，他像一个孩子，有点“人来疯”，他急着说：

“你看，你看，这就是我，万古宇宙，就只有这么一个我啊！”

然而诗人常是寂寞的——因为人世太忙，谁会停下来听你说“我”呢？

马来西亚有个古旧的小城叫“马六甲”，我在那城里转来转去，为五百年来中国人走过的脚步惊喜叹服。正午的时候，我来到一座小庙。

然而我不见神明。

“这里供奉什么神？”

“你自己看。”带我去的人笑而不答。

小巧明亮的正堂里，四面都是明镜，我瞻顾，却只见我自己。

“这庙不设神明——你想来找神，你只能找到自身。”

只有一个自身，只有一个一空依傍的自我，没有莲花座，没有祥云，只有一双踏遍红尘的鞋子，载着一个长途役役的旅人走来，继续向大地叩问人间的路径。

好的文学艺术也恰如这古城小庙吧？香客在环顾时，赫然于镜鉴中发现自己，见到自己的青青眉峰，盈盈水眸，见到如周天运行生生不已的小宇宙——那个“我”。

某甲在画肆中购得一幅大大的弥天盖地的“泼墨山水”，某乙则买到一张小小的意态自足的“梅竹双清”，问者问某甲说：“你买了一幅山水吗?”某甲说：“不是，我买的是我胸中的丘壑。”问者转问某乙：“你买了一幅梅竹吗?”某乙回答说：“不然，我买的是我胸中的逸气。”描容者可以描摹自我的眉目，肯买货的人却只因看见自家的容颜。

我会念咒

一

我会念咒，只会一句。

我原来也不知道，是偶然间发现的。一向，咒语都是由谁来念诵呢？故事里是由巫婆或道士来念，他们有时是天生就会，有时是跟人学来的，咒语多半烦难冗长，令人望而生畏。

我会咒语而竟不自知，想来是自己天生会的。

我会的那句咒语很简单，总共只有四个字，连小孩都能立刻学会，那四个字是："我好快乐！"

如果翻成英文，也是四个字："I am so happy!"

二

这样的咒语虽不能让撒出手的豆子变成兵，让纸剪的马儿真的可骑可乘可供驱驰，让钵子里的钱永远掏用不完，或让别人水果摊上的水梨都到我的树枝上来供我之用。

可是，它却有茅山道士的大法力，它可以助我穿墙。什么墙？砖墙？水泥墙？铜墙？铁壁？都不是，而是悲伤之墙，是倦怠之墙，是愤懑怨怒之墙，是遭到割伤烫伤斫伤泼伤之际的自伤之墙，是心灰意冷情摧泪尽的沮丧之墙，是自认为我已心竭力怯万劫不复的绝望之墙……

三

大约是两年前吧？有一天，奔波了一整天，到黄昏时才回家，把车在巷子里停好，车窗尚未关上，我不自觉地大叹了一声："啊！我好快乐！"

当时车停在公园旁，隔着矮矮的灌木丛，有一个背对我垂头而坐的男人听到我说话，他猛地坐直身子回望我一眼，我这才发现半公尺之外有人听到我最幽微的内心语言。那一眼令我难忘，隔着打开的车窗，我看到那其中有惊吓，在这都市里怎会有一个女人在作如此诡异的宣告？也许也有愤怒，世道如今都成了什么样子了，你还有本事快乐！也许有不可置信，什么？快乐这种东西还存在着吗？也许是悲悯，这女子难道疯了吗？

我当时有点惭愧，然后，我发觉，我爱念这句咒语已经很久了，平常没有人听见，我也不自觉，今天被人发现又被人回头看了一眼，才觉得这句话真有点怪异。

那老男人站起来，在暮色中踽踽离去了。他是被吓到的吗？

四

其实，我很想追上那人，对他说：

老先生，你刚才听到我说的那句话，既是真的，也是阱的。我其实大病初愈，身心俱疲。我其实忧时忧世不认为这粒地球有什么光明的前途。我事实上一想及那些优美深沉馥郁绵恒的传统正遭人像处理病死猪一般泼毒且掩埋，就恨不得放声恸哭，与人一决……但此刻，我奔波了一天，不管我所恳求的，所呼吁的，所叮嘱的，所反复申诉的被接受了或被拒绝了，上帝啊，毕竟我已尽力了。天黑了，我回家了，我如此渺小，赐我今夕热食热汤，赐我清爽的沐浴，赐我一枕酣睡。

为此，我好快乐。

能尽心竭力，我好快乐。

能为心爱的道统传承来辛苦或受辱，这并不是每一个人可享有的权利，所以，我好快乐。

如果我悲苦，那也是上天看得起我，容许我忍此悲辛荼苦，我为配忍此苦楚而要说一句：

我好快乐。

我好快乐，因为我能说“我好快乐”，这是我的快乐咒，其言有大法力，助我穿墙直行，披靡天涯，虽然也许早已撞得鼻青脸肿，而不自知。

在 D 车厢

（1）无声

十年前，2005 年，全家四人去了一趟英国，为了省钱，也为了喜欢，我们选择火车作为交通工具。

我爱火车，虽然并没有爱到像某些人那种成痴成狂的程度，但“火车”好像常跟重大记忆相绑，不像搭公共汽车，坐完了就忘了。生命里的“要事”如逃难，或北上就学，都是坐火车去的，我难免对火车有一份特殊情感。

英国火车干净准时，座位敞亮，不豪奢却舒服，乘客看来也都彬彬有礼，连车站也很好——而所谓好，就是车站里面该有的就有，不该有的就没有——虽然，那一年发生了可怕的国王车站的屠杀案，我还是不改初衷深爱英国火车。

但我真正爱英国火车其实另有一个奇特的缘由，原来在它一截一截一截一截的绵长承载里，制度上竟然会划出一节“D 车厢”。这节 D 车厢乍望之也并不特别，不料它却有一条比法律还有效的规定，这条规定便是：

“凡选择坐在此车厢的乘客，一律不许发出声音。”

呀！不准跟同行的人聊天，不准听音乐，不准打手机，这简直像天主教的“避静”，又像佛教在“打禅七”。不过，却不禁止你跟白云打手语，向田野上的一捆一捆的干草垛举手致敬，或者跟淙淙流过的小沟小溪暗通款曲，甚至一厢情愿地跟横空而过的鸟群眉目传情，或者低头写一首诗——翻动纸张所造成的窸窣声下在噪音禁止之列。

我们于是选择买D车厢的票。

（2）没有生活的小锉刀来锉你

如果世界上每个城市都有火车，如果每列火车都设有一节D车厢，如果载着我的不止是车轮车轨，也是幸福的D式的无边的祥宁安静——那，真是多么好的事啊！

火车，是英国人的发明，此事好像应该要大大佩服一番——不过，不知怎么的，我好像也不觉得这事十分了不起。

比较了不起的应是火车之前的蒸汽机的发明，更令人惊心动魄的则是有了火车之余，整个铁路网的规划建设和经营。当然，公路和地铁和高铁和海底隧道或飞机场或航线也都各有其大创意大功力，可是，没出息如我，却单单最佩服英国火车中的D车厢的制度。

D车厢有多伟大？也不过就是不准人讲话罢了。自己一个人跑进深山里，不也就立刻拥有“宁静权”吗？可是，很难，“空山不见人，但闻人语声”，或者，“古木无人径，深山何处钟”。原来占领一个空间，不见得能霸住那个空间里的“声音权”。华人惯于聒噪热闹，所以连神明出巡，都得打着“肃静”的牌子，劝人别说话别吵闹。其实就连我们自己，也不太让自己的耳根闲着，所以即使“独坐幽篁里”，居然仍不免“弹琴复长啸”，也不知是不是为了壮胆？

这样说来，除了别人，我们自己也常是破坏安静的高手——因此，规章、制度或者默契便有其必要了。生命中多么需要用规条来维护某一小区的安谧与清寂，如D车厢。

在熙熙攘攘的人群中，坐着，不理陌生人，甚至还可以不理会自家人，D车厢是多么神奇的好地方啊！想想，为了家人，一个女人一生要说多少啰啰嗦嗦的废话啊！但此刻，你不必回答任何话，因为任何人不得提问。

家人对话，原也是好事，但在“父慈子孝兄友弟恭”之余，不免牺牲了独立深思的空间。爱因斯坦如果不断被问“水电费缴了没有?”或“奇怪呀！我的袜子怎么少了一双?”或“下礼拜王家嫁女儿我们要送多少钱?”，世上就没有《相对论》了。而此刻，在D车厢上，生活的小锉刀不会来挫你，你可以放心让思考迤逦独行，并且安心整理自己。

（3）莎小妹和苏小妹

我选择在皮包中带几张小纸片，可以随手记录一些心情。另外，则是我的老招——看书。我挑的是张秀亚译的维吉尼亚·吴尔芙的《自己的房子》，此书以前已看过两遍，此刻带它，如偕老友结伴上路。百年前的英国女作家的经典作品，能在英国的风景线上来三番阅读，真是别具滋味啊！我又刻意去了国王学院，想走走当年那片不让女人踏行的草地，并且还想在六十四年前的初春三月底（吴尔芙死于1941，距我十年前的英国之旅是六十四年），她留下遗书，在衣袋中装满沉甸甸的石头，毅然一步步走入碧涧急流，执意只求灭顶。她步履轻稳坚定，一如在作黄昏时的散步……

然而，在D车厢里，在家人在对面坐着却不准互相对话的绝对宁静里，我何等珍惜这段硬挖出来的“空白机缘”。我可以坐在字里行间和吴尔芙倾谈，理直气壮，而不受任何干扰，我们谈起女子在这个世界上的生存空间的困厄，谈男子几乎永世不得探知的女性的哀怨和窃喜……

她那有名的“如果莎士比亚有个妹妹”的假设，令人心酸复心恻，也令人想起在英国既有个“莎小妹”，我们也有个“苏小妹”，这两位“小妹”有得拼！啊，这里分明有一篇论述可以写……咦，灵感不就是在这样的定静中产生的吗？（后来，我果真写了这么一篇《莎小妹与苏小妹》的文章。）

那个奇怪的弗洛伊德，他以为女人的诸多焦虑或神经质或终日若有不足，都是因为身体上少了一具“那话儿”。唉，真是怪事啊，他那不合逻辑的脑袋难道就不能想想男人是不是因为少了子宫或阴道或乳房，才每每那么狂悖暴烈呢？

除了读吴尔芙，读旧诗也是个好主意。人在旅途，厚籍大册带了会累垮人，行囊只宜放它轻轻薄薄一二册书。诗集，如心灵世界中的行军干粮，又如乳酪或牛肉干，浓缩紧致，美的密度比较高，耐得咀嚼也耐得饥——但诗集也只合在D车厢读，如果搭乘的是聒噪的游览车，导游下死劲努力劝人唱歌、讲笑话，他自己也努力让众人耳根不得一秒钟清静，他甚至认为必须如此这般，才庶几无愧于其神圣的职守。可怜你正想着如何把一句李贺的驰想兑化成现代诗，那边却冒出一堆“插嘴”的人，插科打诨，不一而足。在台湾，为了宣示族群平等，许多车厢中会“自动”跳出四种广播语言（三种华语，外加一段英语）告诉你“台中到了”。这还不打紧，有些车厢更是服务周到，他们不厌其烦地好心相劝，请每位乘客生活中务必要小心诈骗集团，不要上当了。这些公司对顾客的殷勤，真是令那些想好好阅读并思索一首唐人绝句的人欲哭无泪啊！

（4）他肚子里的故事才只说了二成

人在英国旅行，能够多想英国文学的事，身为华人，通多国语言的人不多，我们“觉得相熟”的西方作家一向就只有英国人或美国人。火车在伦敦或约克郡奔驰之际，我除了想到吴尔芙，也想到写《坎特伯里故事》的乔叟，前者是近代人，后者的书则成于1399年。我于维吉尼亚·吴尔芙除了佩服她的作品之外，别有一种幽微的悲悯和认同，原来她投水自沉之日［详细时间很难计算，因为只知吴氏“留书离家”（3月月8日）之际和“尸身浮出”（4月中）之时，这几天中她是哪一刻死去的则又是个谜，推测应是三月底］，也正是我在中国南方的浙江金华城呱呱坠地之时。

这《坎特伯里故事》也是个令我悠然意远的集子，1399，算是英国文学的滥觞期，而这个时候在中国早已是唐诗也诗过了，宋词也词过了，元代的散曲和戏曲也闹闹腾腾地曲过了。此刻早已是明朝的天下了——但用英文写的文学才刚刚起步……

大概因为文学刚开始，书法颇有草莽气息。故事从一个旅行团出发开始讲起——古代原没有什么观光旅游团可以去四处游玩，如果以中国为例，上焉者则是皇帝去泰山封禅，下焉者是官员调远或遭贬。此外，可以去天下四方乱走的则是士兵戍边或僧侣化缘以及“重利轻别离”的商人在走东闯西、买货卖货。偏偏在这堆古人中有一支队伍是“进香”或“朝圣”的，坎特伯里便是写些朝圣者在“慢慢长途”的旅行中（当时也非慢不可），各人编些故事以自娱娱人。这一开讲，便没完没了，简直要说到地老天荒。后来，作者死了，故事戛然而止。他本来计划要让30个朝圣者每人讲4个故事，一共凑成120个故事。可是，天哪，他才写了24个故事，就从自己的“人生朝圣之旅途”上消失了，书才完成1/5呢！唉，我其实多么好奇乔叟另外80%的纷纷纭纭的故事到底要说些什么呢？

故事中大部分的朝圣者当然是男性，却有修女和修道院的女院长——修女去朝圣，这事算顺理成章，这其间却冒出一个来自巴斯地的大姐头，在书中她就叫巴斯妇人。

（5）遇见我冥想中的巴斯妇人，在无声的D车厢

因为D车厢的凝定闲静，我遂想着这位妇人，和她的故事，当时，700年前，春天乍到，她将故事坦坦白白地道来……

这D车厢，只因为它是人类声音的禁区，我因而可以好好想一些平常少碰的事情，例如——女性议题。

《坎特伯里故事》的作者乔叟本是个说故事的高手，他最有趣的地方在于他先写活了朝圣团中的各色成员，然后才请他们各自开口说故事，像巴斯妇人，她“自报家门”的段落，长到比故事还长两倍呢！甚

至还比她讲的故事更精彩更劲爆。

在中国，好像不容有巴斯妇人那种女人，她美丽、肉感，敢做，而且做完还敢直说。中国这种女人如果有，也只能寄身江湖做个大姐头，时不时发声宣布自己：

“哼！老娘胳臂上好跑马！”

巴斯妇人五嫁，并且还很自豪，因为前三位丈夫都由她荣任“高酬收尸队”。她投资短短几年光阴，竟然连赌连赢，赚到三份丰厚的遗产，她真是克夫的高手啊！而且，她似乎还家学渊源，她的老妈也满腹经纶，知道如何操纵男人。

有了钱，她不再受委屈自己去再嫁“老夫”了，她开始嫁“少夫”。少夫当然也有少夫的麻烦，第四个丈夫虽不老，也在她某次朝圣远游时在家里“自行殒灭”了。不过截至说故事的那个春天，她在大打出手几个回合之后，虽然被打到耳聋，但却终于让她在第五任期中占了上风，搞定了比她小二十岁的丈夫，简直是莎剧《驯悍记》的反面版本。

巴斯妇人如果生在今天，大概是个“妇运分子”。她也可能走商业路线，到处演讲，传授“理财”和“御夫”两种高科技而名利双收。

巴斯妇人虽粗俗彪悍，但口条清畅有理，论事引经据典，俨然大家风范，想来那五个丈夫也不是白嫁的，除了捞了些银子，也让她见多识广，成了个“上得了台面的人物”。

意大利的《十日谈》虽也是集众人之口来说故事，但那些说故事的人都是些小姐少爷。他们为了逃避瘟神，躲在乡下别墅度假，日子比较闲适，谈吐比较优雅，不像坎特伯里故事中的叙事者节奏较明快，且颇多市井气息。

巴斯妇人讲的故事，至今仍算个话题。话说有个骑士，独行荒郊野外，忽遇孤身少女，他一时欲令智昏，犯了江湖大忌，跑去“性侵”少女。事情闹出来，亚瑟王认为败了骑士门风，兹事体大，断他死刑。不料皇后出面，（皇后竟然是700年前英国“废死联盟”的首任主席呢！真是失敬！）亚瑟王乐得顺水推舟，就把“骑士案”转给皇后去发落。

皇后于是给他出了一个题目，要他出外一年（为了示恩，另外宽加一天），去找寻一个“放之四海而皆准”的答案。答案如果经众贵妇同意，则可以免死。

那问题是什么呢？问题是：

“世上的女人，她们心里一致最想要的是什么？”

骑士于是策马上路，俨然成立了“一人组”的“民调公司”。麻烦的是，答案因人而异，有的说是钱，有的说是华服、性、奉承、信任，有的甚至认为丈夫早死为妙……

行行重行行，半年已过，他必须遵守誓言折回头去向皇后复命了。但答案至今找不出来，依约仍旧必须砍头，心中不免怏怏。他走着走着，不意在森林深处碰见一位老丑的婆婆，婆婆虽老丑，却多智。婆婆给了他一个答案，要他去见皇后和众贵妇时说出来，如果大家一致同意答案正确而获免死之恩，她就有权向骑士要求一项回报。

骑士只好一试老媪之言，不意竟获全体贵妇同意，那答案是：

“世上女子皆愿能御其男子，男子对她言听计从，俯首称臣。”

这时，林中老妇忽然现身皇宫，向皇后请求主婚——因为骑士曾答应过她，如因其言幸获免死，便要答应办到一事，她此刻要求成婚。

骑士虽暗自叫苦，然而依骑士行规必须谨守誓言，所以就把个丑老太太娶回家去了。不料此女简直是“西方的无盐女”，她看丈夫嫌她弃她，便说出一番大道理来。骑士说不过她，只好以礼相待，至少也得敬她几分，不意这一转念，老妇忽变绝色美女，如今骑士夫人有德、有才、有貌，堪称“三绝佳人”，两人自此，照故事的法则，过起幸福美满的日子……

可是坐在D车厢上，想着，过了700年，这答案好像又不对了，能罩得住男人，一个男人，在一个屋顶之下，那算什么呀？像一个名为五星上将的将军，麾下却只有一兵，又有什么好呢？反之，男人罩老婆难威武八方，同理，也没啥好神气的。

女人跟男人一样，她的愿望应该是“平等”、“不做附件”、“生命里不止有婚姻”、“在不违德的前提下可以去做自己要做的事”。白居易的诗中有句话说得深切：

> 人生莫作妇人身，百年苦乐由他人。

传统女人未必个个不好命，但“苦乐由人”却把人生弄成了一场赌博，或赢或输，全没个准则。换方之，女人全然没有选择权，她是“被决定”的，女人不是什么奇怪生物，她要的东西其实跟男人一模一样，只是想去做一个人、去独立、去自主罢了。

这些事，700年前的泼辣厉害的巴斯妇人是不会懂的，连乔叟也不懂，但坐在D车厢里，慢慢想，一切都洞然了。

可是，同一个我，为什么在台北不去想这些事，跑到英国“那节不准讲话的D车厢”就会思索许多事，也真是奇怪啊！

2015年3月初稿

10月修订

他曾经幼小

我们所以不能去爱大部分的人，是因为我们不曾见过他们幼小的时候。

如果这世上还有人对你说：

“啊！我记得你小时候，胖胖的，走不稳……”

你是幸福的，因为有人知道你幼小时期的容颜。

任何大豪杰或大枭雄，一旦听人说：

“那时候，你还小，有一天，正拿着一个风筝……”

也不免一时心肠塌软下来，怯怯地回头去望，望来路上多年前那个痴小的孩子。那孩子两眼亮晶晶，正天不怕、地不怕地嬉笑而来，吆喝而去。

我总是尽量从成年人的言谈里去捕捉他幼小时期的形象，原来那样垂老无趣口涎垂胸的人，竟也一度曾经是为人爱宠为人疼惜的幼小者。

如果我曾经爱过一些人，我也总是竭力去想象去拼凑那人的幼年。或在烧红半天的北方战火，或在江南二月的桃红，或在台湾南部小小的客家聚落，或在云南荒山的仄逼小径，我看见那人开章明义的含苞期。

是的，如果凡人如我也算是爱过众生中的一些成年人，那是因为那人曾经幼小，曾经是某一个慈怀中生死难舍的命根。

至于反过来如果你问我为何爱广场上素昧平生的嬉戏孩童，我会告诉你，因为我爱那孩童前面隐隐的风霜，爱他站在生命沙滩的浅处，正揭衣欲渡的喧嚷热闹，以及闪烁在他眉睫间的一个呼之欲出的成年。

酿酒的理由

春天，柠檬还没有上市，我就赶不及地做了两坛柠檬酒。

封坛的那天，心情极其郑重，我把那未酿成的汁液谛视良久，终于模糊地搞清楚自己为什么那么急，那么疯。

理由之一是自己刚从国外回来，很想重新拥有一份本土的芳醇。记得有一天，起得极早，只为去小店里喝一碗豆浆，并且吃那种厚实的菱形烧饼，或者在深夜到合适的露店里吃一份烤味噌鱼的消夜。每走在街上，两侧是复杂而“多元化”的食物的馨香。多么喜欢看见蒙古烤肉在素食店的隔壁，多么喜欢意大利饼和饺子店隔街对望，多么喜欢汉堡和四神汤各有其食客。对我而言，这种尊重各种胃纳的世界几乎已经就是大同世界的初阶了。爱一个地方的方法极多，其中最简单而直接的方法之一是“吃那个地方的食物”。对我而言，每一种食物都有如南洋的榴莲——那里的华人相信，只有爱上那种异味的人，才会真正甘心在那里徘徊流连。

如果一个人不爱上万峦猪脚、新竹贡丸、埔里米粉以及牛肉面、芒果、莲雾、百香果，我总不相信他真能踏实地爱台湾。

酿一坛酒就是把本土的糖、红标米酒和芳香噀人的柠檬搅和在一起，等待时间把它凝定成自己本土的气味。

理由之二是由于酿一坛酒的时候几乎觉得自己就是一个雏形的上帝——因为手中有一项神迹正在进行。古人以酒礼天，以酒奠亡灵，以酒祝婚姻，想必即是因为每一坛酒都是一项奥秘一度神迹一种介乎可成与可败之间、介乎可掌握与不可掌握之间的万般可能。凡人如我，怎么可能“参天地之化育”，“缔造化之神功”？但亲手酿一坛酒却庶几近之。那时候你会回到太古，创世纪才刚刚写下第一行，整个故事呼之欲出，一支笔蓄势待发，整张羊皮因等待被书写一段情节而无限地舒伸着……

理由之三是由于酒是一种“时间的艺术”，家中有了一坛初酿的酒，岁月都因期待而变得滉漾不安乃至美丽起来。人虽站在厨房的油烟里，眼睛却望着那坛酒，如同望着一个约会，我终于断定自己是一个饮与不饮都不重要的半吊子饮者。对我而言重要的反而是那份“期待的权利”，在微微的焦灼、不耐和甜蜜感中我日复一日隔着玻璃凝视封口之内的酒的世界。

仅仅只需着手酿一坛酒，居然就能取得一个国籍——在名为“希望”的那个国度里，世间还有比这种投资更划得来的事吗？

想当年那些绍兴人，在女儿一出世的时候便做下许多坛米酒埋在地窖里，好等女儿出嫁时用来待客，那其间有多么深婉的情意啊！那酒因而叫“女儿红”，真是好得不能再好的名字，令人想起桃花之坞，想起新荷之塘，想起水上琴弦以及故意俯身探到窗前来的月光，一样的使人再多一丝触想便要成泪。

想那些酿酒的母亲，心情不知是如何的？当酒色初艳，母亲的心究竟是乍喜抑是乍悲？当女儿的头发愈来愈乌黑浓密，发下的脸愈来愈灿若流霞，大自然中一场大酝酿已经完成。酒已待倾，女儿正待嫁，待倾之酒明丽如女子的情泪，待嫁之女亦芳醇如乍启的潋滟，当此之时，做母亲的心情又是怎样的？

而我的柠檬酒并没有这等“严重性”，它仅仅只是六个礼拜后便可一试的浅浅的芳香。没有那种大喜大悲的沧桑，也不含那种亦快亦痛的宕跌——但也许这样更好一点，让它只是一桩小小的机密，一团悠悠的期待，恰如一叠介于在乎与不在乎之间可发表亦可不发表的个人手稿。

酿一坛酒使我和“时间”处得更好，每一个黄昏，当我穿过市馨与市尘回到这一小方宁馨的所在，我会和那亲爱的酒坛子打一声招呼说：

"嗨，你今天看起来比昨天更漂亮了！"

拥有一坛酒的人把时间残酷的减法演算成了仁慈的加法。这样看来一坛酒不止是一坛饮料，而且也是一件法器，一旦有了它，便可以玩出一套奇异的法术：让一切的消失返身重现，让一切的飞逝反成增加。拥有一坛酒的人是古代的史官，站在日日进行的情节前，等待记录一段历史的完成。

酿酒的理由之四是可以凭此想起以前的乃至以后的和此酒有关的友人，这样淡薄的饮料虽不值识者一笑，却也是许多欢聚中的一抹颜色，朋友的幽默，朋友的歌哭，朋友的睿智，乃至于他们的雄辩和缄默，他们的激扬和沉潜，他们的洒脱和朴质，都在松子色的酒光里一一重现。酒在未饮之前是神奇的预言书，在既饮之后则又是耐读的历史书。沿着酒杯的矿苗挖下去，你或者掘到朋友的长歌，或者触到朋友的泪痕，至少，你也会碰到朋友的恬淡——但无论如何你总不会碰到"空白"。

如此一来，还不该酿一坛酒吗？

酿酒的理由之五非常简单——我在酒里看到我自己，如果孔子是待沽的玉，则我便是那待斟的酒，以一生的时间去酝酿自己的浓度，所等待的只是那一刹的倾注。

安静的夜里，我有时把玻璃坛搬到桌上，像看一缸热带鱼一般盯着它看，心里想，这奇怪的生命，它每一秒钟的味道都和上一秒钟不同呢！一旦身为一坛酒，就注定是不安的，变化的，酝酿的。如果酒也有知，它是否也会打量皮囊内的我而出神呢？它或者会想："那皮囊倒是一具不错的酒坛呢！只是不知道坛里的血肉能不能酝酿出什么来？"

那时候我多想大声地告诉它：

"是啊，你猜对了，我也是酒，酝酿中，并且等待一番致命的倾注！"

也许酿一坛酒，在四月，是一件好得根本可以不需要理由的事，可是，我恰好拣到一堆理由，特别记述如上，提供作为下次想酿酒时的借口。

三个人中的一个中国人

哈，乔治，听说你要到亚洲来啦。

要是你在飞机上碰到一个黑头发黄皮肤、深棕眼珠和塌鼻梁的人，你友善地走过去：

“嗨，你是日本人吗?”

哼，不一定，这人可能是中国人或韩国人。要是他更黑更瘦些，又可能是马来人；要是他把双手当胸合并，像要祈祷——那么你是遇见泰国人啦。

要把东方人搞清楚可没这么简单。当然啦，要是你肯在东方住上——不必太长，只要几十年——那你也可以像萧伯纳《卖花女》一剧［原名 *Rygmalion*，改成电影后是《窈窕淑女》(*My Fair Lady*)］里面的教授，随时可以指出对方是生在哪里，长在哪里，妈妈是何方人士。

不过呢，还是让我先说个听来简单的人种判别法吧。

据说，如果你看到三个东方人，其中有钱的那个是日本人，漂亮的那个是韩国人，聪明的那个呢，就是咱们中国人啦!

另外，还有个故事，你也不妨听听!

假若全世界都毁灭了，只剩下两个人，而这两个人如果是拉丁人，他们就找到一把吉他一张鼓弄了个小乐队；如果他们是德国人，他们就合开一家工厂；如果是美国人，他们组织了一个“美援委员会”；如果他们是英国人——什么都没发生，他们正在等人来给他们正式介绍。而如果他们是中国人，他们就合开一家餐馆。

你认识的中国人是怎么样的呢？

我的一个朋友，身高180公分，体重170磅，到伊利诺去念书，碰到个美国老太太。老太太对他左瞧右瞧，说：

“怎么你不像中国人哇？”

我的朋友灵机一动，说：

“哎，是啊，我刚刚才剪掉我的辫子——就是像猪尾巴的那一种。”

老太太满意地笑了。我朋友并没有骗她，不过，这“刚刚”两字的意思是70年前就是了。

要了解中国和中国人，最好的方法是活5000年。可怜马土撒拉（《创世纪》所载上古最长寿的人）也没这个办法。我们只好零零星星随便聊聊吧。

中国人的第一个嗜好是工作，世界上再没有比中国人更疯狂地喜欢工作的民族了。中国字里“男”人的男，是田和力，也就是“在田里的那种劳动力”；中国字的妇人是女和帚，意思是指“拿着扫把的那女人”；中国的“家”字是“屋顶下养着一窝猪”的意思（当然啦，这并不是说屋子里没有人，只是说要有人有猪才成其为家）。总之，你要叫一个中国人不做事，那简直要他的命。

中国人最喜欢的东西就是土地。中国人拼命工作之后，如果赚了钱，他就立刻再买一块地。中国人无论在全世界哪里，他都习惯性地要往土里种点什么，他会傻里傻气地跑到沙漠里去种白菜。而奇怪的是当土地搞清他们是中国人之后，果真很听话，种什么就长什么，一点也不反抗。

中国人爱土地爱得发狂，“搬家”这件事是不大发生的。要是村上有一家是200年前搬来的人，人家还说他是“生客”——因为“才”搬来200年而已——照这标准看，美国人几乎全都是客人。

中国人如果发了财，他绝对想不通怎么花钱法。他把钱全留给儿子，而这儿子，同样也不知道钱该怎么花，他又把钱留给了孙子。你觉得他们很傻吗？嘿嘿，你错啦，这里面乐趣无穷！

中国人因为爱土地爱得太厉害，大家都决定老住一个地方，住到后来前街后巷全是亲戚。英文里只有一个 uncle，中国人却不允许如此含糊，中国人可以分出五种不同的 uncle。其中包括：

伯伯——爸爸的哥哥

叔叔——爸爸的弟弟

姑爹——爸爸的姊妹的丈夫

姨丈——妈妈的姊妹的丈夫

舅舅——妈妈的兄弟

从这一点，你大概可以了解中国小孩有多聪明。他们从刚会说话就能弄清楚上百种的各式各样的亲属称呼，你佩服不佩服?

中国人多半性情温和，因为他从小知道他不单是他自己，他还是“爸妈的儿子”“祖父母的孙子”“叔叔的侄儿”“表弟的表哥”“堂姊的堂弟”“外甥的舅舅”“堂嫂的小叔”……曾经有一个皇帝去请教一家5代同堂的大家族的家长，问他们怎能那么多人住在一起而那么和谐，那位张姓的老头一言不答，只拿起毛笔来在纸上一个连一个地写了一百个“忍”字。

这老人比耶稣虽不如，不过比彼得要强多了（按：使徒彼得曾问耶稣，弟兄得罪我，饶恕他七次够不够? 耶稣回答，不是七次，是七十个七次)，中国人没有一个不了解“忍”，因为他们爱他们的土地，爱他们的生活。而他们知道，如果要在这块土地上生活下去非接纳别人、容忍别人不可。

中国人注重名分。全世界，你大概再也找不到一个民族像中国人一样把名分看得比事实更重要的了，中国人即使为此吃了大亏也在所不惜。

在中国神话里的一个妖怪（当然，你要知道，中国妖怪是很中国的)，如果在为非作歹大施妖法之际，忽然被人认出来，大叫一声他的名字，他的法术立刻就破了，他立刻就像《圣经》里剃了头的参孙，什么力气都没有了。另外一个对付中国妖怪的好办法你不妨也学一下（既然你要到东方来，难保你不遇见中国妖怪啊)，那就是准备一个照妖镜，让妖怪不小心之际忽然发现了自己的脸，当他大吃一惊看到自己的本形是一只丑陋的乌龟或鳝鱼，他就不好意思地自动爬跑啦！

不知为什么，聪明的中国人竟没有想到，如果有一只乌龟觉得自己长得很漂亮，而斗志更昂扬了，那可怎么办？

传统的中国战士连怒发冲冠勇往杀敌的时候也不忘记问清楚对方的名字（对了，你不要以为问名都是杀头的前奏，事实上有时也蛮罗曼蒂克的，中国人订婚之前就有个“问”名之礼），章回小说中标准的说法是：

“来将通名，宝刀不斩无名小卒！”

奇怪，那些来将竟老老实实地把名字都说出来了。

传统的中国人又非常谦虚，他们叫自己的文章为“拙作”，他们建议你把他的画拿去补壁（遮墙壁的洞），把他的书拿去覆瓿（封坛子口），他说自己的小孩是“犬子”，自己的太太是“拙荆”（笨手笨脚的乡下人），他的房子是“寒舍”，他自己是“鄙人”（边远地区不识礼的人）；连中国的皇帝都要称自己作“寡人”（没有道德的人）或孤（没人理会的人），如果你听一个中国人说：“我一无所长，希望跟阁下多学习。”千万不要以为他是一个没有自信心的家伙，他其实是要你知道他的谈吐多么有教养。如果你听见他和他太太合力保证他家的菜准备得又少又难吃，你可以大胆地赴宴，他们弄的东西绝不比国宴差。

当然，中国人并不是不自豪的民族，正确的做法是“谦虚”由他负责，赞美的“反驳”由你负责。如果他说：“我这只小犬，又笨又懒。”你应该说：“贵公子真了不起啊，我从来没有看过比他更聪明的七岁小孩了——我家犬子差他远了，真是有其父必有其子啊！”

说到这里，再说一个故事：如果你看到一堆人挤在一起，抢一只橄榄球，他们是美国人；如果你看到一堆人在一起洗澡，他们是日本人；而如果你看到一堆人又挤又打地抢着付账，他们是中国人。

对你而言，正确的方法是稍作挣扎，并且让他获得第一回合的胜利，通常他多半会感激你，在下一次的时候让你获得胜利。当然，下一次的时候，你并不知道。但中国人对下一次是充满信心的，虽然也许下一次是50年后，你最好不要健忘，否则你就不礼貌了。

中国人又极保守。在翻译外国名词的时候，我们总小心地不要伤害自己的尊严，我们把马铃薯翻成洋芋——外国人的芋头。我们把火柴翻成洋火——洋人的火。一辆汽车不知怎么的，居然翻成轿车——像我们的轿子一样舒服的车。而番茄，不知怎么竟是番人的茄子啦！当然，也有翻音的，但即使翻音，我们也有办法让它获得一份新的中国美感。“美”国在中文里增加了“美丽”“坚利”的意思，英国平白捡了“英华”和“吉利”的好彩头，而德国呢！是“道德”和“意志”。中国人无论如何也想不通日本人怎么会把美国译作“米”国，美国跟“米”并没有太大的关系。

如果你在中国人住的地方——不管是台湾是香港是新加坡是美国唐人街或者中国大陆，你会立刻发觉，到处都是人。《圣经》上有一句话说：“因为上帝如此爱世人，所以赐下他的独生子”（For God so love the world that he give his only be gotten son），但中国牧师加了个注脚，说：“因为上帝爱中国人，所以造了如此之多”（For God so loved Chinese that he made so many of them）。中国人是个不管怎么样都活得下去的民族。

曾有一位中国古代的哲学家，在垂暮之年即将临终之际把他的学生叫了来，说：

“你看我的牙齿呢？”

“没有了，都掉光了。”

“我的舌头呢？”

“还在。”

那学生忽然明白：柔韧的东西永远比坚硬的东西更强，更适合于生存。

在希腊神话，西方的神祇像宙斯，差不多是以革命家的姿态出现的，他摧毁，他建造，他的面前是一片新天新地。

但在中国神话里，中国神祇跟中国人一样善于节省，传说中天和地曾受过极大的损害，中国神明的办法是这样的：

天斜了，斜向西北，神明决定不去管他——因此你看到中国天空上的星辰都倾向西北。

地也歪了，歪向东南，神明也不加理会——因此中国大陆的河流全都“一江春水向东流”了。

当然，也有破损得更严重的。中国神明的办法依然是补修而不是换新，所以那位叫女娲的神烧了些灰止住洪水（当然，你知道，灰加水，又变成中国人最喜欢的土地了）。然后，这位神又弄了些石头补起天空来。中国人一直到现在还使用女娲补过的这片天空，补得真不错，到现在还挺管用，看样子还能再用下去。

“节约能源”这件事准是中国的神明发明的。

对了，谈到女娲，大家对他的性别鉴定颇不确定，大部分认为他是女的，小部分认为不太清楚。说来奇怪，中国神明中性别搞不清的还有西王母跟后来的观音菩萨，中国人不像法国人，法国人连水果都能定出女性水果和男性水果，在中国人看，身为神明最重要的就是做好神明，至于他是男神女神，那又有什么重要？

英文里有许多令女权运动者尴尬甚至愤怒的字。例如，主席，英文叫 chairman，中国人比较聪明，只说“坐主要席位的人”；例如历史，英文叫 history，中国人只说“一只手，秉持着中正的原则而写的”，中文也绝不会用 men 或 humen。中文的“人”只是画一个人的侧像，男人女人都行。

所以，如果你是男性沙文主义的信徒，千万别娶中国女人。

这些年来，美国女人闹了半天，争到一个 MS 的称谓，让已婚未婚的女人都可以共用，但许多女人还不敢用。但中国妇女在 60 年前就用起自己的姓和自己的名字了，当你听到有人叫一声王小姐的时候，王小姐可能是 16 岁的少女，也可能是 60 岁的祖母。

中国女人也从来不能想象世界上还有女人不能读书，没有选举权或者同工不同酬的怪事。

而且——这件事说来中国男人自己也莫名其妙——自从中国的大家庭渐渐变成小家庭以后，中国丈夫的钱包不知道怎么搞的，全掉到太太手里去了。通常现代中国家庭的组织是这样的：丈夫是外交部长，太太是内政兼经济部长，丈夫按月缴纳全部薪俸，太太多半会很仁慈地发回一些零用钱。

大概中国丈夫都有“伟人意识”，他们不屑于管钱，所以就放弃了管钱的权利——这一点让全世界的女人简直羡慕得要死。

不过，当然，你不要忘了，中国女人全是天才烹调家，中国男人踊跃地做“好丈夫”不是没有理由的。

中国女孩的身高这些年来增加极多，她们的智慧和能力也增加得惊人。她们对考大学和更高的学位极有兴趣——她们绝不为找丈夫而读书，但是她们这么能干、健康、漂亮，男人怎么能不爱她们呢？

如今在台湾，许多行业几乎全让女性抢光了（例如小学教员或文教记者），有人建议要开设些男性保障名额。

当然，中国妇女深知中庸之道，所以她并不坚持争取更多的权利。所以，在机场里，如果你愿意为一位中国女人提箱子的话，她并不会坚持自己提的权利，如果你在火车里让位给一个中国女孩，她也会放弃拒绝的权利。

而其实中国女孩最可爱的地方是她有一颗全新的头脑，却保持着最古老的德行。她们不管做家庭主妇或女工或教授，全都干得非常出色。中国古代《四书》上说的“齐家”“治国”，她们的确是同时做到了。

我们说了太多中国女人的事了，其实中国男人也努力在中西和古今之间不断地做选择和协调。譬如说，在台湾的中国人放弃了四合院的建筑和叠席式的建筑而接纳了四层的或十几层的房子。我们放弃了轿子、三轮车，而选择了汽车（哎，哎，台北交通之乱，你是领教过的吧？我的一位朋友开车一年，既没撞到别人的车，也没被别人的车撞，自认为是奇运当头，赶紧去买奖券，居然没有中，他这才相信有人运气比他还好）。我们放弃了长袍而选择了简单的衣服，至于年轻人——年轻人全世界都一样，他们已经决定穿他们那一代的制服：牛仔裤。但如果你在牛仔裤上面看到功夫装，你知道他正在从事很正经的文化交流工作。

那么，如果我们穿着 Levi's 的衣服，开着福特的车子，住着钢筋水泥的房子，梳着5000年祖先从来没有梳过的发型——那么，中国特色到哪里去找呢？

特色还是到处存在的。在香港，你会看到家家厨房在雪亮的不锈钢瓦斯炉或电炉上放着个黄褐色的砂锅。在新加坡，在最热闹的地点开着中药铺，那些中国人，在他最病最弱的时候，他情感上需要的是中国药草。在马来西亚，成千的侨社团体吵着要一所中文大学。而在新加坡，已经有了一所教中文的南洋大学——当初捐钱的陈六使先生竟是个不识字的华侨。

不管中国人到了哪里，他的中国特质绝不改变。南洋的华侨甚至还有义山，华人死了也要葬在华人的鬼里。

当然，算起来，全世界各地区的华人中就是在中国的最敢接受现代化。离开中国的人，一般而言是最怕失去中国特色的人。而至于我们，我们住的地方就是中国，有中国人民，中国土地，中国教育，我们不怕失去中国，我们自己就是中国啊！

你对中国好奇吗？说到这里，我要吓你一吓。中国人是更好奇的，而且不打算隐藏他们的好奇。越战时期有个美国人在西贡街上画画，立刻围上一大堆中国华侨，老老小小把他围得什么也看不见，当然，其中还不乏指指点点教他怎么画的。他烦不过，便逃到身后有一堵墙的地方，背靠墙坐下，心里想有了这道屏障就好了。可惜他忘了，中国人在耶稣未降世以前就会筑墙了，那堵小小的墙对中国人而言真是何足道哉！当下所有的中国人跟着爬上了那堵墙头，可怜那无辜的墙竟被压垮了。

传统的中国人是不允许你有私生活的，他理直气壮地问一个小姐的年龄，他甚至追根究底地盘问你为什么要跟长得挺不错的玛丽分手：传统的中国社会至少有个好处，不需要心理协谈医生——反正谁都可以听谁的隐私。对中国人而言，一个人如果有“不可告人之事”，他一定不是好人。

不过，当然，刚才只是吓唬你的，那种中国人现在快要找不到了。中国人渐渐也试着去了解外国人，并且尊重外国人的生活习惯了。

不过中国人虽然爱看人，却不至于大惊小怪（中国人脸部肌肉的活动量向来是美国人的十分之一，欧洲人的五分之一）。中国人看到TNT，很不屑，说："跟我们过年放炮用的不也差不多吗？"中国人看到电子计算机，说："我们早就有算盘了。"中国人看到电讯，说："哎呀，《封神榜》那本小说不是早就说过顺风耳了吗？"阿姆斯特朗辛辛苦苦跨了一步，上了月亮，中国人毫不佩服，说："咱们嫦娥早就去了。"甚至，说来真让美国人生气，当嬉皮们吃LSD的时候，中国学者翻书一看，嘿，中国的嬉皮在一千五百年前就吃了五石散了。就连裸奔，中国人认为也不是美国人发明的，而是中国古代的刘伶发明的。这有什么办法呢，中国历史五千年，人间所有能发生的，在中国都已经发生过了。

在上古的时候，中国曾经以为外国人都跟兽类有点关系——不然怎么身上会有毛呢？后来进步一点了，叫外国人为"洋鬼子"，鬼虽不是好称呼，但毕竟是人类的续集。后来，慢慢的，才发现他们是洋人而不是洋鬼——这一点我一直认为大家都应该感谢好莱坞，他们把多么优秀的洋人样品送给我们看啊，我们的男人很快地就爱上了嘉宝、秀兰·邓波儿、伊莉莎白·泰勒、费雯丽或今天的费唐·娜薇，我们的女人也开始偷偷喜欢范伦铁诺、克拉克·盖博、罗勃·泰勒或李察·波顿、查理士·布朗逊……洋鬼子原来也有这么漂亮的，大家都同意，把"洋鬼子"改"洋人"比较有道理。

好，再回到那个老故事上来吧。如果你看到三个黑发黑眼黄皮肤的人，记住，有钱的那个是日本人，漂亮的那个是韩国人，聪明的那个（当然，也许他还加上既有钱又漂亮）就是咱们中国人啦。

当然，如果你有足够的聪明去认出一个聪明的中国人来，那你自己倒也蛮聪明的啦！

例外的惭愧

有一件事，我十分惭愧，那就是：我经常都不惭愧。

唉，这句话说得那么吊诡，简直就像政客。听来我好像“惭愧于我的不惭愧”，却更像“并不惭愧于我的不惭愧”。

譬如说，我去人家家里吃饭，女主人烧得一手好菜，我一边吃得逸兴遄飞，一边诚心诚意地赞道：

“真惭愧呀，这么好吃的东西，我怎么就烧不出来呀？”

可是，等晚上回到家里，夜深人静之际，我仿佛听见极幽微的声音在提醒我：

“哎，我说，你这家伙，你说的话好像不太诚实哦！你想想，你真的惭愧吗？你说说罢了，你干么说这种话？这世上说话不实在的人太多了，你还要再增加一个吗？”

我当下嗫嗫嚅嚅：

“哎呀，我并不是撒谎，我当时大概一时冲动吧？我其实并不打算来惭愧的，更不打算来改过，我下回小心不乱说不实之话就是了。”

其他的事依此类推，例如人家的屋子布置得如何雅洁清幽，人家的研究做得如何深沉扎实，人家的菜园整理得如何鲜翠欲滴，我其实都厚着脸皮轻易放过自己——动不动就惭愧，那，日子可要怎么过啊？

不过，倒有一桩“外套事件”例外：

大约十年前，我在暑假去纽西兰旅游，住在朋友家里。台湾的暑假其实正逢纽西兰的冬天，这一点，我虽然也知道，却仍然心存侥幸，不肯多带厚重的衣服。心里想。如此挥汗的溽暑，带着冬衣出门实在太奇怪了，管他的，等到了纽西兰冷得受不了，再去借朋友的衣服来穿吧！

及至到了纽西兰，我那几件毛衣实在挡不了事，心里立刻想去买衣服。刚好那天朋友开车带我出游，车子高速开过公路（纽西兰人少车少，路又宽平，几乎每条路都可当高速公路来开），我忽然大叫：

“停车，停车——退回去，我看到一所教堂！”

“教堂怎么了？”

“教堂门口有草坪，草坪上有一块牌子，牌子上写着大义卖——”

“奇怪，”朋友半信半疑，“车子开那么快，你也看得到！”

但她还是把车退了回去，果真教堂在举行义卖。

义卖多半不卖什么好东西，都是些人家家里用不着的旧物品，倒是巧克力奶和饼干做得非常好，我们各点了一份。忽然，我看到了一件仿羽绒的美丽外套。哎呀，那刚好是我想要的，跑去一试，尺码正合，再看价钱，天哪，差不多合台币二千元，当天的大堂里，每件东西都贱价，就只这件外套死贵，怎么回事，我竟看上唯一一件贵货，便忍不住想还价。

“对，我知道。”摊位的主人说，“这是场子里最贵的东西，可是这是我朋友刚从美国寄来送我的，全新呢！”

天气实在冷，我立刻付了钱，并且舍不得脱下。

“这件衣服穿来不错，你，为什么不自己留着呢？”

“我不想穿得那么奢华，我穿普通的衣服就好。而且，教堂需要钱！”

我这才仔细看她，她穿一件非常黯败的土色毛衣，她的人也带几分土色。我忽然惭愧起来，我这样随手就买了东西，而这东西却是原主人口中的奢侈品。

年年冬天，我穿这件衣服的时候，内心都十分惶愧。想起那清癯瘦小的主人，我觉得自己有点越分，但我又不能拿这件衣服去还她，只好小心翼翼爱惜着穿，好来赎我的罪咎。不管我能活几岁，不管我有多重要的场合须出席，我立志再不去买第二件冬衣。

我惭愧，对那位我不知名的南半球的穿着素朴的女子。平生极少生愧，但一想起那妇人安静的眼神，约敛的身体，低抑的语调，我就——惶恐惭愧。

包　子

有个亲戚死了，在遥远的故土。消息传来，已是半年之后，我的悲伤也因不合节拍而显得有些荒谬。何况彼此是远亲，毫无血缘关系。但毕竟我握过她枯纤如柴的老手，感觉过她泪水滴落在我腕上的温度，也曾惊讶地看她住在黑如地穴的破屋里，手捧一把小炭篮与之相依为命。毕竟我也曾为她去买她视为仙丹的西洋参丸，听她说凄凉的晚境……

然而，这个生命却消失了，微贱如蚁。

好些日子以来，我昼思夜梦的常是那老妇人被儿子恶吼一声的悲怔。

那天，我和丈夫去看她，时间是上午，我们谈了两小时的话，赶在中午以前离去。她依依不舍，抵死要留我们吃饭，但环堵萧然，她哪里有饭可供我们吃？不得已，她说：

“这么远来，不吃饭就走，怎么行？我到巷子口买包子……”

忽然，她的儿子回过头来，愤然大骂一声：

“哼，包子！台湾来的人会吃你那包子!?”

老妇人立刻噤声了，我和丈夫一时也不敢回腔。那年轻人，西装笔挺，骑着威风的摩托车，时不时地跑深圳做一票生意，有时赔有时赚，但老不够他花用。老母，则丢在那里任她自生自灭。

这老妇人，因为待客的盛情，一时忘了的那份自卑感，此刻给儿子一吼，全部不安又惶愧，仿佛她真说错了话做错了事似的。

我当时心中暗怒激涌，恨不得大声骂回去，说：

“怎么样，我是台湾来的，但我就偏要吃这包子！我的嘴巴可能因为富裕的生活养刁了，我可能看这包子又肥又粗不堪入口，可是我还懂得礼数，我还知道对长辈的好意理该恭敬接受！”

但我终于按捺住，毕竟人家是母子，我若骂回去，虽逞了一时之快，恐怕长辈觉得连我这外人都如此贴心，想起儿子就更伤感了。我只好说：

“下次吧！”

“你看，第一次来，什么都没吃，就要走……”她捉住我的手不放，老泪爬满一脸，“晓风，我第一次看到你呀，我一看你就知道你这人好，我是真喜欢你，唉，我也没东西送你，你看，饭也不吃，就要走……”

对她而言，我大概等于她所有在台湾的已死的和未死的亲戚，而那些亲戚长辈又代表着一切逝去的再也不肯回来的美好岁月。

我一面拍着她的背，一面喃喃保证：

“会再来的，会的、会的，你留步，下回来，我们去吃包子。”

“今天有事要走，下次来，一定吃你这包子。”

然而，有些事，是没有下次的了。老人撒手而去。

如果，有一天，你在某个大陆巷落里，你在穿过公厕穿过破檐人家的窄道上，遇见一个奇怪的远方女子，手里拿着一团热腾腾的包子，一面流泪，一面咀嚼，那人，就是我。

梦稿

啊！我又梦见自己在飞了！

我说“又”，是因为以前常做这种梦，进入中年不知为什么便自动关闭了梦中的飞行系统，变成一架彻彻底底的陆地行脚的机械。

从前那种梦中之飞，倒也不是真飞，而是滑翔。梦中的我只要稍一借力，便立刻可以弹起，每弹起一次可以飘上一百公尺，高度则大约在五层楼上下。

那种梦，我常做，因为太常做了，最后竟有点熟门熟路起来。每次出现这种动作，我竟会偷偷地对自己说，哎，好好享受这一刻吧，这是梦啊！梦中能飞，大约是由于生性浪漫，而一边飞却一边又知道是梦境，大约是由于冷静。冷静的浪漫恐怕不能长久。

果真，后来这种梦便稀少了。人总不能一辈子赖皮做潘彼得吧？我对自己失落的飞翔梦也只好任由之。虽然，满心泰然中总不免夹一丝怅然。

昨天是丙子年的年初二，我彻夜写稿到清晨六时。因为坐在前廊写，一个瞌睡醒来，猛见微明的天光，居然六点了。吓得一跃而起，赶到床上去补一觉。不睡不行，丈夫正住院，嫌医院饭凉，我答应给他送一顿热中餐，现在赶睡三个小时，起来做事才不会迷糊出错。

所以说，我不算是个快乐的女人，至少此刻不是，丈夫在年前一个礼拜生了病。午夜二时半，他忽然叫痛，飞车送到医院，检查出来是肝上长了个脓疡，医生吊起点滴打抗生素，没日没夜地打，除夕和初一各放了六小时的假，准许他回家过年。而我自己，则为挥之不去的关节炎所苦，过年一忙，情况不免加剧，我也懒得理它。

而这不快乐的女人却做了一个快乐的梦，在清晨六时到九时之间。

我梦见自己不知怎么回事，突然便拥有了飞行的能力。我起先还不相信，但试验几次以后便明白了，原来我是会飞的！我并没有长出翅膀来，但飞行原来也并不需要翅膀，你只需将身体一纵，即可入云，必要的时候则划几下手臂以便转弯。

我大半的时间都飞得不高，因为留恋人世吧？我总是一面飞一面看下面的人和景。奇怪的是大部分的人并没有发现头上多了我这个“不明飞行物”，他们的习惯是走路不抬头的。他们只自顾自地活着，但偶然也有一两个人会看见我，也有人为我鼓掌。我有点惭愧，我不配拥有那掌声，因为会飞并不是我努力而获得的，我莫名其妙地拥有了这种超能力，而我也并不知道自己会在哪一刹那又失去这种超能力，既然如此，我就不应该接受掌声。

我有时也飞过高山和海洋，奇怪的是我居然看到海洋里巨大的水母，水母令我着迷，他们那半透明的钟形身体对我而言等于文学和艺术，因为它是半实半虚欲合还开的（“实”的是历史，“虚”的是鬼扯淡，只有“假作真时真亦假，无为有时有还无”才是文学艺术）。我为那水母的美深深感动了，以致飞离海洋之后，满眼仍是那水母美丽优雅的开阖收放。

我为什么会梦见水母，也许是因为去年九月全家去作了一次阿拉斯加之游。那次旅行的重点是豪华游轮、鲸鱼和冰川。不知为什么回到我梦里的却是只剩下那些潋滟波光中神秘的水母。事实上我在阿拉斯加看到的水母只不过大如拳头——婴儿的或成人的拳头，梦中的水母却大如橡木酒桶，原来它们都偷偷长大了，在我的梦里长大的。

飞着飞着，我看见低处有个人，我于是低空掠飞，去和那人说话。那人原来是个白种男人，我向他形容水母的样子，我说：

“你能不能告诉我这个东西的英文字怎么拼法？”

这男人很善良，他抬头用英文对着我大叫起来：

“喂！你疯了吗？你真笨啊！你形容的这种东西我知道，但它的学名我一时也说不上来，就算我知道我也不要告诉你！你要知道，这么简单的事，你一查百科全书就立刻可以知道的。可是，你知道吗？你会飞呀！你真的会飞呀！这是不得了的事呀！我要是跟你一样会飞，我就会一直飞，我就会专心飞，我才不去管它那个字怎么拼法！笨呀！”

我吃他一骂，不禁自惕，赶紧飞开。啊！他说得对，任何一本百科全书都可以告诉我水母怎么拼，但飞行却不是人人都能拥有的权利。

醒来后我果真去查书，原来是jellyfish“果冻鱼”。我其实是知道这个字的，不知怎的梦里竟忘了。我想我有点猜得出端倪来了，想必我生平对自己的英文程度老觉得有点遗憾，连梦里也在为自己不会某字的拼法而不安。但那人骂得有理，能飞的人则该飞，飞的时候能看到什么则该看，至于字怎么拼，根本是小事一桩，不该成为挂碍。

梦里，我继续飞。忽然，有一棵极美丽的花树出现了，花瓣是白的，五出，叶子则翠碧透明。我一看之下竟不能自持，只得急急飞降下来。但是，要看花，需要高度的飞行技巧，因为在空中停留并不容易，急煞和急转都使人容易坠落尘埃。然而，那花令我落泪，我忍不住冒险盘桓。

对于水母，我至少说得出它的中文名字，面对这花，我却连名字也叫不出。可是我知道我一定见过它，一定的。至于何时何地见过，我也说不上来。但它不是樱，台湾的山樱一般开成尖锥状，不似日本樱花花瓣平舒。只是我的梦中花虽然花瓣平舒，却有绿叶相衬，益见其粉翠互照之美。日本樱盛开时却是不杂一片叶子的。梦中花也不是梨花梅花，梨花梅花比较纤细，这花的直径却有四五公分长，每瓣的宽度也到达二公分。它也不是杏花李花，因为是单瓣。它的花形略近阳明山径上早春开在岩壁上的山茱萸，真真是翡翠珍珠的璧合。然而山茱萸的花只有四瓣，这花却五瓣（山茱萸偶然也作五瓣，不知怎么回事）。并且山茱萸是灌木，我的梦中花却是一株两人高的枝干纠结如怒涛如蛟龙的树。它又有点像西湖湖心小岛上的山楂花，但山楂却作水红胭脂色，不似梦中花的皎白亮洁。

它是谁？我连它的名字都说不上来，它却是令我在梦中堕泪乃至折翼的花树。它没有做什么，它只是开了花，它只是用花发了书，它甚至都还没有开到十分饱满，只是怯怯地试探地开了几枝，就令我目醉神迷，不能自已。

我堕地了，有人跑过来，说：

“喂，学校说，叫你把学生的簿本费收好，交上去，你不在，我替你收了，”她塞给我一把零钱，“你自己去缴吧！”

我捧了那把烦琐的零钱跑去赶公车。但是大概久惯飞行，我几乎忘了上车投币的规矩，我胡乱掏了钱，匆匆投下，挤进车厢。那车却好像是香港巴士，两层，我坐在下层，有个坐在我右侧的女孩走来，说：

“我常看你飞呢！你亲我一下好吗？”

她说的是真的，我飞的时候的确常碰到她仰望的目光，我亲了她的颊。

忽然，左边的女孩也叫起来：

“也亲我一下！”

附录：晓风小传

我不喜欢写小传，因为，我并不在那里面。再怎么写，也只能写出一部分的我。

一

出生在浙江金华一个叫白龙桥的地方，这地方我一岁离开后就没有再去过，但对它颇有好感。它有两件事令我着迷：其一是李清照住过此地，其二是它产一种美味的坚果，叫香榧子。

出生的年份是一九四一年，日子是三月二十九日。对这个生日，我也颇感自豪，因为这一天在台湾正逢节日，所以年年放假，令人有普天同庆的错觉。成年以后偶然发现这一天刚好是英国女作家弗吉妮亚·吴尔芙的忌日，事实上她是一九四一年三月二十八日自杀的，但如果把时差算在内，已是我们东方的三月二十九日了。

有幸在时间上和弗吉妮亚·吴尔芙错肩而过的我，有幸在李清照晚年小居的地方出生的我，能对自己期许多一点吗？

二

父亲叫张家闲，几代以来住在徐州东南乡二陈集，但在这以前，他们是从安徽小张庄搬去的，小张庄十几年前一度被联合国选为模范村。

母亲叫谢庆欧，安徽灵璧县人（但她自小住在双蒲镇上），据说那里面的钟馗像最灵。她是谢玄这一支传下的族人，这几年母亲一直想回乡找家谱。家谱用三个大樟木箱装着，在日本人占领的时期，因藏在壁中，得避一劫，不料后来却遭焚毁。一九九七年母亲和我赴山东胶南想打听一个叫喜鹊窝的地方，那里有个解家村（谢解同源，解姓是因避祸而改姓的），她听她父亲说，几百年前，他们是从喜鹊窝搬过去的。

我们在胶南什么也找不着，姓解的人倒碰上几个。仲秋时节，有位解姓女子，家有一株柿子树，柿叶和柿子竞红。她强拉我们坐下，我第一次知道原来好柿子不是“吃”的，而是“喝”的，连喝了两个柿子，不能忘记那艳红香馥的流霞。

家谱，是找不到了，胶南之行意外地拎着一包带壳的落花生回来，是解姓女子送的。吃完了花生我把花生壳送去照相馆，用拷贝的方法制成了两个书签，就姑且用它记忆那光荣的姓氏吧！

三

我出身于中文系，受“国故派”的国学教育，看起来眼见着就会跟写作绝缘了。当年，在我之前，写作几乎是外文系的专利，不料在我之后，情况完全改观，中文系成了写作的主力。我大概算是个“玩阴的”改革分子，当年教授不许我们写白话文，我就乖乖写文言文，就做旧诗，就填词，就度曲。谁怕谁啊，多读点旧文学怕什么，艺多不压身。那些玩意儿日后都成了我的新资源，都为我所用。

四

在台湾，有三个重要的文学大奖，吴三连文学奖、中山文艺奖、台湾文艺奖，前两项是官方的，后一项是民间的，我分别于一九六七、一九八〇和一九九七年获得。我的丈夫笑我有“得奖的习惯”。

但我真正难忘的却是《幼狮文艺》所颁给我的一份散文首奖。

台湾刚解严的时候，有位美国电视记者来访问作家的反应，不知怎么找上我，他问我解严了，是否写作上比较自由了？我说没有，我写作一向自由，如果有麻烦，那是编者的麻烦，我自己从来不麻烦。

唯一出事的是有次有个剧本遭禁演，剧本叫《自烹》，写的是易牙烹子献齐桓公的故事（此戏二十世纪八十年代曾在上海演出），也不知那些天才审核员是怎样想的，他们大概认为这种昏君佞臣的戏少碰为妙，出了事他们准丢官。其实身为编剧，我对讽刺时政毫无兴趣，我想写的只是人性。

据说我的另外一出戏《和氏璧》在北京演出时，座中也有人泣下，因为卞和两度献璧、两度刖足，刚好也让观众产生共鸣。其实，天知道，我写戏的时候哪里会想到这许多，我写的是春秋时代的酒杯啊！

五

我写杂文，是我自己和别人都始料未及的事。躲在笔名背后喜怒笑骂真是十分快乐。有时听友人猜测报上新冒出来的这位可叵是何许人也，不免十分得意。

龙应台的《野火集》在二十世纪八十年代的台湾的确有燎原功能，不过在《野火集》之前，我以桑科和可叵为笔名，用插科打诨的方式进行我对威权的挑战，算是一种闷烧吧！

六

我的小说写得不多，一九九六年写的一篇《一千二百三十点》是我比较喜欢的（也入选了当年的年度小说选），但我选了另一篇《潘渡娜》。“潘文”是旧作，是华文作品中第一篇发表的科幻小说。这件事也很意外，我当时并没有注意到原来还没有华人写过这种东西。

七

我的职业是教书，我不打算以写作为职，想象中如果为了疗饥而去煮字真是凄惨。

我教两个学校，阳明大学和东吴大学。前者是个医科大学，后者是我的母校。我在阳明栖属于“通识教育中心”，在东吴属于中文系。

我的另一项职业是家庭主妇，生儿育女占掉我生命中最精华的岁月。如今他们一个在美国西岸加州理工学院读化学，一个在美国东岸纽约大学攻文学，我则是每周末从长途电话中坐听“美国西岸与东岸汇报”的骄傲母亲。

我的丈夫叫林治平，湖南人，是我东吴大学的同学。他后来考入政大外交研究所，他的同学因职务关系分布在全球，但他还是选择了在中原大学教书，并且义务性地办了一份杂志。杂志至今持续了二十五年，也难为他了。

八

最近很流行一个名词叫“生涯规划”，我并不觉得有什么太大的道理，无非是每隔几年换个名词唬人罢了！人生的事，其实只能走着瞧，像以下几件事，就完全不在我规划掌控中：

1. 我生在二十世纪中叶
2. 我生为女子
3. 我生为黄肤黑发的中国人
4. 我因命运安排在台湾长大

至于未来，我想也一样充满变数，我对命运采取不抵抗主义，反正，它也不曾对我太坏，我不知道，我将来会写什么，一切随缘吧！如果万一我知道我要写什么呢？知道了也不告诉你，哪有酿酒之人在酒未酿好之前就频频掀盖子以示人的道理？

我唯一知道的是，我会跨步而行，或直奔，或趑趄，或彳亍，或一步一蹶，或小伫观望，但至终，我还是会一步一个脚印地往前走去。